海陵红粟文学丛书

船歌

于俊萍 著

中国民族文化出版社

北 京

图书在版编目（CIP）数据

船歌 / 于俊萍著. — 北京：中国民族文化出版社
有限公司，2021.3
　　（海陵红粟文学丛书）
　　ISBN 978-7-5122-1463-7

　　Ⅰ.①船…　Ⅱ.①于…　Ⅲ.①短篇小说—小说集—中
国—当代　Ⅳ.①I247.7

中国版本图书馆CIP数据核字（2021）第053252号

船歌

作　　者：于俊萍

责任编辑：李路艳

责任校对：李文学

出　版　者：中国民族文化出版社　　地址：北京东城区和平里北街14号
　　　　　　邮编：100013　联系电话：010-84250639　64211754（传真）

印　　装：三河市金元印装有限公司

开　　本：710mm×1000mm　1/16

印　　张：13

字　　数：200千

版　　次：2021年6月第1版第1次印刷

标准书号：ISBN 978-7-5122-1463-7

定　　价：45.00元

前　言

　　红粟作为海陵的人文符号，流传已逾千年。

　　海陵人文荟萃，"儒风之盛，凤冠淮南"，历史上一直是文化昌盛之地，有着深厚的传统文化底蕴，素有"汉唐古郡、淮海名区"之称。香粳炊熟泰州红，随着岁月的流逝，海陵地域和空间面貌发生了沧桑之变，却遮掩不住海陵文化的神韵飞扬，这为文学创作提供了丰富的精神滋养和灵感源泉。平原鹰飞过，街民走过，花丛也作姹紫嫣红开遍，从这里走出的小说家、散文家、诗人、评论家，无不用自己的笔讴歌家乡的美丽，书写人生的梦想，彰显海陵与时俱进、开拓向前的文化力量。海陵之仓，储积靡穷的不只是红粟，海陵人还以文学的方式，记录多姿多彩的形态与品性，标记一代又一代海陵人的辛勤探索与不断创新。因为执着，故而海陵历经沧桑而风采依然。

　　文学的生命力或许就在于这样繁衍不绝、生生不息地传承与开拓。2015年海陵区文联成立十周年之际，海陵区曾集萃本土十二位作家，推出一辑十二卷的海陵文学丛书。著名作家、江苏省作家协会原主席范小青为之作序，她指出这套书"不仅是一个'区'的文学，更是地级市泰州乃至江苏省文学的一个缩影。为此，我们有更多的期待"。如今五年已过，而这份期待还在，海陵文学也在这份期待中奔腾不息地流淌和前进，大潮犹涌，后浪已来，那份律动依旧，我们也能从中感受到文字的力量和写作的意义。"海陵红粟文学丛书"的推出就是对此的检验，一辑十册，分别是：

《碧清的河》	沙　黑
《青藜》	刘渝庆
《日涉居笔记》	李晓东
《草木底色》	王太生
《雪窗煨芋》	陈爱兰

《本色·爱》	董小潭
《船歌》	于俊萍
《泰州先生》	徐同华
《纸面留鸿》	李敬白
《长住美与深情里》	姜伟婧

　　如同一粒又一粒的红粟，唯有汇集，才有流衍的可能。十本书中有朝花夕拾的拾趣，人间至味的煨炖，深秋韵味的老巷，青藜说菁的今古，寻本土丹青翰墨真味，或半雅半俗生活，或山高水长追思。生活总是爱的表达，愿在这桃红花黄的故乡，因为文字，截留住生命里的美与深情。

　　我们处在一个伟大的时代，既然"生逢其时"，必然"躬逢其盛"。文化特别是文学的繁荣，渊源于悠久的历史，植根于今天的实践。历史赋予我们这一代人的一项任务，就是要充分挖掘海陵文化的丰富宝藏，古为今用，推陈出新，更好地为社会经济发展服务。我们将常态化推出文学系列丛书，以继续流衍的姿态，不断丰富、延伸、充实海陵古城当下的文化内涵。

海陵红粟文学丛书编委会

2020 年 6 月于海陵

目　录

春天的自拍

一

蒋小远抱着书从图书馆出来时，校园的路灯正在次第亮起，她的面颊触到了柔软的风，这才感觉到几分春意。不知是从哪一天开始，天不再黑得那么早了，淡蓝的天空上演起迟迟不愿落幕的"舞台剧"，丝丝的云彩，浅浅的月影，直至星星一颗一颗跳出来，夜晚才姗姗降临。

图书馆建在北山坡，坡下便是食堂，饭菜香顺着风飘过来，小远的肚子咕噜咕噜叫了起来。她在图书馆写了半天的笔记，虽然穿着棉袄，仍觉遍体寒冷。小远用力嗅嗅，雪菜肉丝和白米饭的画面立刻在她脑海中被无限放大，她用书抵住饥肠辘辘的肚子，准备一溜小跑冲向食堂。

"小远，小远！"路上有人在叫她。原来是同宿舍的诗诺——中文系班花之一，她身材修长，米色大衣配着亚麻长裙，长发及腰，光彩照人，远远地向小远招手。

"你今天怎么在学校呀？"小远气喘吁吁跑过去，很诧异地问。

周六校园里人不多，本地学生一般周日晚上才返校，同乡会、同学会、情侣们又有各种各样的活动，留在学校的要么是"学习机器"，要么是被认为"没人要"的"歪瓜裂枣"。像诗诺这样的美女，在假日一般根本见不到。

诗诺把手伸到她臂弯里，"小远，陪我出去吃个晚饭吧。宿舍楼里几乎没人了，好不容易才找到你。"

她的眼睛又大又黑，恳求地看着小远，让人根本不忍拒绝。

"可是，我现在好饿！"小远探头向食堂里面张望，有个大师傅正在玻璃后面抢勺，是蛋炒饭还是牛肉炒粉？她咽了咽口水。

"别急别急，很快就能吃到。"诗诺挽着她，往校外走。她告诉小远，上个月在校友会上认识了一个经管系的学长，学长一直邀见面，今天她答应了。

"是让我去当灯泡啊！"小远皱皱鼻子表示不满，"你喜欢这个学长吗？不喜欢直接拒绝最好，不害人也不费事。"

诗诺垂下睫毛，半晌，她低声说："他很真诚，我有点拿不定主意。最近我弟弟为结婚的事跟爸妈闹得天翻地覆，而我在学校什么也做不了，郁闷得很，今天就想出来散散心。"

学长五官俊秀，高高大大，只是胖了点。因为胖而显得孩子气。他是本地人，去年刚毕业。小远对他印象不错，可是人家除了打招呼时对她匆匆一瞥，其余时间里目光都追随着诗诺，如痴如醉。

学长竟然有辆敞篷车，小远认得是宝马。同宿舍有两个韩剧迷，天天叫嚣着非宝马长腿欧巴不嫁。小远坐在车上，新奇地东瞧瞧，西望望，暂时忘了饥饿。

学长开车显然不太熟练，却故作轻松地同她们搭话。好在不一会儿就到了一家精致的韩国料理店，里面热气腾腾，烤肉香味四处弥漫。进包房时小远踌躇了一下，她今天穿了一双花里胡哨的旧袜子，要命的是脚趾头那儿还有一个洞。诗诺穿着双素色船袜，裙裾下露出细白的脚踝。小远索性把袜子脱了塞进口袋，光脚走了进去。

五花肉在烤盘中吱吱作响。一顿饭男女主角都吃得心不在焉，一个被幸福冲昏了头傻傻呆呆，一个千般心思满怀愁绪。只有小远，心底无私天地宽，她一边大快朵颐，一边叹息着他们轻慢美食。等她舀干净石锅中最后一勺汤汁，诗诺轻叹一口气："我们走吧。"学长连忙为她拿外套，拿鞋子。

"时间还早，楼上新开的影视厅不错。最近上映了几部大片，去看电影好不好？"学长兴冲冲地建议。

诗诺摇头。

"要不去游乐场吧？离这儿不远，就在湖边，那儿有全市最大的摩天轮。"

诗诺依旧摇摇头，一副无精打采的样子。

学长怅然若失。

小远颇觉不忍，说："吃得太饱啦，还是去湖边走走吧！"

诗诺白了她一眼，小远吐了吐舌头。

湖边的樱花开了，花树沿湖岸线蔓延，开放的花儿白得像雪，粉得像霞，照亮了深沉的湖水。晚餐很丰盛，花又开得这么好，小远满心幸福，心想今晚跟呆头健通电话时，一定要告诉他南京的樱花开了。可惜他这些日子跟在导师后面做临床实习，忙得天昏地暗，不能来看她。

想到这里，她不自觉地嘟嘟嘴巴，医学院的男生是不是世上最无趣的男友？待她回过头来，诗诺和学长正站在一棵花树下讲话，学长宽宽的身体，几乎完全挡住了瘦削的诗诺，只看到一角淡绿的丝巾，在随风轻盈地飞舞。小远微笑着转过头去，呼吸着湖边芬芳的空气，大步向前走。就让她这个灯泡离他们远些吧。

回校时他们走了条荒僻小道。路灯昏暗，道路两旁是高大的法国梧桐，初春的夜幕透着深蓝，闪烁的星光，从虬结参差的枝干间洒下，像一幅美丽得让人眩晕的油画。车子平稳地前行着，两个女孩子坐在后座，仰望星空不断向后流逝，莫名的向往涌上心头。

"樱花好美啊，可惜我们今年大三了，明年春天，也不知还能不能再看到这些樱花？"诗诺轻轻地说。

还没有等小远回答，学长就热切地说："你就留在这边吧！如果喜欢，我们还可以去苏州、杭州，或者上海，甚至东京、纽约，这些地方都有樱花！"

诗诺托着腮发呆，什么也没有说。

突然小远看见学长猛打方向盘，伴随着汽车刺耳的刹车声和诗诺的尖叫，小远的肩膀被什么东西狠狠撞击了一下，尖锐的疼痛让她眼前一黑，金星乱舞。有什么东西在断裂，又有什么东西在翻滚。车子停了，她挣扎着抬起头，睁开眼睛。原来车先撞翻了栅栏，又一头撞在树上，半边车头已变形，学长趴在弹出的安全气囊上，一动也不动，诗诺被甩出了车外，倒在路边的草地上。

小远挣扎着起身，摸到学长的脖颈，热热的，脉搏在跳动，没有流血，估计只是撞晕了。她推推车门，嘀嘀作响，却打不开，她想从门上翻越过去看一下诗诺，却觉得胳膊用不上力，手背上有血。

汽车的大灯还亮着，照着满地狼藉的路面。远远的，左前方有个人，推着电动车往这边傻看着。小远头昏脑涨，看不清男女，只能尽可能大声地喊："快来帮忙！"那个人仿佛在靠近，走了几步，忽然跨上电动车，飞一般地骑走了。

她怒火中烧，奋力从车里爬到车外，挪到诗诺旁边。诗诺的丝巾半遮着脸，全身上下没有明显的伤痕，双眼紧闭，呼吸急促，长长的睫毛翕动着，看样子是惊吓过度。她摸不到自己的手机，只在车旁边发现了诗诺的苹果手机，乱按一番，终于打通了110和120。

小远从小就懊恨自己的强壮。她没有任何生病受伤的记录，更没有动过手术住过院。运动会上扔铅球、拔河、3000米长跑，这些大多数女生不愿参加的比赛项目总是会落到她头上。虽然也拿不到像样的名次，但每次老师在女生堆中选来选去，总是无比坚定地选中她。

120急救车来了，救护人员用担架抬走了学长和诗诺。警察也来了，拍照、取证、反复询问。

学长的车，为了避让那辆突然横穿马路的电动车，撞了栅栏和树。车被拖进了修理厂，需要大修。好在学长只是碰伤了额头，但需要住院观察。诗诺奇迹般地没有一点表皮伤痕，只是血色素低了些，也需要住院观察。小远右手腕关节错位，还有几处皮外伤。医生这儿摸摸，那儿看看，等处理好伤口，打好石膏，已经是半夜了。

"你不需要住院。"医生说，小远吃惊得嘴巴半天都没有闭上。学长的父亲在最后时刻匆匆赶到。小远趴在诗诺的病房门口看了看，诗诺打过针，已沉沉睡去。她百无聊赖地自己走了。

她站在医院的门口，数口袋里的硬币，看够不够打车到学校。一辆车无声无息地停在她身边，黑色的车头上，一只豹子熠熠生辉。有人打开车门走了出来，是学长的父亲。

"我是马建宇的爸爸。你是他的小学妹吧，蒋小远。"他看看手里的病历资料，又看看她受伤的手臂，却没有递过来，"这是你的，回头再给你，换药和复诊都要用的。我送你回学校。"

小远犹豫了一下。

学长父亲从口袋里掏出身份证递给她："马连军，马建宇爸爸，如假包换。这是我的身份证，你先拿着。到学校再还我！"

小远看看他，看看身份证，一下子笑了起来。马连军为她拉开后车门，她上了车。

路上马连军没有过多的话语，他为马建宇开车出事致歉，就不再多说什么。他浓眉沉沉，惜字如金。小远坐在后座上观察了一会儿专注开车的学长父亲，不一会儿便睡意蒙眬。

不知过了多久，小远一激灵醒来，发现车早已停在一个灯火通明的超市门口，学长父亲站在车外，抽着烟。她揉揉眼睛，认出这是离校门不远的24小时便利店。车上开着暖气，她身上盖了件外套。她艰难地打开车门，清冷的夜风迎面扑来，她缩缩脖子，彻底清醒了。

"你醒啦。"马连军转过头来。他只穿了件白衬衣，却站得笔直。

这是一个身材挺拔的中年人，没有一点发福的迹象，他的面容俊朗，但表情很少，严肃而沉闷。

"我是不是睡了很久？"小远看着他，有点不好意思。

"是的，"他抬起手腕看了一下表，"睡了四十五分钟。女孩子这么能睡可不好，一点警惕性都没有！"

小远的脸红了。她看着马连军，话不知不觉就到了嘴边，"为什么你这么瘦，马建宇那么胖？"说完她开始后悔自己口无遮拦。

"我瘦吗？"他低头认真查看了一下自己，又抬起头来，"我一直是这样。建宇是因为从小大家都惯他，总觉得他是没妈的孩子，怕亏着欠着，硬把他喂得这么胖。"他的眼睛里掠过一丝阴影，顿了一下，很快，又轻松地说："这些日子他好像在积极减肥，又节食又跑步，应该就是为了你的那个同伴吧。"

小远大笑，"不错嘛，有动力，有决心，他肯定能成功！"

便利店里飘出食品的香味，透过玻璃，可以看到几排货架。一对学生模样的小情侣坐在靠墙的餐桌旁吃东西，你喂我一口，我喂你一口。

"折腾了大半夜，你一定饿了吧？"马连军看看小远，又看看店里，果断地说，"我们吃点东西再走。"

两人一人一碗鸭血粉丝，外加若干串关东煮。便利店的人心不在焉地下好粉丝，便接着去看韩剧了，那对小情侣一会儿头靠头窃窃私语，一会儿喂来喂去。在蒸腾的热气和明亮的灯光中，夜间时光漫漶，如没有边际的温暖海洋，给人一种奇特的心安。他们两人吃得很好，风卷残云，一扫而空。

"我好多年没看到像你这样能吃的女孩子了。"回到车上，马连军一边开车一边说，嘴角溢出笑意。

小远没有留意他的话，她看到了路边的迎春花。路灯照着大片的花丛，金灿灿的，像极了她家乡的油菜花。每年这个时节，油菜花竞相开放，天蓝蓝的，水绿绿的，平原的风无拘无束，拂过花海，让人久久沉醉在花香里。这时受伤的胳膊在隐隐作痛，她的眼睛潮湿了。

"怎么了？是不是我说错了话，惹你生气了？"马连军从后视镜看看小远。

"没有，跟你没关系。"小远说，她有点不好意思，自己忽然变得如此感性，因为她平时可不是这个样子。她用左手指指外面，说："那些花，很像我老家的油菜花。"

车停在校门口。大门两边的石坡上，迎春花开得更是汹涌澎湃，密密匝匝。

"你的家乡在哪里？"马连军问。

"离这儿不远。那是苏北的一个水乡小镇，那里有好多好多的油菜花。小时我们在油菜花地里打滚，花粉染黄了我们的衣服；夏天漂在河里摸菱角；

秋风一起，螃蟹肥得让人流口水。"

马连军听得入了神。

"我从小在水和烂泥里滚爬。我是家里老大，老二是个弟弟，爸妈比较惯我，我们一家人在一起，总是其乐融融的。"

"只是，"她有些苦恼地摸摸自己的脸，"我们的导师是个老学究，给我的论文打了 75 分，不合格。"

"你做的什么课题啊？"

"人性的禁锢与自由——由史湘云诗词论性格及其他。"看到马连军惊讶的表情，小远笑笑，"忘了告诉你，我是研究古典文学的，导师是个红学专家。是不是有点不像？"

马连军摇摇头，笑着说："严重不像。"

他帮小远叫醒门卫开了校门。

小远说了声"谢谢你，马叔叔！"便匆匆往校园里跑。

马连军赶紧抬起手挥挥，"再见，蒋小远，到宿舍抓紧休息！"

跑了几步，小远回头，他还站在车边，冲着小远又挥挥手，身边的车在暗夜里散发着幽冷的光芒，孤独而骄傲。

二

小远在睡梦中感觉到有人在轻轻地拍她的肩膀。她记起前一夜的伤痛，忍不住嚷出了声。

"嘘，别吵！"有人在耳边说，声音很熟悉。

她睁开眼睛，果然是呆头健，站在床铺边正在察看她的胳膊。她竟然睡到了中午时分，满宿舍阳光灿烂，舍友们一个都不在。

"你怎么来了？"她又惊又喜。

"昨晚打不通你的手机。你们舍友说你和诗诺都没有回来。我预感会出事，就坐凌晨的高铁过来了。"

"上肢软组织挫伤 3 处，右腕关节轻度错位，已出现水肿。一周内戒油腻和刺激性食物，半个月内不能洗澡。"呆头健喃喃念着。

辅导员一早来过，马连军也来过，把她落在车上的书本和手机都送过来了，手机已跌破，不能再使用。另外还有一个厚厚的信封。

"这是什么？"她问。

"辅导员说是你们学长家长表达的歉意。你需要好好养伤。医院的费用人家已经预付了，要定期去换药和检查。"

"好像用不了这么多吧？"她傻傻地说。

呆头健卷卷袖子，义愤填膺地说："我过来，本来是想找人打架的，看谁晚上把你拐跑了。没想到是你多事做灯泡。"

他刮了一下她的鼻子，"我们家女汉子可是个宝贝，不是这点钱就可以收买的。你先收好，等诗诺回来，你们自己再做决定吧。"

小远翻身起床，无法正常换衣，只能勉强套件大外套。

呆头健把她从上铺抱下来。"快洗漱，我帮你，看门的阿姨说如果过了一个小时我不下去，她就上来把我轰走。"

在食堂吃过午饭，小远送呆头健去坐火车。他在苏州的医学院读大四，已经能够跟着导师上手术台，是个准外科大夫了。每天除了完成医院的工作，他还要回校做实验、写论文，给自己养的两百只小白鼠消毒洗澡，忙碌得很。

还有五分钟要进站了，呆头健把她抱起来转个圈，"好像又重了几斤。"

"呸！呸！我感觉自己又轻了些呢。"

"这段时间要把自己照顾好，医嘱我都贴你床头了。"呆头健又说。

"如果我这次考核通过，能拿到两千块钱奖学金，到时我买一部新手机送给你。"

"嗯，嗯。"她想不出别的话。

他往进站口走了几步，又返回来说："医院那边按时去。信封还给那家人，不用这些赔偿，人家又不是故意的。"

迎着他清澈的眼睛，小远点点头。

舍友们傍晚时分到医院看诗诺，给她带些衣物去。诗诺住在单人间病房里，正在跟学长一起埋头看剧，伴随着剧中人各种夸张的表情与对话，两人笑成一团，看来都无大碍。床头柜上放着玫瑰，几包零食敞开放在桌上。没聊几句，大家就赶着回去了。回程的地铁上，大家七嘴八舌。

"那么大的一束玫瑰噢，真让人羡慕嫉妒恨呐。"

"宝马哥虽然胖了点，但模样还不错，一直在追诗诺。这次是老天在给他们创造机会呢。"

"我也想受点小伤，有人伺候着……"

小远听着，眼前忽然闪现出马连军的模样。凌晨睡前她看了闹钟，已经三点了，他早上又来学校送书本和手机，为人父母真的不容易。为什么他提到马建宇时表情有溺爱，有无奈，好像也有那么一丝寂寥？地铁在黑暗中风驰电掣般行进，她隐隐看到前方艰辛的成人世界。而她们终将长大，无可回避。

小远每天上课记两份笔记，苦不堪言。好在第四天诗诺出院了。经过这次车祸，她和学长的感情迅速升温。有同学大发柠檬精本色，说这是宝马才能撞出的化学反应，诗诺倒也不以为意。

这天晚自习后，诗诺问小远："你知不知道有多少个男孩子追过我？"

小远摇摇头。

诗诺说："从大一开始，每学期都有三四个，写信、送礼物、吃饭、看电影、逛街，我感觉很累。"

她问小远："你知道我喜欢过谁吗？"

小远迅速地在脑海中搜索，应该不是那个冬夜在窗下为她弹吉他的男孩吧，也不会是那个酷似李敏镐见到诗诺却总会脸红的实习老师，也应该不是外文系那个写血书的话剧社风流社长。会是谁呢？

诗诺说："我们老家，有一个青梅竹马的男孩，比我大了两岁。我和他一起长大，一起上学，他见过我最丑的模样。我爸妈是收废品的，家里子女又多。我从小衣衫破旧，一身癞疮，常常生病，除了他，没有别的人和我玩。一直是他在安慰和鼓励我。"

"后来呢？"小远追着问。

"后来，他高中毕业只考上大专。因为还有兄妹要念书，为了减轻家里的负担，他没有上学，直接开始做生意了。第二年，我考上了南大。送我上学时，我第一次看到他哭，就好像我永远不会再回来。大学三年了，我的学费、生活费都是他出的。他的生意做得很好，也很辛苦。"

"再后来呢？"小远犹豫了一下，又问。她在心中已隐隐知道结局，却还是禁不住去问。

诗诺细细的胳膊挽在她的臂弯里，好娇弱。小远至今还记得诗诺刚进校的模样，一身蓝布褂，两个麻花辫，有点土气，却挡不住那份明眸皓齿的靓丽。入校仅仅一个月，她就彻底变成了个时尚而文艺的女孩，虽然成绩不太好，却因性情温婉，得到大家的喜爱。

诗诺说："小远，人真的是会变的。一直到现在，我最喜欢的人还是他。不论遇到什么事，好的，坏的，第一个想到的人总是他。但每当想到以后要和他结婚、生子，在灰暗的县城过意料中的日子，我就心烦。我喜欢新东西，喜欢生活充满激情。上大学的第一天，我就喜欢上了这个城市，不想再回到过去的世界。"

"那，他怎么办呢？"

"我不知道。三年来，他每次要来看我，都被我拒绝了。我觉得我们之间回不去了。无论是人生目标、生活习惯，还是思维方式，都越来越远。"

"你喜不喜欢马建宇？"

诗诺沉默了一会儿，眼神里有迷惘，"我也不知道算不算喜欢。马建宇家境好，人也不坏，只是有点单纯稚嫩。唉，走一步算一步吧。"

谁也不能判定诗诺的对错。然而，每当小远想到遥远的地方那个一直在守候的人，就忍不住暗自叹息。

小远让诗诺把那个信封交还给马建宇。诗诺说她也有一个，是马建宇的父亲给的。她让小远安心收着。

"老马家有的是钱。他家的外贸公司，生意做得很大。"

"可是，我们不能白要人家的东西。"小远急了。

诗诺说："人家图的是心安，只有你这个傻瓜，才把这点钱当回事。下周六他们父子请吃饭，说是赔罪。到时你自己去和他们说吧。"

然而周六的饭却没有吃成。

一大早诗诺开开心心出去，晚上回来却灰溜溜地。小远正翻看一部英文小说，见诗诺脸色不好，不洗脸不刷牙就爬上了床，还放下了蚊帐，便赶忙凑过去。

"诗诺，你怎么了？"

诗诺背对着她，头蒙在被子里，浓密的黑发下，肩膀在抽搐，她没有回答。

宿舍里只亮着小远床头的一盏小灯，同宿舍有两张床空着，床的主人回了家，另一张床上的女生缩在被窝里玩手机，整个宿舍笼罩在橙色的静谧中。

"是不是马建宇对你干了坏事？"小远刹那间想到种种可能，赶忙问，"还是你怀孕了，或者他爱上别人了？"

诗诺把头转过来，她的眼睛红肿着，目光凄凄惨惨，"小远，马建宇家出事了。他爸爸卷到一个商业贿赂案里，今天被带走了。"

小远愣了一会儿，想到马连军寡言又坚定的模样，她拍拍诗诺的肩膀，劝慰道："别担心。这些事来了就来了，老马他们肯定有能力处理好。我们搞不清状况，不要在这里白白烦恼。"

时间过得很快，眨眼又是一周过去了。这一周小远常跟诗诺在一起，听诗诺讲马连军传奇般的人生和奇迹般的发家史。

马连军从前只是街头小混混，当年马建宇的妈妈在这个城市读大学，冤孽一般结识了马连军，两人一见钟情，爱得死去活来。马建宇的妈妈大一还没读完就大了肚子，索性退了学，和父母断绝了关系，一心一意和马连军租房住到一起。那时的马连军不务正业，飙车、赌博、打架、喝酒，无所不为。

马建宇妈妈有一天半夜去歌厅找马连军，马连军正因争风吃醋和别人大打出手。推搡之间马建宇妈妈摔倒，当晚生下马建宇后便因失血过多去世。马连军从此洗心革面，重新做人。

在马建宇的记忆中，马连军是个沉默的工作狂人，他的外贸公司蒸蒸日上。这些年来，马连军身边一直围绕着形形色色的女人，但马建宇说他从没将任何一个女人领进家门。

"简直就是再版的《阿郎的故事》。"诗诺说。看着眼睛湿润的小远，诗诺又说，"马建宇说他妈妈和你是老乡，是不是你们那个地方的女孩子都特别傻？"

"也许吧。"小远说，很长时间她沉浸在故事的情节里。曾经的相恋与背弃，最后的相别与不相忘，她的心脏似乎承受不了这样惨烈的故事。

晚饭后和呆头健通话时，她对呆头健讲了马连军的故事。"你会不会有一天也背弃我？"她几乎是噙着泪在问。

"当然不会！"呆头健认真地回答，"小远，我会一辈子对你好的。"

"那个马连军像一首歌所唱，一生不羁放纵爱自由。他能做到浪子回头，非常宝贵。人做了错事要有勇气承认并改正，就像生病一样，无论用药还是手术，要把错误的状态调整过来，才能恢复健康。"呆头健很少这样滔滔不绝地说话。

"职业病又犯了，我懒得跟你说话。"小远嗔怪着。

呆头健赶紧跟她讲趣事，逗她开心。他说今天有个舍友过生日，但他们没钱买礼物，又没时间开 party，只能请食堂师傅买了一只活鸡，由一个外科同学杀鸡去骨，还在鸡身刻了"Happy birthday to Aaron"的字样。

晚饭前这个同学托着香气四溢的无骨椒盐烤鸡在校园中穿行，一路被称赞好刀法好厨艺，招来各种追拍。为考试忙到焦头烂额的 Aaron 在图书馆过道里匆匆吃下整只鸡，然后接着背书。这就是医科生的豪华生日。

小远听得咯咯直笑。医学院学业繁重，学制冗长，专业使他们越发严谨和理性，然而他们的内心却无比烂漫。

挂掉电话，小远往宿舍走，仍有伤感涌上她的心头。她是在电话亭里打电话的，电话亭很久没人用了，亭里亭外长满青草。

黄昏时刻，校园里很热闹，林荫路上，同学们三三两两地去食堂吃饭，一群男生在篮球场打球，另一群男生在旁边敲饭盆喝彩。在这样的大学校园里，曾经有一个和她一般的水乡女孩，遇到了让她奋不顾身的爱情，这个女孩，多么傻又多么勇敢！

她缅怀着二十多年前的爱情故事，从未如此多愁善感。

三

又过去大半个月，小远见到了消瘦一大圈的马建宇。诗诺、小远和马建宇相约在校园门口的一家小餐馆吃午饭。马建宇忽然之间仿佛长大了好几岁，脸上多了几许沉稳。诗诺说马建宇很有进取心，工作出了成绩，还受到单位表彰，言语之中，透出赞赏。就在他们低头研究菜单时，马连军到了。尽管商业竞争很残酷，可他仍是那样淡定自若。

四个一次性杯子，倒了满满的汽水，碰在一起，泡沫四溢。马连军说："为劫后重生，cheers！"

饭后马建宇又建议去看电影。诗诺拉着小远，"一起去吧，明天建宇要去外地学习，要隔好久才能再见面呢。"

"不要！当灯泡的都没有好下场，我胳膊上的石膏可是刚拆下呢。"小远断然拒绝，抱着自己的书准备回学校。她今天要改完论文的最后一稿，不论老学究喜不喜欢她，她相信这次肯定能过关。

马连军说："我送你一下。"

远远地，走来小远班上几个男生，意味深长地对他们看了又看。马连军一身休闲服，仪态从容，小远忽然窘得满面通红。

"怎么了？"马连军问。

"那几个男生目光不正。"小远恨恨地说。

马连军笑了，"我这么大年纪了，人家不会以为什么的。别多想啦。"

小远看看他。他今年应该是四十出头了，岁月仿佛没有在他身上留下痕迹，看上去还是那么年轻。曾经有个女孩子为他生，为他死，爱得轰轰烈烈而义无反顾，他又是怎样不动声色地将破碎的心一点一点缝合，去面对接下来的漫长岁月的呢？

阳光照在脸上和脖颈上，处处暖融融的。校门口的迎春花还在开着，他们在花旁停下。

"建宇的妈妈，和你是同乡。"马连军说，他的嗓子有点哑。

他看着花丛，目光却仿佛落在一个遥远的地方，有柔情和追忆，他抬起右手，轻轻地抚摸了一下金色的花瓣，指尖在颤抖，右手手腕处，有一道深深的伤痕。

仿佛感受到了小远的目光，他又说："那时我恨极了自己，想随她而去。他们把建宇放在我身边，我听到他的哭声，才想到自己的责任。"

小远看着他的侧影，很想说点什么，但此刻任何语言都肤浅无力。是否每个人的青春，都是无法预知的？当年马连军的年少荒唐，如今自己的没心没肺，呆头健的体贴与细致，诗诺和她的青梅竹马，变心与坚守，所有的对与不对，需要时间来逐一验证。

良久，马连军叹息一声："我们走吧。"

他们继续向校园走去。

小远把口袋里的信封交给马连军，"这个早该还给你了。"

"为什么不要？"马连军看着信封，眉头紧锁。

"我们学生哪用得着这么多钱！"小远笑着说，"再说，我的伤已经好了。"她用力甩甩胳膊。

看着她的样子，马连军也笑了，他的眼睛闪闪发亮，"你们这么年轻，真美好！那天你叫我一声马叔叔，我觉得自己垂垂老矣，此刻忽然感到还有无限活力。"

他们又一次在校门口道别。小远挥挥手，差一点又喊出"马叔叔"，想了想，喊了一声，"老马，你一点也不老！"

马连军绽放出一脸的笑容，他倒退着走了几步，忽然嚷嚷了句什么，四月的阳光洒了一地，校园广播在那一刻响起，巨大的音乐声盖住了所有的喧哗。老马果断转身，大踏步向前走，步伐很轻快。

小远在收发室拿到呆头健寄来的邮包，上面有准医生神符般洒脱的大字："这部手机是我用奖学金买的，把卡插进去就可以用了。希望你喜欢。记得发张照片给我。"

他果然拿到奖学金了！她欣喜地打开，屏幕主页已设定好，是呆头健的自拍，他穿着白大褂，戴着眼镜，认真地看着镜头，他的身后是实验台，小白鼠们在笼中争相把脑袋簇拥过来，似乎也充满热情与喜悦。他和他的伙伴们——小远的心底蹦出了这样的词语。

她走到了图书馆门口，又看见一大丛金灿灿的迎春花，真是春光无限好。她把书放在石头台阶上，用手指梳梳短短的头发，理理外套的衣领。她模仿诗诺自拍的姿势，一手握手机向前，一手放在耳边摆出剪刀手，睁大眼睛，试图做出最为平淡的表情，却绷不住咧开嘴巴大笑起来，就在那一刻，手指轻按，把春天定格在了最快乐的时分。

共潮生

渡轮一靠码头，夏小奇便逃也似的下了船。他的背上还留有那个孩子热烘烘的气息。整个渡海的过程，那个孩子就像小兽般一直在后座骚动，只用了十分钟时间，就在他肩膀上踩了个黑脚印，用黏糊糊的手指摸遍了他的耳机线，在他耳边咻咻地呼吸，把一串不知是口水还是饮料的液体洒到他的衣袖上。而孩子的父母只是笑盈盈地旁观。这只是漫长而混乱旅途中的一个小片段，他已经疲惫到没有任何脾气。

海水在脚下翻着泡沫，游客们像炸开的烟花四下散去。林荫路上，凤凰木竞相开花，半空中仿佛有火焰在经久不息地燃烧，热浪滚滚，树下游客和商贩摩肩接踵，黑压压一片。夏小奇点开导航，埋头疾走，只想快一点儿从人潮中穿过，快一点儿抵达青年旅舍洗澡、睡觉。

这一觉睡得天昏地暗，醒来时是凌晨四点钟，他第一次这么早自己醒来。四肢弥漫着睡足觉后的舒展自在，心情出奇地平和。同房间的男士们打着呼噜，他背起背包，蹑手蹑脚出了门。

天还黑着，路灯隐在茂盛的林木间，隔老远一盏。半明半昧的光线中，山坡上大片的鸡蛋花散发着馨香。空气清凉湿润，白天的嘈杂喧哗仿佛是另一个世界里发生的事。夜里涨过潮，许多礁石都消失了，海平如镜。他依稀记得日光岩的方向，沿着山路向前走，果然看到了岔路口的那棵大榕树。石壁上挂满青藤，路陡峭起来，然而他却走得很轻松。

"村长，有三条路，怎么走？" 10 岁的他站在树下，煞有介事地举举望远镜，问老爸。

真实的老爸不是足智多谋的慢羊羊村长。他背着被老妈强行塞进面包和水果的登山包，因为睡眠不足，倦怠而暴躁。那时妈妈虽然不算温柔，却仍热情积极，对他们有足够的耐心。她帮滑倒的小奇系紧鞋带，给爸爸把遮阳帽帽檐转向后方。大树下有个酒吧，她还顺手把门口木头人乱了的领结重新系好。

"那个大石头做什么用的？"他问。

"它是鼓浪屿的最高点。"老爸说。

"它是岛上第一个照到阳光的地方，也是家人们等待出海的人归来的地方。"老妈说。

"不好玩，没有肯德基，没有《熊出没》，没有《哈利·波特》。"九年前的自己说。

九年后的自己又来到了这里。耳机里火星哥（布鲁诺·马尔斯，美国歌手）在唱："知道你就在外头的某处，某个很远的地方。但我希望你回到我身边……我独自坐着，对着月亮说话……"这时候任何声音都多余，他关了手机音乐。

日光岩，海面暗沉沉，远处灯塔的光在一明一灭，天与海静静相对。四周一片沉寂，太早了。

大石头上有个中年男子，比他还早，站在崖边，雕塑一般。小奇看了他一眼，走到一边，离他很远，席地而坐，等着日出。忽然他一激灵，站起身来，看向那个男子。

这个人离海太近了。崖上的栏杆很低，似乎轻轻一跃，就可以飞出去。他呆呆地看着远处，又仿佛什么也没有看。虽然只是背影，却透出一种莫名的情绪。小奇踢踢踏踏地走过去，也面海站着。男子忽然动了动，向左边走几步，小奇跟着走了几步，他又向右走了几步，小奇也跟着走了几步。男子手按着栏杆，小奇一下子冲到他身边，抓住他的一条胳膊。男子转过头来，他们四目相对，小奇从没有跟人这样近距离对视过，顾不上尴尬，他大声说："不能跳！"

男子怔怔地看着他，像从梦中惊醒。这是一张很普通的脸，只是眉宇间刻着深深的悲哀，他的臂膀冰冷僵硬，整个身体都在战栗，仿佛正经受着一种剧烈的痛苦。小奇指指天空，用力地说，"你看，就要日出了！"他牢牢抓着中年男子的胳膊，自己的身体也因紧张而发抖。

天亮是一瞬间的事，海天交汇的地方出现鱼肚白，堆积起大片的玫瑰云。远处的岛屿，仿佛是从天上飘来一般，浮现在湛蓝的海水中。男子平静了一些，按在木栏杆上发白的指节逐渐放松下来。身边游客越来越多，小孩在奔跑、叫嚷，大人们高声谈话，摄影的人们端着三脚架四处端详，寻找拍日出的最佳角度。

中年男子说话了，"请把我带到海滩上。"他的声音低沉，面容憔悴，眼神空空落落。

小奇赶紧说："好的。"男子踉跄着，去拿地上的背包，弯了两次腰才捡起来。

他们从人群中挤出来，沿着石级走下了日光岩，男子走路慢慢恢复了正常。不知何时，太阳已经出来了，四处金光闪闪。海水早已落完潮，礁石错落分散在空旷的海滩上。他们并肩走着。

男子停下脚步，向小奇伸出手。"我叫沈世文，43岁，西北人，定居上海。"他目光端肃，戴着黑框眼镜，像极了小奇的高三班主任。

"夏小奇，19岁，刚结束高考，从江苏来。"小奇伸出手，与沈世文握了握，他不大适应这种慎重的介绍方式。沈世文的手温暖干燥，小奇在心中松了口气，这才觉出饥肠辘辘。

"你没事了吧？"小奇问。

"没事了。"沈世文说，他停了一下，一字一句地说，"今天很感谢你。"

"没什么，不用谢。"小奇冲沈世文摆摆手，"那再见啦！"他向公路走去。过了一会儿，小奇回头看，高大的椰树下，沈世文还在那边，站得很直。"应该是真的没事了。"他想。

这次旅行中，小奇时时有种错觉，好像全世界的人都出来旅游了。从厦门市区到鼓浪屿，角角落落里全是人。他挤在人堆里看了钢琴博物馆、鱼骨艺术馆，在小作坊看现场制作百香果蜜，在大街上听流浪歌手唱原创民谣，摸了奶茶店那只网红猫。他在文艺小店买了若干张明信片，却不知该寄给谁。

傍晚的时候，小奇在老巷口的摊头等蚵仔煎。戴着灰色渔夫帽的老摊主絮絮叨叨，跟一群来厦门旅游的女学生讲他年轻时出海的经历，他的双手很粗糙，却极其灵巧，去壳、取肉、打蛋、搅面糊一气呵成。担子下的水桶里，海蛎在懒洋洋地吐沙。乌黑的平底锅里，蚵仔饼已煎到两面金黄。小奇一抬头，看到沈世文。他从一堵开满三角梅的墙边走过来，背着包，有点风尘仆仆的模样，看上去走了很远的路。看到小奇，他微笑着，洁白的牙齿在阳光下闪闪发亮，和早晨判若两人。

小奇在石礅上往边上挪了挪，算是打了个招呼。

沈世文坐下，把背包放在脚边。他瞟了一眼那个沉甸甸的背包。

"这里面装的是鸡翅木还是黄花梨？"他想起白天去过的老家具展览馆。

"都不是，"沈世文认真地说，"是岩石样本。我在岛上发现好几种以前没见过的种类。这里的片麻岩和石英岩也很有特色。"

"你是准备带回去卖钱，还是收藏？"

"它们属于这个岛，不应该被带走。我想做上标签，找个地方陈列，让感兴趣的人能看到；或者再丢回山上。"

小奇看看沈世文，嘟嘟囔囔地说："你太像我高中班主任了。"

两人都笑了。

他们坐在红砖小楼的拱门下吃蚵仔煎。镂花的铁栅门里，堆积着精巧的假山流水，红莲花绽放在小池塘里，绿树上熟透了的木瓜盈盈欲坠。女学生们在寻找着各种角度拍照，叽叽喳喳，热闹非凡。

"饼不错。"沈世文赞叹道，"好久没有吃到这么香的东西了。"

"你要多吃，这样才健康。"小奇看看沈世文，作为中年人，他偏瘦，白衬衣穿在身上有点空旷，穿得很整洁，不像吸毒、酗酒的人。

沈世文沉默了一会儿，看着小奇坦率地说："今早是我第二次犯病。"

"我想看日出的，但一上去就知道不行了。开始我还想，那边要有保安在，能看到我就好了。后来我控制不住自己，脑子里什么思想都没有了。"

"什么病？"小奇问。

"6月份刚查出来，医生说是轻度抑郁症。"沈世文扶扶眼镜，看了一眼小奇。小奇的表情很淡然，一门心思听他说，于是他就继续说，"其实不是才得的。第一次发作是在一年前，我跟着检查团在一座摩天大厦顶层种植区参观，一直听到有个声音叫我跨出去。那天幸亏我掉队，落在最后面，园区又有两个加班的工人拦住了我，没出事，也没有惊动单位的人。"

"为什么会得抑郁症？"小奇又问。

"我也想知道。医生说我这种程度是可以治愈的，只是需要时间，还要找到症结。"沈世文出神地看着面前的石板地，面前是来来往往的游客的腿和脚。他的目光充满忧伤，夏小奇看到了他眼角的皱纹，还有灰白的鬓角。

"你是除了医生以外，第二个知道这个消息的人。我没敢告诉家里人，感觉很丢人。"沈世文低低地说。

"生病有什么丢人的？"夏小奇说，"我小学时查出多动症。我爸妈要面子怕别人知道，天天遮遮掩掩。有一天我当着全班同学宣布这个消息，要大家一起帮助我，后来我就真的好了。"

沈世文看他一眼，刚想说什么，夏小奇坐得离他近些，热忱地说："来，我们一起找病因！"

沈世文静默了好一会儿，终于讲了起来。

"我在机关上班，做农业数据统计工作，当了十八年的科员。

"四年前为买学区房，背了两家银行的贷款，还有十年才能还清。

"我父母靠十来亩玉米地供我读书，他们一直觉得儿子优秀。他们老了，我很想把他们接来上海。

"我儿子在叛逆期，不肯用功，我们没办法交谈。

"我老婆要换车换房，还要让儿子出国上学。从前她爱笑，爱读诗，和我一样爱地理。那个善解人意的人去哪儿了？"

他过一会儿讲一句，停下来的时候，凝神思索，仿佛在寻找，又仿佛在等待着什么。夏小奇没有插话，他不懂得劝慰，也不知该不该追问。就像他每次看到爸妈的争吵，或者看到自己的愤怒与无措……班主任找他谈话时说过，没有乌云能永远遮住天空。只是生活中为什么总有些乌云，他简单的心不能理解。

第三天，夏小奇租了单车，沿环岛路一路骑行。他游了菽庄花园，看了郑成功雕像，每一块沙滩都充斥着追逐打闹的孩子和服装鲜艳的成人。直升机在天空嗡嗡盘旋，海面上不时有汽艇喷出雪白的浪花，惹来阵阵尖叫。他骑得越来越远，终于来到相思林。繁茂的相思树枝叶参天，覆盖了一大片寂静的海岸。林间草地茂密平坦，几位本地老人在芦苇塘边用小鱼喂白鹭，游客很少。他把车放倒在草地上，人也睡下，闭上眼睛。风在林间呼啸，海浪在远处一声声拍打着礁石。

"亲爱的爸爸，我不了解我的寂寞来自何方，但是我真的感到寂寞。你也寂寞，世界上每个人都寂寞，只是大家的寂寞都不同吧。

"其实，夏天时我自己去过海边，我站在远远的沙滩上看着蓝蓝的海，并没有再往前走。当时我想，我还是要等你的，我不能背叛你。我必须等你。"

小时候翻烂了的《几米漫画》，一页页浮现出来。眼泪从眼角滴下，落到泥土里。

再睁开眼睛时，沈世文正坐在他身边，看着他。他坐起来，若无其事地揉揉眼，抬头看天。

"你是一个人来旅行的吗？"沈世文问。

"是。"

"为什么？"

"我想静静。"他倔倔地说。

"我也是，想一个人静静。"沈世文说，"你昨天救了我，我觉得我们已经是朋友了。"

小奇说："我第一次来这里，是九年前，我们一家三口。我在这里学会了游泳。他们说等我考上大学再带我过来。"

"后来，"小奇站起身来，把手里的树枝扔得远远的，"他们约好，等我高考结束就和平分手。"

沈世文什么也没有说。他若有所思地看着小奇扶起自行车，两人一起往前走。

他们在一棵树下驻足。树下有块牌子，写着树龄 580 年，树冠如巨伞。迎着斑斑点点的阳光，小奇的脖子仰到发酸。

小奇忽然问："你有外遇吗？"

沈世文沉默了一会儿，摇摇头，"心里有过，但没有实现。"

"为什么？"

"我迈不开那一步。"他说，"生活总有难关的，不能饮鸩止渴。虽然现实让人狼狈，但只要没有完全溃败，还是该保留一点信念。"

"不错，给你点个赞。"夏小奇冲他竖竖大拇指，"可我的父母没有做到。"他黯然神伤。

"你的父母一定是爱你的。但每个人都不容易，要试着去理解他们的苦衷。"沈世文说，"更何况，你已经是个男子汉，该建立自己的新生活了。"

"也许吧。"他含糊地回答着，故作轻松地东张西望。远远的天空，飘着几个色彩斑斓的热气球。

"你坐过热气球吗？"沈世文问。

"没啊，"他说，"我小时候恐高，坐过山车也很害怕。现在不知道能不能坐过山车。"

"我也没坐过。一起去试试坐热气球？"

"好。"

气球升空前，沈世文很紧张，一言不发，嘴唇泛白。坐进筐里，他挽住沈世文的胳膊说，"没什么好怕的。"

气球越升越高，小奇有点眩晕，他感觉到沈世文的身体在轻微颤抖，转头对望时，沈世文在尽力保持着平静，甚至还努力地对着他微笑。小奇心中鼓起勇气，他想真的没有什么好怕的。

从蓝天中看去，小岛就像色彩鲜明的图画。那些在沙滩上移动的小点点，大片绿色的植物，蓝色无垠的海面，以及拂面而来的柔和的风，让他体验到许久未有过的宁静。他想到童年时、少年时，父母常给他的鼓励。这个时候，他仿佛在以另一种视角，俯视平日蛮横倔强的自己，那依附于父母的溺爱中不肯长大的自己。这么多年，他只顾索取，却忽略了去体会父母的喜怒哀乐。

落地时两人都长吁一口气，彼此望望，从筐中爬出来。

"那个卖票的人，以为我们是父子。收钱时跟我说，你儿子很帅。"沈世文说。

小奇有点不好意思。他想父子才不会这样相处呢，最起码，他从十岁以后，再也没有和老爸挽过胳膊。

一场突如其来的大雨把他们淋得透湿。大风大雨中，他们踩着一地猩红的凤凰木花狂奔，试图抄近路回各自的客栈，却迷了路。天黑了，巷子的尽头，是一堵白色粉墙，上面是油漆斑驳的大字：阿婆小食店。他们走进去，站在昏黄的灯光中往下滴水，狼狈不堪。

阿婆很老了，瘦而有精神。她拿来两块大麻布，让两人擦干。蓝花大碗里的杂鱼汤雪白雪白的，撒着细碎的绿叶，粗陶碗装着土笋冻、海蛎煎、玉米饼。阿婆用难懂的闽南话说，可惜今天没有煲姜母鸭，淋了雨会伤风，多喝热汤热水才能驱寒。

他们吃得很饱。雨很快停了，和来时一样迅速，一地银白的月光。他们走时，阿婆反复说一句话，走出很远他们才弄懂意思，阿婆是说，明晚有大潮，一定要去海边看大潮。

当晚，小奇睡得很香。

岛上第四天，他骑着自行车续续环岛游。行进在清凉的风中，不时看见充满艺术感的建筑和形形色色的游客。仔细观察，也很有趣。耳机中传出鲍勃·迪伦沙哑的嗓音，"一个人要走过多少路，才能被称为真正的人？一只白鸽需要飞过多少海洋，才能在沙滩安歇……答案在风中，答案在风中。"

他在海边又看到了沈世文。他穿着件岛上售卖的白T恤，背上印着碧海帆影，很醒目。他俯身在礁石边，拿了放大镜看得聚精会神。裤腿一高一低，已经全湿了，却浑然不觉。他又发现了什么石，什么岩？这个人有着呆傻的热情和穷究到底的认真，真的很像小奇的班主任。小奇忽然开始想念那个曾让他厌烦不已的班主任了。小奇微笑着骑车走远，没有惊动他。

他在邮筒前停车，投下前一天夜晚写好的明信片。明信片有两张，分别寄到爸爸妈妈现在各自的地址。上面有他速印的照片，他迎着海风在大笑，阳光把他晒得乌黑发亮。两张明信片上写着同一句话：很想你们，大家都要幸福啊！

晚上，他在客栈洗了澡，收拾好衣物。沈世文发来微信："今晚十点半大潮。我在棕榈滩。"他回了个 OK 的表情。

小奇到达沙滩时，篝火晚会已近尾声。热烈的群舞刚刚结束，游客们围着篝火东倒西歪圈成一个大圈。主持人说现在击鼓传花，接到花的人表演啥都行。年轻人齐声回应着"好啊，好啊"。

中东手鼓拍得很欢快，篝火旁突然多了个绚丽的肚皮舞女郎。她取下鬓边的一朵花，扔到人群里，花迅速被传递开来。第一次停鼓，花落在一个酷酷的男孩手里。男孩二话不说，来了段街舞。第二次停鼓，花落在一个学生模样的女孩子手里，她走到场地中间，大大方方朗诵了《礁石》。就在夏小奇看到人群中间的沈世文时，激烈的鼓声停了，那朵鲜艳的玫瑰花正好拿在他的手里，他呆呆地坐在那儿。

"出来，出来！"人们起着哄，声音一浪又一浪。他看到沈世文的背一点点在僵硬，镜片后的目光开始闪烁，有慌乱到近乎绝望的情绪流泻而出。他飞奔而去，穿越人群的罅隙，不顾踩到多少人的脚，惹来多少惊呼，终于在玫瑰花就要掉落的一刹那接到自己的手里。

"沈世文，会唱歌吗？我给你伴唱！"小奇大声地说。

沈世文深深地看他一眼，扶一下眼镜，站了起来。

篝火熊熊燃烧着，火光映着人的脸。主持人拿着吉他和支架过来，"唱什么？没有我不会弹的！"

沈世文拿着话筒，人群安静下来，望向他。他温和地笑着，目光明朗地看向每一个人，忽然间就开口唱了起来。

"走出家门那个夏天早上，倾盆的雨狠狠敲痛脸庞。我对自己说，你要咬紧牙关，成功才能回来。"他的声音低沉而富有磁性，这个石头一般的人原来有副好歌喉。

小奇拿着另一个话筒，张张口，却没发出声音，很窘地站在那儿，他一向不会唱歌。

主持人冲他翻翻眼睛，接着唱下去。

"一事无成躲在公寓床上，邻居老人谈起当年时光。他说孩子人生这么短暂，抱紧你的梦想，别跟我一样荒唐……"

他边弹边唱，声音高亢，吉他也弹得很到位。

"理想现实交战的那个晚上，口袋剩下没有几个铜板。男人的苦说来都是一样，谁也不愿多讲，都藏在你我胸膛。"

人群中有人没有用话筒，大声接着唱。

"趁着梦还在你前方，紧握住不要放，你只有这一次选择。梦还在你的前方，忍着痛向前闯，别忘了你那年的话！……"

更多人跟着唱起来。

主持人按下最后一个和弦，沉默良久，说："这首歌真的是太老了啊，弄得大家流泪。"

潮水将至，游客们三三两两离开海滩，工作人员忙着清理垃圾，沙滩上留下无数凌乱的脚印。月色给海水镶上了银边，海水在微微荡漾，似乎在蓄谋着让人激动的重大秘密。棱棱蟹在水边飞快地穿越，那块最大礁石上击鼓般的浪击声更加沉闷了。遥远的地方，似乎有轰轰的声响传来，但侧耳去听，又什么也没有。

终于，海水一波波漫过来，仿佛无声无息，却激流汹涌，一层层白色的水线迅速推进，没有迟疑，也没有退路。只有海水，唯有海水，不知道它们是从哪里来，要到哪里去，这无穷的澎湃浩荡仿佛与自己有着千丝万缕的联系，让人有莫名的欣喜，也有说不出的怅惘。礁石消失了，沙滩也消失了，月光映着茫茫无边的海与天，还有那个小小的、平时未被察觉、此刻却分明存在着的自己。

游客们站在环岛路上，黑压压一大片。很长时间，没有人说话、叫喊和奔跑，一改平时的喧闹。偶尔有手机屏幕闪闪烁烁，像飘浮在人间的星光。

这是小奇第一次完整地目睹涨潮。闪着银光的海水，似乎一直漫到了他的心里，他的心浸润其中，也变得空阔辽远，恬静清凉。

观潮后，两人慢慢往回走，都感觉很轻松。

"明天一早我要回家了。"夏小奇说，"我出来半个多月啦。"

"好的，你该回了，也让父母放心些。"

"也许吧。我想起有许多要做的事情。"

沈世文的微信响起视频通话的声音，他看了看手机，迟疑着。

夏小奇说："你接啊。"

打开视频，传来哇啦哇啦的声音："你这些天不接我们电话，急死我们了。"

"我说过，只是出来静一静。"

"那你在哪里？光线太暗看不清。乐乐想跟你说话。"

屏幕上出现了个表情有点木讷的男孩子，说话粗声粗气。小奇仿佛看到了自己，男孩子在这个年龄段可能都这般不生不熟的样子，让人气恼又无奈。

放下电话，沈世文微笑着摇摇头，又点点头，看上去开朗了许多。

沈世文说："我明早送你走。"

"不要，我最讨厌婆婆妈妈了！"小奇说。

"好吧。"沈世文说。他又伸出手来，"无论如何，我要谢谢你！"

小奇冲他摆摆手，"等下次再见，我们再握手。"

沈世文笑着离开了。

清晨的第一班渡轮靠岸了，为小岛带来喧嚣的新一天，小奇将坐这班渡轮离岛。站在凤凰树下，他看着游客们在码头上上下下，人潮依旧，热闹依旧。忽然手机叮的一声，打开微信，是沈世文发来了一张照片：他又去了日光岩。

他背朝栏杆，远处是辽阔的海天，旭日喷薄而出，面向镜头的表情里，带着一贯的认真，稍稍有点拘谨，可是，这次他站得稳稳的。

没有一句话，没有婆婆妈妈，小奇合上手机，心头涌上欣慰，也有融融的暖意。

远远的，渡轮上一个胖胖的小身影冲着他手舞足蹈。定睛一看，原来是那天渡轮上的小男孩，脖子上还挂着那天他丢失的帽子。夏小奇微笑着，大踏步走了过去。

船歌

一

　　两年前，齐希瑞在一个雨夜抵达兴化。所以大凡凡说他是个诗人，随风潜入夜，润物细无声。

　　大凡凡是个古诗迷，尤其喜欢李杜，尽管她是不折不扣的 95 后，典型的兴化女孩，爱笑，简单开朗。她办公桌的书档上花里胡哨贴着"国民老公"的画像，从何晟铭到肖战，从李易峰到朱一龙，唯一不变的是工具书旁厚厚的《唐诗三百首》和《杜工部诗集》。

　　齐希瑞渐渐觉得大凡凡很有趣。他是个平淡的男孩子，日子对于他来说，是画图、勘测、上网查资料、交报告，是偶尔加班、聚餐，是健身跑步、应付日常生活、睡前打两把游戏、假日回南京。他研究生毕业后考进了省里一家设计院。按老规矩，先借调到下面的县市锻炼两年。

　　他到岗 1 个多月才认清同科室的人，其中包括郑宇凡。单位有一些惯例，比如在烈日当头的 8 月必定要举行一场拔河联谊赛，除了孕妇和重病卧床者，其余人都要参加。发给他的是一件粉色赛服，他去物料处更换未果，气愤地站在赛场边发呆。一个瘦高的女孩拿着一件男式 T 恤走过来。

　　"齐希瑞，我跟你交换一下赛服好不好？人家说是按名单发的，不给我换。"

　　"太好了！"他既高兴，又觉得奇怪，"你怎么知道我的名字？"

　　"我们一个科室的啊，同一天入职的。"女孩个子有一米七，米色的连衣裙宽宽松松，眼睛大大的，眼珠很黑，笑容甜美。他一下子觉得天气清凉了许多。"我俩的名字都很拗口，他们叫我大凡凡。"

他想起来了，憨憨地笑了。

虽然他们汗流浃背，精疲力竭，但他们队却一败涂地。队友们互相埋怨，嫌他瘦弱重心不稳，嫌主任太胖没有力气，埋怨完又相互安慰：联谊单位赢最重要，甲方爸爸们开心才是王道。

回到办公室，在二十几个隔挡中，他第一次留意到贴着明星画放着诗集的那个座位，婆娑的绿叶间，大凡凡埋头不知在忙碌着什么。看了看那个安静的背影，他继续画图。

大凡凡和院长沾点亲戚关系，大专毕业后来到这里工作。她聪明好学，手上出活快，工作越来越顺手。单位接的项目多，齐希瑞和大凡凡会一起下乡或者出差学习，慢慢熟了起来。

"小齐同学，冬天有篮球赛，春天有龙舟赛，这些活动说是必须要参加。"大凡凡提醒他。

"篮球我好久不打了，划船我不会，游泳也不会。怎么办？"他忧心忡忡。

"你要锻炼，增加体能，增加肌肉。你太瘦了！"

他开始每天跑步，有空就在宿舍健身。只要不涉入争权夺利、人事纷争，工作和生活都是很简单的事。他的宿舍在公园路上，从五楼窗口望下去，小桥流水，垂柳成行，下楼拐过街角就可以到单位，很方便。

"你为什么到这里来？"一开始大凡凡很喜欢问这个问题。

"省院安排的。"他老老实实地回答。

"你为什么到这里来？"她问。在乡镇的破旧校舍，他们拍照、测绘，和主管人起争执，骑小摩托观察地貌。失学的孩子在窝棚里生火做饭，她的父母开船去了很远的地方。他们用水泥和木板给她搭起书桌，教她用开水给碗筷消毒，告诉她家门口的新教室很快会盖好。

"为了做点有益的事。"他答。混混沌沌的日子很容易过去，可一旦开始多看一眼，多想一点，要做的事情便多如牛毛而且刻不容缓。

"你为什么到这里来？"她问。他跟着同事参加酒局，有时是为了凑数，有时为了陪酒，有时为了壮势，有时没有理由。

"我从校园出来，除了社会无处可去。"他答，有些怅惘。

"你为什么到这里来？"她问。夏天的傍晚，他们一行人从乡下归城，司机把车停在昭阳湖边抽烟。半边天是红红的晚霞，沙滩上人头攒动，湖里漂着红红绿绿的游泳圈，小孩子们尖叫着，大人们呼喊着，热闹非凡，他们赤脚走在沙滩上，湖水一波波拍上来，清清凉凉。"你们看这昭阳湖，像一滴俗世的眼泪。"大凡凡说。她用干瘦的胳膊在空中画了个大大的椭圆，经过一个夏天的奔走，她被晒黑了许多，更像男生了。

"因为生活。"他故弄玄虚地回答。几个人哈哈笑着，继续去踩沙子。波光粼粼，他眯起眼睛，试图回忆起妈妈的样子。他8岁时妈妈离家出走，再也没有回来。他的爸爸做各种生意，赌博，投机，他在忽贫忽富、时饥时饱中读完小学、初中、高中，大一时他在空余时间做各种兼职，直到大二会做设计和效果图了，生活这才稳定下来。

在不需要加班的节假日，他回南京。即便回家，也很难和爸爸见面。偶尔通电话，他爸爸总是处于压低声音说话的状态，仿佛追债寻仇的人随时会来到他身边。亲戚们基本都不来往，每家都被爸爸借过钱物，骗过投资。家里除了那套因在妈妈名下而无法交易的房子，没有别的东西。

他去郊区养老院看望外婆，给她喂饭、喂药，推着她沿长长的城墙根散步，两个人常常并肩默坐着，一待大半天。养老院里许多老人和外婆一样，为儿为女操持大半辈子，在这里，他们或挣扎于病痛，愤激不安，或淡泊怡然，乐在其中。

外婆很安静。她得阿尔茨海默病已三年，已经不会说话了，忘了很多事，却仍认得他。看护人员说每次他来过以后，外婆总能开心好多天。她的手很粗糙，曾无数次帮他擦眼泪，无数次紧攥着他的手带他去医院、学校和回家。她像一片渐渐枯萎的叶子，向他展示着生命宁静又无奈的归程。

工作第一年，他在舅舅和姨娘们照例起争执前给外婆续上了养老院的费用。往后，年年如此。他握紧拳头。他终于是成人了。

他在南京的街头漫步，在熟悉的书店里看书查资料，去巷口老店吃皮肚面。这个城市有他的外婆，有他的家，有古老的梧桐和陡峭的石坡。春天迎春花四处开放，深秋时中山陵的台阶铺满落叶，高楼大厦日益增多，四处涌动着为生计奔忙的人。这些风景陪伴着他在忧郁困顿中长大。他无比喜欢建设和创造，所以高考志愿填报了规划专业。而在不知不觉间，那个苏北水乡也给他一种别样的心安。

二

加班做方案是常事。偶尔通宵加班，同事带他去吃早茶。窗外是淡青色的天幕，金东门的老牌坊矗立在逐渐光亮起来的街口。厨师手脚利落地切干丝，再撒上一撮姜丝与蒜花。鱼汤面白汽蒸腾，千层油糕泛出温润的油光，三丁包沉甸甸，一只只虾饺卧在蒸笼里，像玲珑的小船。

他们双眼酸涩，一言不发，在汤汤水水中消解着困乏。铿锵的方言四下响起，方桌上，把手被磨得锃亮的白铁茶壶被频频传递，倒出滚烫的茉莉花茶，袅袅的烟火里，无数个清晨就这样来临。

有时天气晴好，晨跑时他去爬拱极台。这里不算最高，却是绝佳的观景地，大半个城中风景尽收眼底。这个淡墨般的小城，深沉如千年古刹，新鲜又如初生婴儿，逐水而居，生生不息，特有的八面来风里，挟裹着浓烈又蓬勃的生机。

有时夜跑，他穿越森林公园。小沼泽里一年四季都藏着野鸭，春夏季节芦苇翠绿如剑，直指天空，秋冬则有簌簌的芦花。卤汀河很宽阔，每当运载砂石的驳船驶过，总会激起深深的水纹。鸟很多，天高地阔。

他常常想，这里与他从小长大的地方分明不同，却不知为何总有熟稔的感觉。

大凡凡经常到他桌头跟他讲话。她还没有改掉学生腔，常常发出各种提问。

"小齐同学，你画了这么多年图，眼睛怎么不近视？"大凡凡问他。

他从图里移过目光，茫然想一想，"不知道啊，可能不够努力。"

"我的眼睛已经有点散光了。"大凡凡睁着大而黑的眼睛，苦恼地说，"怎么办？"

"做眼保健操。用手机定时，一节课时间做一次，或者放松眼睛休息一下。"他自己就是这么做的。

"我脖子比较僵硬，可能得了颈椎病。"他终于想到一个自己不好的地方，用来安慰大凡凡。

"我教你做米字操。"大凡凡很热心。她用下巴写"米"字，看上去有点可笑，齐希瑞感到很暖心。

他每去过一个乡镇或村庄，就在墙上的地图上画一个红圈。大凡凡指指那些红圈，"快到一半了。"

"还早。"他数了数，"才去过 11 个乡镇，38 个村。"

"你看，这些地名都很有特色。叫垛的乡镇就有好几个，可能因为垛是这里的典型地貌。大垛，名字叫得很霸气，面积也大，板桥故里，我和周周上次从郑燮桥上走过。垛田，四面环水，标准的千岛之乡，院长把那个青虾养殖基地规划图画出泰国芭提雅的味道，很浪漫。荻垛，这个镇的名字多美，枫叶荻花秋瑟瑟。你们二组给北王村做了新农村建设图，我们一组做的是工业园区图。"

他用笔一个个点过去，大凡凡凑在一旁，听得津津有味。

"看我的！"周周从隔挡那边举起一张纸，他们定睛看去。

有着专业美术功底的周周，用铅笔简单勾勒出兴化的行政区划图，整个轮廓像一个宽袍大袖的人在跳舞。上面一块块地方，分别画着沙沟鱼圆、红膏大闸蟹、陶庄水牛肉、垛田香葱、临城草莓、金松皮蛋、大垛醉虾……看着齐希瑞和大凡凡惊叹的目光，他不禁扬扬得意地说："这张图，没有 20 年本地吃货的功力做不出来，比你那张可有意思多了。"

科长走过来，左看看，右看看。

"的确不错，才华横溢。你做个兴化手绘地图系列吧，可以分美食地图、河流地图、林木地图、人文景观地图，最好再绘文学地图、经济地图，到时放在我们单位公众号上，肯定能增加不少点击量。"

他笑眯眯地拍拍周周，"就靠你啦！"

"木秀于林，风必摧之。"周周喃喃自语，做出气急攻心状，倒在桌旁。

齐希瑞拍拍他，"别怕，有我们。"

大凡凡也点点头，"是啊，这件事多有趣，我们帮你，一起做。"

又有一天，大凡凡从他桌前走过。

"小齐同学，昨天财务科丁大姐介绍你相亲，你怎么不去？气得丁大姐今天胖了一圈。"大凡凡问他。

他呆愣一下，说："相亲很可怕！"

"同意！"大凡凡说，"我爸妈怕我嫁不掉，这段时间也热衷于搞这些，我现在回家，都躲着他们。"

"我觉得躲不是办法，"他说，"要沟通啊。跟他们说你还小，婚嫁并不是头等大事。"

"你今年多大呢？"大凡凡饶有兴趣地问他。

"28，你呢？"

"我，跟你差不多吧，"大凡凡含糊地回答，她在旁边的转椅坐下，"我们都比较老了。在我们这儿，这个年龄还不结婚是不好的。"

她四肢纤长，脸蛋光洁，因为烦恼而微微皱着眉，却倍显简单洁净。齐希瑞看看她说："你不老啊。"

她粲然一笑，有点羞涩。示意他只管做自己的事，不再说话。

她静静地刷了会儿手机，就走了。他忽然觉得身边一暗，第一次有了种空落的感觉。

三

齐希瑞在第二年跟院长有了分歧。

"这套乡镇规划做得一塌糊涂。真不懂怎么做得出这种东西！现代化乡村设计，你怎么放入这么多想当然的成分？"

院长不仅否定了他费尽心思做出的方案，还意外地表现出强烈的激愤情绪。

站在院长的办公桌前，齐希瑞有点困惑，一向温和的院长怎么会如此生气。这是今年院里的重点项目，院长交设计任务给齐希瑞时还提到学校导师对他的肯定，他和院长可是年龄相差近 30 年的校友。

他拿回方案，一丝不苟地修改。熬夜，下现场，查资料，做比较。几天后他把新方案交了上去。

院长直接冲到大办公室，把图册丢到他的桌上。"叫你改了，还不改。变本加厉，执迷不悟，越做越离奇，你想干什么？！"

整间办公室二十余人都抬起头来望着他。他张张嘴，什么也说不出来。

"网上随便'down'个东西，也比这个靠谱。"院长拂袖而去。

下午他戴着耳机在桌前打游戏。抬起头时，看到大凡凡在给办公室那棵发财树浇水。再抬头时，她又在用镊子给绿萝抓虫。她穿了件卡其色的风衣，雪白的衬衫领，下面却是条破破烂烂的牛仔裤，一双米色的马丁靴。发现他在看她，她粲然一笑，靠过来。

"兄弟，今天我也挨批了，院长说我不该穿乞丐装，丢单位的脸，所以主动进行劳动改造。"

他笑了一下。

"你怎么把老大弄成那样的？大贝说今天老大肾上腺素狂飙，看谁谁不顺眼，到处砍人。今天整栋楼里负能量爆棚。下午他自己吞了降压药，球也不打就走了。"

大贝是办公室的工作人员，工作之余热衷于传播各类小道消息。

"你还不知道我和院长的关系吧，他老婆是我三姑婆家大女婿的表哥的干妈。"

"裙带关系很复杂。"他又笑了一下。

"你不要理他。我猜人年纪大了会有点顽固。每个人的思想都有局限性，杜甫这么说的。"

"杜甫真的这样说过吗？"他表示怀疑，但心情好多了。

晚饭后他去夜跑，把方案在心里过了又过。晚间坐在宿舍的电脑前，他想怎么改。

手机嘀嗒一声，"What are you doing？"大凡凡在微信上问他，她的头像是一个奋力奔跑的小姑娘，胖胖的面颊，金色短发，花裙飞扬。

"Modify the design."

"先放一放。明早我下乡，你干脆和我一起去散心吧！"

他回复了个 OK 的表情。

他们相约在车站见面。秋天天亮得晚，四处黑乎乎一片。他们坐上头班车，小半个车厢空着。乡间道路很平整，路的两侧生长着意杨树。车窗外高大的黑影不断后退，睡意在车厢弥漫。

大凡凡坐在窗边。玻璃上结着雾气，她伸出纤长的手指，写下两行字："鸡声茅店月，人迹板桥霜。"

"是不是郑板桥的诗？"他问。

"温飞卿，花间派词人。大家都没有想到他会写出这样沉郁的句子。"大凡凡说，"古往今来，人类的情怀很难理解。"

他敲敲头，作尴尬状。

"没什么啦，"大凡凡说，"男生不懂诗也好，省得酸不叽叽的。"

她今天穿着整洁的套装，一改平时大大咧咧的模样。她神采奕奕，全无睡意。时而灯光扫过，映出她侧脸鲜明的轮廓，这让他想到童年记忆里的紫金山。小时候妈妈常常带他爬山，说要锻炼男子汉的脚力。他每次都努力爬到山顶，归来时妈妈背着他，他趴在妈妈背上数台阶，"一、二、三……"，山的线条，有的像河流，有的像狮子，忽远忽近，时高时低。

他在车上睡着了。

被大凡凡叫醒时已经到了地方。天大亮了，玻璃上的水汽和诗句无影无踪。他们下车，沐浴着阳光在小镇上跑步，找食物。在乡政府办完事情时间尚早，他们一路逛着，去车站乘车。

大石桥有些年代了，一支船队从桥下过，足足十余艘小舟。每只船上蹲守着若干只黑色的大鸟。领队撑船的是一个系着塑胶围裙的干瘦老头，长篙下去，河面碎金点点。忽然间他喊出一声悠长的号子，声音嘹亮而高亢，其他船上的人紧跟其后，一声又一声，河面激荡了起来，鸟儿们扑剌剌下水，晶亮的水花四下飞溅。

齐希瑞看得目不转睛，连忙问："这是什么？"

"鸬鹚捕鱼啊。"大凡凡笑着说，"家家养乌鬼，顿顿食黄鱼。这是老杜的诗。"

他们站在栏杆边傻呆呆看着，直到船队往前再往前。他和大凡凡个子都高，惹得路人纷纷注视。大凡凡说："我们走吧，不然人家以为我们要跳河。"

他对鸬鹚捕鱼的场景念念不忘。

"我小时候常看到这些，现在已经不多了。社会在发展，人们逐渐摒弃一些东西，这不知是好事还是坏事。"归城的车上，大凡凡说。

"有些东西还是不能摒弃的。"他说，"你相不相信，万物有灵。这些渔人，这些水鸟，这些船，便是河的灵魂。田野有田野的灵魂，菜花有菜花的灵魂，一旦失去这些，存在便只是空壳。"他说得有点激动。

大凡凡看着他，有点吃惊，很快赞许地点点头，她的脸蛋被风吹得红扑扑的，几丝刘海覆在她乌黑蓬勃的眉毛上，双眸清清亮亮。"你的灵魂如此芬芳。"他差点说出这句话，天知道是从哪儿看来的。他紧紧闭着嘴，觉得自己不能酸不叽叽的。

回单位后齐希瑞就接到通知，三天后针对他做的规划要开专家论证会，要他做好准备。他把全部心思放到方案上，紧张之余，夹杂着一种要打败院长的强烈愿望。虽说院长一向谦和严谨，在业界口碑极好，但那天的公开否定严重伤害了他的自尊。

论证会那天，他特地穿了身正装。这是他人生中第一套名牌西服，也是研究生毕业时收到的唯一礼物——他的小舅舅特地送到学校来的。

那时小舅舅年纪也不小了，鬓边有了星点的白发。"你妈如果看到你这样，肯定要高兴坏了。"他说，眼眶竟然红了，"成才了，幸好没被你爸爸带坏。"

小舅舅送完西服，气哼哼地走了。他是土生土长的南京人，典型的"大萝卜"性格，对外婆在女儿婚前赠予房产之事一直耿耿于怀，加上齐希瑞出生后，他爸爸又以孩子为由头，莫名地从他手上骗走十万块钱，至今没还，所以气不打一处来。

此时大凡凡走到他身边，挥挥拳头说："小齐同学，加油！"
齐希瑞微笑一下，做出志在必得的模样。

东南大学的专家团是由实打实的专家们组成的。其中一位是他仰慕已久的泰斗级教授，入校7年，他从未有机会见到其人。他的腿有点发软，展示那份近百页的PPT时，他觉得自己像那些一翻而过的页面，处于一种轻飘失控的状态。

所有精心准备的话语全部消失了，他上台后甚至忘了跟大家问好，只是面无表情地汇报方案，说了很久发现话筒拿倒了，又重新来过，投影仪的遥控器总是不灵，他的语言毫无逻辑，颠三倒四，乱七八糟。院长坐在那里，很专注，专家们也极有耐心，没有人打断他，从开始到结束每个人都面色平静。

下台后他汗水涔涔，露出绝望的表情。到提问环节时，他站不起来，无法作答，主任征得专家团同意后，上台替他应答。

他坐在台下，逐渐理清思路。专家团提出的问题很精准，许多问题他从未考虑到。他的方案原来那么稚嫩浮夸，漏洞百出，他再次汗水涔涔。他看主任在台上从容讲述，偶尔停顿，在手中的大图册中反复查找，凝神苦思，再作回答。那本大图册上有几色笔多处勾画，笔迹密密麻麻。

论证会持续了整整四个小时，并没有全盘否定他的设计主旨，而是对方案进行了多方完善和维护。

深秋时节单位搞团建，集体下乡，一是练划船，二是为吃蟹。一天的训练下来，大家都学会了挥着木浆让船向前，黄昏时分收工，所有的小舟拢到大船旁。天还未黑，大船上早已灯火通明，螃蟹的香味飘散开来，水面不时有鱼儿跳出。河荡的尽头，太阳敛去最后一丝余晖。

经过改造的船舱有个深邃的大厅，舱壁用干芦苇加黄泥装饰，经过巧妙的清漆处理，整洁而敞亮。成排的木窗，映出外面的风景，仿佛流动的装饰图，满是生趣。当地的大闸蟹膏红肉鲜，配上各种奇妙的吃法，河虾、杂鱼、螺蛳，配上莲藕、芦笋、龙香芋，满是水乡特产，是标准的河宴。齐希瑞喝下两杯土酿酒，有些醺醺然。

撤去酒桌后又摆上茶席，大家坐在舱中喝茶聊天。船往市区一路缓行，船老大送他们返城。同事们将船舱窗户打开，任河风鼓荡。笑闹中，有人找到一副油渍斑斑的扑克牌，于是提议三十多人一起玩"真心话大冒险"游戏，年长者有些不屑，但大家都哄着，也都答应下来。

场面很热烈。

财务科同事抽到大鬼，选择"真心话"，被问私房钱的数量。他报出一个极其卑微的数字，遭到所有人耻笑。

总务处的人抽到大鬼，选择"大冒险"，载歌载舞一段"脑白金"，让人捧腹。

办公室主任抽到大鬼，选择了"真心话"，被问"觉得单位谁最性感"，他满面通红，显然已喝高，油腻的目光掠过打扮入时的院花，掠过玲珑有致的大贝，落到大凡凡身上，大凡凡刚想逃跑，他用手指点着，"就你了。"

设计室两个男孩暗中用脚踹他，他还在絮叨，"这是赞美，真的！你们有没有觉得她像奥黛丽·赫本，就是那个演《罗马假日》的，还演过什么什么早餐，也这么高，脖子这么长，就是这个样子。"齐希瑞也很想踹他一脚。

大鬼意外地被院长抽中，大家都不敢说话。

院长站起来，理理西服，把扣子扣上，他说："我选'真心话'吧。就不选问题了，讲一个我自己的真实经历。"

"我15岁参加工作，1977年国家恢复高考，一考即中，学习最喜欢的规划专业，可谓人生顺风顺水。四年后毕业，我去了西南，在那边援建三年。我去那儿不光因为热爱，更多的是许多同学都在那儿，大家暗中在较劲儿，都在比着出成绩。

"我们团队第二年接了一个项目的设计。我不眠不休，对这个项目充满激情，倾尽全力。我认定我是最优秀的，任何人无法超越我的思想。我说服了许多人，包括导师和当地主管。三年后我离开西南，那个投资上亿元的工程按照我们团队的设计顺利施工，也给我们赢得许多荣誉。几年后我在国外考察，猛然意识到当年项目留有极大隐患。回国后我与当地联系，却无人理会。有一年的时间我在犹豫要不要将它公开。但是一场意外的天灾却将那里焚为灰烬。噩梦终成现实，再也无法弥补。"

院长讲完，静默地站了一会儿，又补充了一句："听起来像戏剧，但这是真事。这是我心中永远的悔恨。原谅我在这个场合讲这件事。"他向大家拱拱手，坐了下来。

随后，设计室的主任抽到大鬼，果断选择"大冒险"，他要唱歌。他在舱间中间站定，气沉丹田，半秃的头顶闪闪发亮。一声"啊郎赫赫呢哪"，声贯云霄，在机动船有节奏的桨声中，只听见芦苇丛中的野鸟哗啦啦乱飞。一曲高歌，大家纷纷鼓掌，"主任的《乌苏里船歌》是献给谁的？"有人问。

他翻翻眼睛不回答，"我又没选择'真心话'。"

唱歌的热情一旦被点燃，便开始熊熊燃烧。

这边丁大姐温柔地唱起了"风儿呀吹动我的船帆"，那边大贝一群人已经激情四溢地唱起"船儿摇过春水不说话呀，随着歌儿划向梦里的他"，还有人在旁边做和声，"嘣嘣嘣""嘣嘣嘣"。

齐希瑞从人缝里挤过去，到院长身边坐下。他们并肩坐着，感受着热闹。

良久，齐希瑞对院长说："院长，对不起！"

"没什么。怪我太激动，态度恶劣，该我向你说对不起。"院长转过头来看看他，微笑着说。他镜片后的眼睛，有着经年熬夜留下的眼袋，但眼神干净锐利。"你很优秀。来日方长，好好努力！"

他坐得很直。齐希瑞想说谢谢，又觉多余。大凡凡坐在他们对面说了句什么，他没有听清。她又大声地重复了一遍，"你们很像呢！"她用两个大拇指对着他们比画比画，满脸的开心。

过了几天他才知道那条船是大凡凡家的，沉默寡言的船老大是大凡凡的爸爸，那个忙个不停，有着一双温和大眼睛的中年妇女是大凡凡的妈妈。大凡凡家还有个顽劣无比的弟弟，隔三岔五挨他爸爸打，越打越皮，毫无心理阴影。

大凡凡讲到她家的趣事便叽叽呱呱说不停，又好气又好笑。这才是家，喧腾而真实，齐希瑞想。他被热腾腾的气息映衬着，伤感袭上心头。

"怎么不开心，小齐同学？"大凡凡忽然开始察言观色。她本来坐在他旁边桌的转椅上转来转去，这下停下来，面朝着他。

"没有，"齐希瑞深吸一口气，"我是羡慕你，有爸爸，有妈妈，有弟弟。"

"那，你家里好吗？"大凡凡望着他，双眼明净如秋水。

他想点头，又想摇头，什么也说不出。

"以后有时间，你再和我说。"大凡凡说，"总之要开心点，没有解决不了的问题！"

这是个阳光明媚的午间，许多吃午饭的同事还没有回来。百叶窗的影子落到桌面上，一行一行，像有关人生的段落和章节。

"我给你看一样东西。"她一跃而起，轻盈得像只长腿的小鸟。

她小心翼翼抱过来一个纸盒。打开纸盒，是一只木船。齐希瑞眼前一亮。木船比文具盒稍稍大一些，设施齐全，除了船舱、甲板，连微小的船舱、锚都有，很精巧。

"哪里来的船模？真是不错！"他由衷地赞叹。

"我做的呀。你看，一共三层，这里是客厅、卧室，这里是书房、厨房，还有游泳池、滑梯，这边是健身房，这边呢，是餐厅。"

她兴致勃勃地指给齐希瑞看，"你看这个渔网，高三那年暑假我织的；这段楼梯，是我大一时用竹子刻的；还有这套家具，是去年我锯下家门口洋槐一根大枝做出来的，槐树水分多，烘木头时差点烧焦了头发。这只船我前前后后做了四年。"

"它的设计图是谁画的？"他上上下下地打量，难以置信。

"设计图在我脑子里。"她嫣然一笑，"初中时我们学《核舟记》，那时我就特别想做一只船。你要知道，我爸老家是竹泓，有世代相传的做船技艺，这个遗传基因可是杠杠的。"

她把纸盒往齐希瑞那儿推一下，"喏，送给你。"

"这个船是你的宝贝，我哪能要？！"他说。

"我前两天就带来了，就想找机会给你。其实船还没有完工。"

她用手指点点船舷，"按制船老规矩，最后一步是点龙眼，一条船就此才有灵魂。这个工作就交给你啦。"

四

冬天很快到了，这是齐希瑞来兴化的第二个冬天。篮球赛他们团队拿了冠军，奖品是每人一套床上用品，他把自己的那套转手送给了丁大姐。

年底了，单位评完了绩效，发放了奖金。第一场雪落下后，小城的过年气氛浓郁了起来，大家渐渐无心工作，都在等着放假。

他画了一下午图，到快下班时，人快要冻僵了。虽然办公室的暖气开得很足，却仍然冷。有几个人戴着耳机在熬时间，昏昏欲睡。他抬头看到了大凡凡凝神思索的背影，她穿着白色的羽绒服，尽管衣服臃肿，仍能看出非常纤瘦。他发去微信："我们去看雪吧。"

大凡凡转过头来,他指指雪花飞舞的窗外。她点点头。

大凡凡没有戴围巾、手套,他脱下自己的围巾交给她,但她却不要,任乌黑的马尾辫上落满雪花,像个雪娃娃。他骑着她娇小的电动车带她,由她指挥着方向。这里难得下一场雪,到处雪白轻盈。

他们来到一座桥上,桥边有简明古朴的双亭,亭上有匾额,"沧浪""濯缨"。雪静静地下,雪落在衰草覆盖的河岸边,成排的水杉树渐渐变白,雪落在栏杆上,落到河里,倏忽不见,淡绿色的河水仿佛笼着轻烟,缓缓流淌,无声无息。

"一切干干净净,看着真舒心。"大凡凡叹口气。

"这个地方好。"齐希瑞说。

"沧浪之水清兮,可以濯我缨;沧浪之水浊兮,可以濯我足。"大凡凡念着,"平时这个地方并不起眼。我很早就想在一个下雪天来看雪,今天终于实现了。"

他看了一眼大凡凡。她偏偏地站着,桥上有风,吹落了她头上的雪花,有几片粘到她的长睫毛上,她的眼睛有点红肿,像是有心事。

"我今天一直在生气,不过现在已经好了。"大凡凡说,"昨晚我和爸妈商量想考建造师证。他们嫌我花在工作上的时间太多,要我赶快嫁人。今天中午忽然带了个人来见我。"

"你才 23 岁呀,完全可以从容一些。叫父母不要急,考证和结婚也不冲突。"

"但小城民风如此,"大凡凡缩缩脖子,"难说服他们。"

"换个角度看问题吧,父母对子女爱之切,就会操之过急。你多和他们沟通,把自己的想法表达出来。"

大凡凡点点头,"是的,我就是想到你讲过的要沟通的话,就想开了。"

"你呢,最近家里怎么样?"

"上周回南京,我和爸爸谈了一次。我告诉他,几个亲戚那边的债务我已经开始还了。他答应我好好找份事情做,不再混日子了。"

"这样多好！你们父子要多见面。以后肯定还会出现许多困难，但只要共同去克服，肯定没问题。"

"是啊。"他看着面前的雪，空气清冷，却备感振奋。虽说困难，但总算开始了。

"你谈过恋爱吗？"大凡凡忽然问。

"谈过。"他老老实实回答，"以失败告终。我们是在考研时认识的，她很优秀，做事努力又拼命，快毕业时分手。她找到一个机会去了德国。"

"为什么要分手，你们在一起不合适吗？"大凡凡穷追不舍。

"她要出人头地，要 big house，名车名包，有很多人生理想。研三时我兼职跟了一个项目，终于攒到钱送她一只 LV 包，可她说想要的不止这一只。青春有限，人生苦短，她等不起，就提出分手。"齐希瑞低下头，回忆在心头掠过，却已不再撕心裂肺。他说："我不能耽误她。"

"满满的金钱味道，"大凡凡说，"我中午的相亲对象就是这个味道。"

"这么美的雪天，不谈这个。"他说。

"物质上的愿望是欲望，不是人生理想。"她又说，"你说过，万物有灵。真正美好的东西，往往和金钱无关，就像老杜的诗，就像这有雪花，还有我们的创意，我们的船，这些有灵魂的东西，才值得追寻。"

她抬起双手，仰起脸来，去迎接雪花。她的脸，明媚而皎洁。"齐希瑞，我记得你说过你出生在雪天。"

"是的，瑞雪兆丰年。"

"今天你为什么喊我出来看雪？"大凡凡搓搓手，跺跺脚，问他。

他高大凡凡大半个头，帮她挡着风。看她冷，很想把她拥在怀里，但他实在没有勇气。

"额，我也不知道，就想和你一起看看。"

五

过了年，春风一吹，草木仿佛得到了指令，水杉树舒展着新生的枝叶，从冬日的梦里苏醒。阳光里多了暖意。水上森林的二月兰开花了，淡紫色的云烟笼罩着大片的水岸。桃树枝头，花朵冉冉盛开，红霞飘飞，如梦如幻。小城酝酿着一场盛大的花草狂欢。一夜之间油菜全部开花了，一块块金黄的花田仿若漂浮在碧水间，流光溢彩，无边无际。

"齐工，今年的菜花节，你还是单位的菜花大使。"主任跟他说，"任务很重，你要负责把所有的访客单位接待好。"

他想到上一年的菜花节，不禁后怕。每年的菜花节是单位联络客户的大好时机。去年不到两周时间，他带了近二十拨人来看菜花，看到最后，心力交瘁，备感人比黄花瘦。

今年菜花节的最后一个客人是他的爸爸。在那个喝过米酒，被春天的阳光烘烤着，逛花海时站着都能睡着的下午，他们送走最后一家西安的客户，主任一行人带着新签的合同回了单位，他步履沉重地回到宿舍，一头栽倒在床上。

醒来时日头西斜，他看到若干未接电话，还有一条大凡凡的微信："你爸爸来了。主任说你累坏了。我把他带到我家啦。"他一下子蹦了起来。

他要来大凡凡家的地址，等他冲完澡换上白衬衫一路打车飞奔到地方时，月亮已经上来了。大凡凡站在村头大路口，等着他。

"我爸呢？"他喘着气，心脏突突地跳。

"跟我爸去下虾笼了。"她悠闲地说，"他们很谈得来。"

"你们不要被他骗了。"他有些着急。

"不要这样想，小齐同学。"大凡凡眼神清亮，深深地看他一眼，"你跟我来。"

他们站在一条野河边。远远的，有两个人弯着腰在那里做事，不时说几句话，一只小船横在那儿，清澈的河水里，依稀看见鱼在水底游，像极了一幅画。

"你要相信你爸爸，给他机会和时间。如果连你对他都没有信心，他自己又怎能做到？"大凡凡说，"乐观点！"

他从未看到大凡凡这么认真地说话。他想自己确实有点忧虑过度了。他爸爸改变了很多，现在安分守己地在一家单位上班。前些日子听他说想来兴化看菜花，没想到他真的来了。

"晚饭前你爸爸修好了一台坏了很久的发动机。我爸说你爸很聪明，本性率真，是个理想主义者，现实中可能会屡屡碰壁，他不是坏人。我爸50岁了，有判断力，不会看错的。"

一瞬间，他有点恍惚。父子间这么多年的疏离，他已经不记得小时候曾经多么崇拜爸爸的智慧和勇敢。他给他做玩具，带他去探险，教他看地图、下棋，甚至为了他还和别的家长打过架。

后来呢？许多美好经不起"后来"的磨损，后来失败越来越多，脾气越来越坏，生活越来越潦倒……

"院长说你又续签合约了。"大凡凡问他，把他的思绪拉了回来。

"是的。本来是两年，来不及做什么事。"

"那你觉得这边好不好？"

"很好啊。南京的同学很忙碌，各方面压力都很大。这次菜花节有我们校友来，说这边很有发展空间，他们羡慕我们的自由充实。"

"我觉得你很适合这里。大城市混得开的人不是你这个样子的。"

"那是什么样子的？"

"我不知道。"大凡凡想了想，笑了，"我又没见过。"

她悠闲地衔着一根草，看着那两个忙碌的身影，她在心里想：如果不相信爱和奇迹，那世间还有什么值得去努力呢？她耳边毛茸茸的草，在月光下像朵金色的花。

"其实现在交通、物流发达，距离什么的都不是问题。"她把草拿开，"我也有首《船歌》，唱给你听。"

"一只马儿地上跑，一只船儿水中漂。

　　马儿要走千里路，草青草黄到天涯。

　　船儿要行万里遥，湖海无边逐浪花。

　　马儿马儿慢些走，前方风雨又迢迢。

　　船儿船儿莫要漂，离了码头多寂寥。

　　爷娘渐老岁无多，团团圆圆才逍遥。"

　　大凡凡的嗓音很特别，柔和中带着孩童般的沙哑。齐希瑞几乎要听呆了。

　　"这是什么歌？"他问。

　　"《船歌》。很老了，我姨娘和我妈出生在船上，外婆哄她们睡觉时就唱这首歌，后来我妈唱给我听，又唱给我弟弟听，我就会唱啦。"

　　"爷娘渐老岁无多，团团圆圆才逍遥。"歌声留在他心中，仿佛河水荡漾，半是甜蜜，半是忧伤，他说不出话来。

　　"小齐，多点信心，一切肯定会越来越好的。"大凡凡在他身边，轻轻地说。

　　巨大的暖流涌到他心中，他几乎哽咽。

　　他小心地拉起大凡凡的手，她的手指纤细光滑，温暖柔软。他把她揽入怀中，闻到芬芳的气息，是青草，是花朵，是飞雪，是游鱼，是日月星辰，是大河大川。

桃花红　菜花黄

水秀出生的那一年，我五岁。晴朗的下午，家门口的桃花开得正艳，没有院墙的大院外是金黄的菜花田。我那天心情却不是很好，好像为了一张烟纸壳和隔壁柱子大打出手，我们在地上滚来滚去，被妈妈揪着耳朵分开时，还呼哧呼哧喘着粗气，彼此仇恨地对视，全然不记得曾经要做铁杆兄弟的盟血誓言。

我站在桃树下，无奈地张开双手，妈妈用她的围巾一边拍打我身上的尘土，一边数落着我是多么顽劣。妈妈告诉我对河郭家生了个小丫头，叫水秀，因为姐姐还没有放学回来，她决定带我一起去看看。

妈妈挎了个竹篮，装着红糖、鸡蛋，我小心翼翼地提着一包馓子，馓子的油浸透了包在外面的纸，焦香的味道直朝鼻孔中钻，我馋得直流口水。跟着妈妈绕过几块菜花田，到了对岸。

从床边挨挨挤挤的人缝中，我看到了那个小丫头，在一堆被褥中睡得正香。脸蛋胖胖的，红红的，睫毛很长，盖在眼睛上，嘴巴像个红果子，抿得紧紧的。

她那么小，旁若无人地睡着，那么多人大声谈笑，也没能吵醒她。我吃光一碗卧着鸡蛋的红糖馓子，她也没有醒。妈妈和那些姑姑姊姊从东村的嫁女聊到西庄的庙会，她还没有醒。嘈杂的人声中，就听到有人说这个丫头以后就给三龙做婆娘吧，我吓得跳了起来，使劲儿摇着头，一不小心踩了脚旁卧着的狗，狗汪汪地跑了，惹来一阵哄笑。直到妈妈带我回家，远远回望一眼，她还在沉沉地睡着。

田埂潮湿柔软，长满青草。我甩脱妈妈的手，跳跃着跑在前面。彩霞满天，映着无边无际的菜花田，晚风吹过，带来阵阵芬芳。五岁的我在那一天从一个蒙昧无知的傻小子，忽然意识到自己终有一天也会长成男子汉，第一次有种说不清的情绪飘过心头，仿佛伤感，也仿佛期盼。

水秀后来常常问她刚出生时的模样。我有时说她那时难看死了，像只死老鼠，缩着头，张着嘴睡在那里；有时说她那天两只大眼睛骨碌碌地转，看着我吃东西，流口水。

无论怎么说，水秀都爱听。她用双手支头，听得津津有味，白白嫩嫩的手背上有几个窝窝。三四岁的她爱听故事，胖乎乎的，脸蛋白里透红，一双大大的眼睛，笑起来弯成两个月牙，很讨人喜欢。

水秀从会走路以后就常常一个人跌跌撞撞从河那边跑到这边来，看我做作业，缠着我讲故事，跟我学唱歌。傍晚村里袅袅升起了炊烟，听到她妈妈在河对岸喊："宝啊，宝啊，回来吃饭啦。"水秀的爸妈过了三十岁才养了她一个孩子，宝贝得很。

小庙河的水清清亮亮，映着一年一度的桃花红。每当花谢了，桃花的树叶便愈加繁茂起来，油菜结出青青的荚时，便到了我们放暑假的时候。

小庙河是我们的天堂。钻进水里，脸上盖张荷叶，惬意地随水波漂来荡去。有时钻入水底，摸一节藕，采几只红菱，有时还能捉到小鱼小虾，晶莹的虾米在手心触电般一蹦老高，我们把头一揞，扔进嘴里，那滋味从牙齿传到舌尖，美妙无比。

水秀几乎无师自通就学会了游泳。她坐在岸边的田坎上看我和柱子在水中扑来打去，看着看着，就下河游了起来。我们都笑她因为胖所以不会淹死，她赌气把头钻进水里，很长时间不出来，忽然看到她的屁股浮了起来，在水中一骨碌翻了个跟斗，整个人仰面漂在水中，果然淹不死。她便不生气了，发出清脆的笑声，开心地拍着水花。我和柱子跑到河边挖甘蔗，她也过来帮忙，花布小汗衫和短裤湿漉漉的，脸上满是亮晶晶的汗珠，一双乌黑的眼睛，星星般闪光。

有一次她从录音机里学会唱一首歌，坐在岸边的石板上一板一眼唱给我们听，"我从山中来，带着兰花草。种在小园中，希望花开早，一日看三回，看得花时过。兰花却依然，苞也无一个。转眼秋天到，移兰入暖房。朝朝频顾惜，夜夜不相忘。期待春花开，能将凤愿偿。满庭花簇簇，添得许多香……"

她的声音很好听，脆生生的，我和柱子都听呆了。那一年，她7岁，我和柱子12岁。暑假过去，我们结束了小学时光，柱子随父母去了外省，我到县城上中学，水秀也开始了她的小学生活。

中学我住校，一周匆匆回家一趟，再也不能像以前小孩般胡混了，和水秀的见面机会少多了。常常是在河边遇到，她叽叽呱呱地告诉我学校里的许多趣事，讲到忘形处，我们一齐哈哈大笑，洗着的菜，淘着的米，不知漂走了多少。

1986年的春天特别短暂，四月底，空气中已充满燠热的夏天气息。热烈的阳光下，盛开的菜花像一条金色巨型长毯，从眼前到天边，覆盖了所有的土地。浓郁的花香弥漫着整个天和地，仿佛是人心中飘浮的梦想，有时清晰，有时茫然，厚重地压在心头，每一次摇摆都痛彻心扉，刻骨铭心。

我坐在从县城回学校的机动船甲板上，面对河水，风热辣辣地吹过脸颊，背后是同学们嘈杂的谈笑声，而我的泪水却控制不住地流了下来。

高考前进行例行体检。检查肝脾时，得知我以前得过血吸虫肝病后，两个医生反复检查，最后在一旁小声商量。从他们紧张、慎重的眼神中，我预知情况不好。十几年的寒窗苦读，父母的殷切期待，莫非就这样毁于一旦？

虽然体检结果还没有出来，但19岁的我，在隆隆的船声中，仿佛看到了黑色的未来，心中绝望而无奈。回到家里，我晚饭也不吃，倒头便睡。

乱梦缤纷中有人在推我，"三龙哥，三龙哥"。

我睁开眼睛，晕黄的灯光中水秀站在床边笑盈盈看着我，"走，来我家里吃饭。"

"我不去。"我向床里躲了一下，怕水秀看到我红肿的眼睛。

"去吧，水秀今天生日呢。我们都过去。"姐姐也过来劝。

我这才想起往年水秀生日我们中午都要过河去吃面。水秀穿得很漂亮，粉红色的乔其纱短袖，蓝色的土布长裤。她上了初中，个子长得很高，没有小时候肥嘟嘟的样子了，乌黑的头发高高扎了个马尾，刘海齐眉，眼睛大大的，乌黑而灵活，非常爱笑，一笑脸颊上便有两个大酒窝，像盛满了小庙河的水，水波潋滟，引人夺目。

我们站在院中等姐姐在屋里拿东西，水秀已经知道我学校的事，她一改往日的笑闹，大人般地温言安慰着我。

暮色中，远处的田野成了黑色的剪影，晚风柔柔地吹来，几片桃花从面前飘落。我的心稍稍安定了一些。父母说没办法考大学，就跟着村东的陈木匠学手艺，一样可以养家糊口。虽然很无奈，但人总要坚强走下去，埋怨和伤心有什么用呢？

后来证明那天只是虚惊了一场。因为我当时的身体本来没有大碍。我至今记得那个年老的干瘦医生看我时的眼神，有怜悯，也有慈爱。那轻轻一个勾，足以改变一个人的命运。妈妈坚持说是她求了菩萨的缘故，那个春季她奔走于几个村庄的集市和庙会上，虔诚地一再烧香。

高考过后，南大的录取通知书在一个炎热的夏日午后翩然而至，当时我正坐在桃树的阴凉中看书。绿色的邮差响着铃铛逐渐远去，小庙河里传来孩子们嬉戏时的喧闹，田野在明亮的阳光下熠熠生辉，那是一片潮湿、黑色、肥沃的土地。十几年来我第一次这样安宁而深情地凝视自己的家乡，知道终有一天我会远离，也知道始终不能与它割舍。

大学期间水秀常常写信来，告诉我村里和学校里发生的事。她初中毕业后考上一所商业学校，也算跳出了农门。大三那年春天接到水秀的一封信，说她们班级这个星期天组织来南京春游，到时她打算请假到学校看我一下。信寄来的途中不知为何耽搁了很久，我收到信时已是周日的上午，没有电话可以联系，从宿舍出来甚至来不及换衣服，便急急忙忙冲出校门。

当我赶到信中约定的浦口码头时已是正午，刚刚开走一班渡轮，清冷的码头上只有几个卖水果的小贩，早春的风吹得果皮纸屑四下飘散，我傻傻地转了几圈，没有看到水秀。

正在发呆时，忽然听到有人叫我，"三龙哥，三龙哥"，循声望去，在一个水果摊的角落，一个包着黄围巾、亭亭玉立的女孩站在那里，正是水秀！

她抱着大包小包，一只手用力向我挥舞。老远就能看到她绽开的两个大酒窝，风吹拂着她的刘海，光洁的额头在阳光下发着光。

我赶忙跑到近前，接过她手中的东西。她说："太好了，你终于来了啊。我真怕你不来呢。"

她一口浓重的家乡话，在家时不觉得什么，到了这里，忽然觉得倍加亲切。

我看她双手冻得通红，问她什么时候到的。她告诉我学校的船天不亮就从兴化出发了，八点多钟到了浦口码头，她和老师讲好，下午三点在对面的码头接她。

接着她把带来的东西一样一样展示给我看：一罐雪里蕻炒青豆瓣，一双我妈做的千层底布鞋，一瓶她做的醉蟹，还有一个层层包裹得油渍麻花的大纸包。打开一看，原来是一包新炸的馓子，焦香的味道直透鼻翼。

那天我带着水秀在江边的小饭馆里吃了南京的鸭血粉丝和锅贴。学校离得远，已经来不及带她去看了。我们坐了渡轮过江，在小铁亭的长凳上等接她的船来。

小亭子卖报纸、香烟、火柴，还有瓶装的卫岗酸奶。我摸摸口袋，总共只剩下一张五角纸币，便买了一瓶酸奶，水秀和我推让了半天，终于就着吸管一小口一小口喝了起来。

春天的江面很高，风从远处刮过来，卷起黄色的浪，哗啦哗啦，拍打着江岸。

水秀问我："三龙哥，你以后做什么？"

"我不知道。可能是做文章吧，要听学校分配的。"

过了一会儿，她又问我："三龙哥，你以后会留在省城吗？"

我想了想，点点头，又摇摇头。我想说我的心中也很茫然。在那个寂寂的青春岁月，实在不知道自己到底要什么。铁饭碗吗？衣食无忧的生活吗？仿佛是，又仿佛不是。我常常会热血沸腾，壮怀激烈，但更多时候却很茫然，就像江面上的波涛，时而旋转碰撞，时而迂回激荡，最终却归于平静。

水秀没有再问，她把黄头巾披在肩膀上，手拿酸奶瓶和我并排坐着，我们一起看江面上的渡轮来来去去。偶尔一转脸，我看到她长长的睫毛，丝丝缕缕，映着阳光，温柔地盖着她美丽的眼睛。

水秀走后，我抱着大包小包，哼着歌，大步走一段，小步跑一段，赶在天黑之前回到了学校。

后来大学毕业，我果真留在了省城，在一家省级报刊社做了记者。天南地北地跑，昼夜不分地写稿，忙得昏天黑地，繁忙的都市生活像一只巨大的陀螺，我一下子卷入其中，没空多想自己的现在与未来，更无暇顾及家乡的人和事，有两年春节，因为出差赶稿没有回去。

一天，我接到姐姐的信，告诉我清明要给奶奶迁坟，大家都盼我回去一趟。水秀五一也要结婚了，最好回来看看。

放下信，我忽然不能讲话。办公室在新街口一幢二十层高的楼上，从办公桌前堆积的书本后往落地窗外望，是鳞次栉比的高楼与纵横交错的街道，车流如织，高大的法国梧桐萌出了绿叶，早早开花的泡桐如紫色的祥云，点缀着每一个角落。最远处，可以看到紫金山绵延巍峨的身影。

这就是省城南京大城市的春天。而此时遥远的水乡，清清的河水滋润着褐色的泥土，宽阔如母亲怀抱的田野里，油菜花毫无保留地绽放，金灿灿的颜色，温暖我的心。

主编从我的桌前走过，俯身看看拿着信纸发呆的我，温和地笑问："想家了？"

1993 年清明回去的那趟，两三天的时间，就像电影中来不及剪辑的胶片，过多的镜头堆叠其中，来不及细看和多想：明显老去但精神很好的父母，活蹦乱跳的小外甥，奶奶新坟前烧纸的火光，村里开展得红红火火的养殖场，专程来家里拜访我的乡干部，阔别多年下海经商的柱子，与儿时玩伴的一场大醉，待嫁中美丽温柔的水秀，还有一成不变的小庙河。

院里的桃树已经长得很粗，我让小外甥猜它的年轮会有多少圈。五岁的小外甥用上了两只手都不够。最后我告诉他，它的年轮应该有 26 圈，和我一样大，是我出生的那年他外婆种下的。小家伙吐吐舌头，跑到院外和他的同伴们玩去了。我看着他，仿佛看到自己小时顽皮的样子，不禁莞尔一笑。

赶车回省城的那天早晨，我沿着村里的道路又走了一遍，菜花在未明的晨曦中沉睡未醒，河边的土路很湿，草叶和泥泞沾满了球鞋，空气清新而芬芳。忽然看到河对岸有黄色在舞动，原来是水秀。

我站定下来，等她气喘吁吁跑来，她的手中拿了个报纸包，打开看，是一个用雪碧瓶剪成的花盆，简单而精致，下面还有盛水的托盘。花盆里盛满褐色的泥土，一簇矮而壮的菜花挺拔地立在其中。

她喘着气，把东西给我，"三龙哥，我早上刚挖的，真怕你已经走了。你带去省城，想家了，就看看这个！"

她的眼睛大而纯净，面颊上布满奔跑后的红晕，黄色的围巾被她胡乱挂在肩上，上面全是泥土的痕迹。

水秀毕业后在县城的酒厂做会计，对象是同一个单位的，一个壮实憨厚的小伙子。她才 21 岁，但家乡的女孩，十八九岁就有结婚生子的，水秀上过中专，结婚已经不算早。

这样一晃又是几年。水秀给我的雪碧瓶做成的花盆，一直放在我办公室的案头，油菜花谢了后，种了些青草，那蓬故乡泥土滋养出来的绿色，很多时间，滋润了我的心。

那几年真忙啊，忙采访，忙稿件，忙恋爱结婚，忙职称住房，每件事都势在必行，刻不容缓。

1998 年深秋的一个傍晚，我正埋头在单位里审稿，忽然接到水秀的传呼："三龙哥，我在南京。"

我急忙回电话过去，她在我单位楼下一个公用电话亭边。

我从单位出来，在黄昏蓦然开始的一场小雨中，老远便看到水秀。她依旧很漂亮，身材匀称，没有什么变化，穿着一身颜色暗沉的工作服，头发全部拢在脑后，梳了个长长的辫子，露出光洁的额头，神情却憔悴了许多。我冲她摆摆手，大步走过去。

县城的酒厂濒临倒闭，仓库里卖不出去的酒堆积如山，员工已经一年多没有领到工资了。她随厂里另一个会计到南京来发货，这个会计找这边的亲戚帮厂里销了一车酒。她顺道来看看我。

她把拎着的一个编织袋交给我，袋子滴着水，里面是捆好的一只只螃蟹。她告诉我她爸爸老了，支气管病很严重，河塘水冷，不然还可以多捞一些。

我带她吃饭，点了两菜一汤，她看着菜单直嫌贵，说大城市里生活不容易。她看着我的目光温柔平和，问我家里的情况，小孩的情况，要我工作不要太拼命。我摸摸开始稀疏的头顶，有点感慨。

那天晚上，我在单位里待到很晚。那是我第一次放下文人的自傲，利用职权和其他一切关系，给相识的和不相识的人打电话，不知疲倦地推销家乡酒厂生产的土酒。在持续努力了一周后，水秀带着一货车的酒来到南京，那些包装简单粗糙的酒被我们一家家搬送。

过了那个年，酒厂还是倒闭了。水秀两口子双双下岗，儿子将上小学，父母都已年老体弱。我不知道那年春天的风吹在他们心中是否特别寒冷。办公室里，我常常凝望故乡的方向，若有所失，满心怅惘。

2006 年春节后，为了写一篇稿件，我受邀来到故乡小城。在外多年，口音变化了许多。接待处的年轻同志遗憾地跟我说，若是你再迟来一个月，就可以赶上观赏垛田菜花了。我用家乡话告诉他这里就是我的家乡。

几年前我将年老的父母接去南京后，回乡的机会愈来愈少，而心中却仍牵念不已，尤其是水秀，那年听姐姐提到她和丈夫下岗后过得很艰难，我不知道她现在的情况。

下午接待处的同志找了辆车，带我回小庙村走走。早春的风挟裹着温润的泥土芬芳，充满萌芽与复苏的气息。我一个人沿着村头的小路慢慢走，一切似乎没变，但是分明又有许多变化。

田野还是从前的田野，大块大块的油菜花，青青的花苞在风中摇摆，等待更加热烈的阳光普照，就会全部开放，河边的芦苇很密，几只灰色的鸭子在河边蹒跚而行，忽而下了水，摇摆着尾巴游远了。水面荡起的涟漪中，我仿佛看到三十多年前的那个乡下孩童，赤脚奔行在故乡的小道上，那时是多么无忧无虑啊。

村里的楼房多了，村西头建起了学校，远远看到红旗招展。我家的老屋还在，只是已经易主他人，院中的桃树更加粗壮了，几朵早开的桃花，红艳艳地绽放在枝头。我遇到了村里的熟人，问了水秀家的情况，说夫妻俩在县城做水产生意，生意做得非常好。熟人热心地为我找来了水秀的手机号码。在车中按下最后一个号码时，我的手有点发抖。

电话里水秀的声音还是很清脆，她一下子就听出了是我，兴奋之情溢于言表。她告诉我那年下岗后挨了一年的苦日子，实在没办法了，就拿厂里作为工资发的那些酒，和另外几个下岗的姐妹在小庙河里捉河虾捕螃蟹，制做散装的醉虾醉蟹四处兜售。慢慢有一些饭店和单位愿意长期收购了，她们就承包了鱼塘，后来又在县城开个食品加工厂。听着她的话，我仿佛看到她几年来走过的路，几多困境，几多坎坷。

水秀得知我在从小庙村往县城赶，坐不住了，她要开车过来在半路上接我，两年前她与丈夫去南京销货时想顺便带些醉蟹给我，只因我的单位搬迁又没有我的电话号码而作罢。这一次，她无论如何也不能让我轻易离开，要好好地请我吃一次家乡的饭，叙叙分离之情。

挂了电话。同行的同志告诉我，这个水秀他认识，是县城里的醉蟹生产大户，带领着一帮下岗女工打天下，把醉蟹做到了全国各地。她具备水乡女人的一切特点：淳朴、勤劳、善良、踏实。

小车向着县城的方向呼呼行驶着，我把车窗打开，清冷而又热烈的风扑面而来，窗外是故乡广袤的田野，树木成行，湖泊丛生，水鸟在碧蓝的天空中自由飞翔。

我想象不出水秀现在的模样，和我一样，她一定老了一些了，但我相信她一定还是那么美丽，岁月会在外貌上留下沧桑的痕迹，唯一不能改变的，是充满热情与希望的心。

　　噢，是的，再等一阵风，一片阳光，春天就会如期到来，桃花红，菜花黄，这就是我美丽的故乡！

饮马湖畔

一

陆飞在笔记本上画上一个句号，感觉到手机的振动。他看看会议桌正前方刚讲完话的马镇长，一只手去摸椅背上外套中的手机。屏幕上是个陌生号，他想想便按掉了，放回口袋。接着是赵主任做总结，不用记。窗外阳光照过来，映在老头微秃的脑门上，闪闪发亮。许多人都端坐着，没有什么表情。

陆飞把手中的钢笔转了一圈。五点半了，赵主任讲起话来，总是滔滔不绝。如果大家都能少说点无用的话，多做点有用的事，该多好。手机又振动起来，陆飞没有接。过了一会儿，手机又响起来。他有些不安，是谁这样？

好在会议终于散了。收拾着笔记本，站起身，他等着，走在最后面。

王书记从面前过，看着他，眼中有笑意，"小陆，晚上有没有什么安排？"

他赶紧躬身笑笑，"没有安排，晚上看书，看电视。"

王书记停下脚步，说："那今晚来我家，一起吃个饭吧。"

他略一迟疑，便答应了下来。

晚上一起吃饭，为什么？他有点纳闷。他是一个刚来一年多的村干部，王书记和他总共只有几次见面。难道是他最近有工作做得不对？他想了想，没有什么特别的事。这时陆飞发现会议室只剩下他一个人，窗外最后那缕阳光消失了，整个房间暗暗的，打扫卫生的工人站在门边，拎着拖把拿着抹布，呆呆地望着他。

他歉意地笑笑，挟着笔记本急急地走出来。手机又响了。掏出来，还是那个号码，是谁呢？

"你好"过后，对方半天没有声音。他全身肌肉忽然绷紧，小雯。

"小雯，是你吗？"

"陆飞，我父亲走了。"确实是小雯，她已泣不成声。

陆飞有眩晕的感觉，换了一只手拿手机。一间办公室门开了，出来一个人，礼貌地侧身，让他先走。出了走廊，外面开阔了起来，他清醒了一些。

"小雯，父亲什么时候走的？你在哪儿？"

小雯断断续续地说，她父亲刚刚去世，她借医生的手机打电话。她好些天没有上班了，都在医院陪着，今天看着情况好，中午去单位交接一件事，等接到电话飞奔到床前时，监控器上已是一条直线。

"小雯，不要难过，也不要慌张。我尽快过来！"

他感受到小雯深切的悲伤，却不知怎样安慰才好。小雯的父亲与病魔抗争了五年，还是走了。

刚刚挂断电话，手机又响了，一看号码，是王书记的电话："小陆，直接到我家里来，镇西湘水苑3幢101，一起吃个便饭。"他张了张口，没办法回绝。

从平城市饮马湖镇，到小雯家所在的西江市，大巴要开四五个钟头。可这么晚了，哪里来的班车呢？周裕明今天不知在不在老家，要能借得出他的车就好了。还有明天的工作，中午他把村里工作简单安排了一下就跑过来开会，明天可是果林蓄排水工程开工的第一天啊。忽然间他心乱如麻。

电话那端以为信号不好，"喂、喂"了半天才把他喊回："小陆，小陆，早点过来！"

"好的，好的。"他听见自己说。

挂了电话，他走出镇政府大院。摩托车停在大院外一家烟酒店旁，这是他的公车，从镇上到他所在的湖西村要开半小时摩托车。他打电话给周裕明，竟然关机。他无策了，闷闷地上了摩托，轰一下油门，先去王书记家吧，去了打个招呼就回头，然后找周裕明借车，实在不行就打个出租车上县城，坐火车过去。

湘水苑可能是这个镇上最幽静的住宅区了，小区里里外外种满了竹子，看上去一片苍翠。去年到镇上的第一周，周裕明每天开车带着他踩点，把饮马湖镇的边边角角看了个遍，所以他对整个镇子很熟。

他把摩托车停在小区门边，找到医生的手机号，想跟小雯再说两句，却久久无人接听。再打周裕明手机，仍然关机。这个人哪，不知哪里去了。天黑下来了，他进了小区。

二

王书记的家在第三栋楼第一间小院，翠叶掩映，很幽雅。陆飞对王书记的印象一直很好，他仪表清秀，态度温文，颇有书卷气息。

进了门，除了他，再没有别的客人。王书记穿着家居服，安闲地坐在沙发上，面前摊着报纸。开门的是阿姨，给他拿了拖鞋后就进了厨房，滋滋啦啦地炒菜。迎接他的中年妇人一直笑吟吟的，肤色白皙，应该是书记夫人。听说她是市里一家医院的护士长，和王书记很有夫妻相。

陆飞叫了声"阿姨"，讷讷地再也找不到话。他坐下来，面前茶几上是一壶泡好的菊花枸杞茶，泛着浅黄色温润的光。他和小雯以后会不会也有这样安适的生活？以后会不会也有夫妻相呢？一想到小雯，他忽然如坐针毡，不知什么时候可以脱身。

厨房里炒菜的声音持续响着，书记夫人轻轻走过去把厨房门带上，坐在他对面的沙发上削水果。

"小陆，在这边过得习惯吗？"她问。

"还行。"

"你家里还有些什么人呀？"

"爷爷奶奶，爸爸妈妈，还有一个妹妹。"

"你在哪里上的大学，学的是什么专业？"

他集中精神，双手放在大腿上，拘谨地一一作答。

王书记放下报纸，问他村里的一些事，显然他非常关注果林。这也是陆飞一直以来倾全力做的事。

提到果林，陆飞滔滔不绝地讲了许多。他一年前来到湖西村，挂着村支书的头衔，把很大一部分精力投入到村里这块无人问津的果林中。这块地水质特殊，十余年来村民种桃种李种其他各种果树，均因产量和品种问题造成入不敷出。可是凭他的直觉，这块坐落在饮马湖畔的果林大有潜力可挖，不久的将来，它肯定会成为市里开发饮马湖旅游产业的重要一环。

如何合理规划园内的整体布局和种植品种，这个具有挑战性的问题意外地落在他这个别人看来书生气十足的新支书身上。他对此豪情万丈，当然有时也不免茫然和恐惧。

这个春天他带技术员对新品种进行了最后一次嫁接。这个品种能不能搞好，直接关系到果林的存亡。

王书记问："明天蓄排水工程开工是吗？"

"是的。"

可是，在这节骨眼上，自己却要离开几天。他一方面仿佛看到小雯殷殷期待的泪眼，一方面又似乎看到村里几个阻挠的人。多日来顶着压力办事的疲惫，刹那间压上心头，他黯然低头。

蓄排水工程规划图是他带着周裕明为他免费找来的一个土木建筑专家，实地勘查近一个星期做出来的，可是村里几个负责人嫌耗时费力，把图纸扔到一边，只愿让镇上工程队按老方法做。

他真想跟他们吼一声：你们懂不懂长期效益和眼前利益的区别？懂不懂功在当代，利在千秋？不久前有报道，一个城市的地铁 1 号线和 2 号线投入使用后差别巨大，就在于一个追求长期效益，考虑周密，另一个追求眼前利益，急功近利。可最终他没能吼得出来。

他太年轻了，缺少工作经验，又是外来村干部，更多的人还没信任他。

"小陆，遇到难题说出来，我们一起解决。"王书记直起腰，认真地看着他。

他迟疑了一下，忍不住把话全说出来了，他一直渴望有这样的机会。

王书记的面色渐渐凝重起来，久久不语。

陆飞手机响了。

"小雯，"他果断接了，急急地说，"小雯，我马上就出发，到你那儿！"

挂断电话，他说："我今天要去一趟西江市，我朋友的父亲过世了，我要赶紧过去。"

他们很吃惊地看着他，阿姨已经在往餐桌上上菜了。

"吃了晚饭再走。"

"不了不了，我还要去借车。真的没时间吃了！"

王书记说："不用借车，开我的车去吧，你把驾照带上就行。车就停在门外。"

他还来不及反应，又有一个声音说："我也要去，我要去西江市看姑妈。"

他转过头，说话的是一个漂亮的女孩，站在房间门口，高高的个子，短短的头发，乌黑的眼睛，看着他，尖尖的小下巴一抬，"我也要去。"

书记夫人说："这是我家青青，刚刚毕业做老师，你看哪有老师的样子。"

他仓促地冲她点点头，转头向王书记，接下了他手中的钥匙。一刹那被雪中送炭，他反而说不出感谢的话。走到院外车边，他上了车，想想又跑到摩托车上，把包取出来。再上车时发现青青已经安安静静坐在副驾驶座上了，王书记和书记夫人站在车外，一脸无奈。他无暇多说，挥挥手，把车开走了。

夜晚的小镇很安宁。车子在夜色中滑行，他开车很稳，也很快。车子出了小镇，女孩没有说话，似乎要睡着的样子。他想是自己造成人家没有吃成晚饭，歉意地看向她，忽然发现凌乱的短发下，两只大眼睛目光灼灼地看着自己。他吓了一跳，赶紧将目光收回，专心开车，只想快些赶到小雯身边。

三

距离上次和小雯见面有些时候了。是什么时候？好像是春天。对，那该是一个周末，到村里工作以后，他几乎没有假期的概念了。那天他和乡里技术员刚刚做好梨树嫁接，连着几天都睡在果园里。周裕明带了汉堡和鸡腿，他狼吞虎咽吃完后睡了一觉，醒来发现周裕明走了，车钥匙留在他床头，让他有空去看小雯。那天他换了件衬衫就开车去了。

那次开了三个多钟头的车，到了小雯家也不觉得累。小雯却没有下班。陆飞陪她的父母安安静静地说话，感到很温馨，有种久违了的家的感觉。小雯爸爸病了那么多年，却还保留着知识分子的风度。床头柜上整整齐齐地放着书和药瓶，墙角木橱上，一台老旧的唱片机，旁边叠放着很高的唱片，一瓶绢花摆放在旁边，素雅、洁净。

和老人们讲话时，他就在想，这就是小雯的家，一个能把有着狂热梦想和远大抱负的女孩留住的地方。现在的小雯学会了买早市的菜，鉴别饲料鸡蛋和柴鸡蛋，学会了量血压、验血糖、做营养餐、打胰岛素，每周有三个半天陪父亲去医院做透析，每周至少有三天加班到深夜写材料。

那天的见面是快乐的，简直可以用激情飞扬来形容。两人一起做饭，腻在房间里，牵着手逛街，深更半夜坐在车里数星星，后半夜溜回家，客厅里留着一盏小灯，餐桌上放着洗干净的水果。他们挤在小雯的单人床上，享受两个人的世界。

可第二天午后，随着分别的临近，小雯的情绪很低落，闷闷地一句话也不说。陆飞逗她，她也不说话。后来她终于流泪了，为什么总是这样无止境的思念，然后匆匆地相见？

陆飞束手无策地看着小雯，说："小雯，我今天不走了，我带你去看海吧。你不是一直想看海吗？"

看海是两个人的心愿。源于大三那年一个冬夜，两人一起看李安的电影，散场后小雯久久沉默，最后叹息一声，用李安式台词很文艺地讲了一句："每个人的心里，都有一片海。"

陆飞在旁边要笑倒，却从此立下两人要去看一趟大海的计划。大三寒假，系里组织旅游，差一点儿就要去了，但为了陆飞的英语考级，两人没有参加。毕业那年的五一，几乎成行，又因小雯爸爸突然住院而作罢。小小的计划一拖再拖，现在成了沉重的心事。

那天两人就那样盲目地出发了。西江离有海的最近的城市有两个多小时的路程。

周裕明的导航仪可能许久没有升级，车子下高速后，转来转去，走的是一条崎岖的碎石小路，宽度仅容一车通过。路很争气，在田野间虽然断断续续，却始终没有彻底消失。陆飞手握方向盘，心中充满不确定。小雯在旁边，时不时叹息和微笑，海啊海啊。

陆飞一直想停车，两个人吻一下再开，又怕被别人看到，只好一直往前开。找海过程中，一切与生活和理想相关的烦恼烟消云散，只充满着热切又单纯的渴望。

路越来越曲折，路边有散走的老农，却无从开口问大海在哪里。小雯很快乐，不时发出惊呼。她总是问这里种的是什么。大片的农田，茂盛的绿叶间仿佛有白色的果子。"棉花啊"。陆飞笑。看多了稻田，竟然还有这样大片生长着的棉花田。一株株棉花挺立着在黑色的土地上，繁盛中又带点儿清冷。棉花田过后又是奇特的树林。椭圆的绿叶带着锯齿边，在阳光下层层叠叠。

"小雯，你知道吗？这是桑树林。以前这里可能是大海。"陆飞说。

"为什么呢？"小雯问。

"沧海变桑田。造化很神奇的。"

他们仿佛嗅到了大海的味道。

他们又把车开了许久，发现了大片的胡萝卜田。再开许久，看到了稀疏的民房，成排的水杉。大海还是没有出现。路边戴着遮阳帽的本地女人，酱紫的面色，用奇怪的眼神看着两人，讲一口佶聱难懂的当地话。"到海边。""噢，那边，那边，先过那个镇。再一直往北开，一直开。"

一条荒凉不见人迹的柏油路两边生长着树龄起码有百年的大树，灌木丛半人高，五颜六色的野花点缀其中，小雏菊最多，细长的茎叶托着金黄色的花瓣，在阳光映照下格外烂漫。小雯忍不住下车采了一束，插在车门内侧。后来这束花在陆飞的宿舍书桌上，香了很多天。

车又开了许久，民房渐渐增多。到了一个小镇，小镇四处挂着海鲜批发的招牌，镇区路面坑坑洼洼的，不知是不是运海鲜的车辗压的。小镇到处是商店、歌舞厅、饭店、旅馆，以及行色匆匆的行人，空气中充斥着咸腥的味道。就在这时，小雯唱起了罗大佑的老歌，"乌溜溜的黑眼珠 / 和你的笑脸 / 怎么也难忘记你 / 容颜的转变……"

　　小雯的嗓音清清亮亮，仿佛是流淌的泉水。

　　陆飞假装照照镜子，"我改变了吗？"

　　小雯大笑，刮一下他的鼻子，叫道："啊，我真的闻到大海的气息了。"

　　陆飞看她一眼，微笑从心底绽放开来。窗外凉凉的风吹拂着两人的面颊，金色的阳光映照着车窗。天之涯，地之角，仿佛可以这样一直厮守，没有任何不能在一起的理由。

　　开过小镇，是大片荒原，路突然宽阔了起来，一马平川地往前跑。日头渐渐西斜。路边有老农在晒豆子，大片大片地铺展在路边。再往前开，他们看到成排的风车，伫立在遥远的天地间。有路牌指向前方，一号海堤，还有一个风力发电厂。车子开到海堤近前，无法再前进了。

　　海堤上密密地长着树，两人下车，上了堤，堤下草木丛生，高高低低，一望无际，没有海的踪影。后来他们想到了与海有关的两个字——滩涂。这样宽阔无垠的滩涂，让人生畏。两人呆呆站立着，天暗了下来，风呼啸着从身边刮过。好不容易堤上有放羊的人路过，他们问如何能看到海，却被告知这里离海还很远，有十几里路程，根本就无路可走。两人对视一眼，忍不住大笑起来，只好往回开。

　　那天去看海的一幕幕都在心头浮现。和小雯在一起，不觉已三年。财经大学校园太大了，虽然同为经济管理系，直到大三时两人才相遇。那个周六下午，阶梯教室里没有几个人，安静得仿佛可以数清阳光中的粒粒浮尘。陆飞看完一本书，累了，掩卷沉思，前排有个女孩也一直在埋头看书，厚厚的大部头，人都要陷进去一般。女孩穿白衬衫，留齐肩黑发。忽然间她仿佛心有灵犀，蓦地转过脸来，一双黑白分明的大眼睛，深深映到了陆飞的心中。

四

"在想什么开心事呀？"一个清脆的声音响起。

陆飞的思绪被打断，一惊，这才记起车中还有一个人。

"噢，没有没有。"

车子已经上了高速公路。公路上车不多，车灯照亮的地方，整洁而寂静。

青青看陆飞搭腔了，来了精神。叽叽呱呱讲了起来。原来她就在湖西村小学教语文，刚毕业分来的。湖西村小学在果林的旁边。她看见过陆飞早上在那儿打球，也看见过陆飞在食堂打饭吃。

陆飞惊讶地看了她一眼，"你住在学校里吗？我怎么没有见过你？"

"是呀，我有时住在学校里。你当然看不到我啦，你不是看着球，就是看着自己的碗，从来没有注意过别人。我准备明年考研，学校单人宿舍很安静，省得我回家老妈老是跟我唠唠叨叨的。要早睡呀，要喝汤啊，要吃水果啊，烦死人了。"青青嘟着小嘴说。

陆飞听了想笑。是的，哪有这样孩子气的老师，简单，纯净，可爱。

陆飞住在湖西村小学的教师宿舍里，村里没有专门给他配备宿舍，别的村干部都是本地人。外地村干部似乎由他而始，起初大家不适应，现在也慢慢习惯了。他早上确实常常跑到篮球场上打球。刚过来工作时，小雯送了一只篮球给他，要他工作之余不要忘记加强锻炼。近些日子他打得少了，除了事务繁杂外，更多的是缺了闲适的心情。

"陆支书，你们现在研制的是什么新品种的水果？"

"是一种梨子。"他瞥了一眼青青，长长的睫毛，微翘的鼻头，看来他和王书记的谈话她都听到了。"本地盛产西瓜和梨。现在这种梨，是一种经嫁接后改良的梨，口感、外观都大不同前。"

"噢，那么，新品种叫什么名字呢？"

"这个，还没有想过。"他有些意外，从未考虑过品牌的问题，"我想想，你也帮我们想一下吧。"

青青低头，思索良久，脱口而出，"叫香雪吧。你知道吗？饮马湖还有一个名字，叫香雪湖。相传古时有个将军，带着兵马追流寇，夜宿湖边。深秋季节，冻饿无比，将士们意外地在湖边掘出若干黑色果实，烤熟后外皮焦黄，内瓤洁白如雪，很香甜，将士吃后气力大增。天明时分这些将士由湖边成群白鹭指引，循迹将流寇一举歼灭，大胜而归。将军感念此湖，遂起名为饮马湖，忆及夜间果腹之物，又赠雅号香雪。年代久远，知道这个雅号的人可不多，看来是专为你们的梨而准备的。如果能推广出去，这可是我们饮马湖的独有品种。"

"好啊，这个名字非常好！"陆飞由衷地赞叹道。

青青忽然害羞了，掉转头，不再说话。

手机响了，拿上来一看，王书记打来的。

"小陆，你开车小心。已经通知明日果林蓄排水不开工，等你回来再商议图纸和申请招投标的事。你回西江安心办事，车子放心用！"

一股暖流漫过心田。陆飞感激地看一眼青青，她也正若有所思地望着他。

工程可以暂缓，太好了。说明理想中的方案有实施的可能。王书记是镇里的一把手，难得能够信任他。他心中豪气顿生。

毕业一年半以来，从没有像今天接电话后这样舒畅。他学的是经济管理，他太想把自己的所学充分应用在工作中了。虽然会遇到各种阻力，但至少还有支持他的力量。一刹那他觉得饮马湖镇湖西村是那么可爱，身边的青青仿佛是相识多年的故人，使他备感亲近。他微笑着，觉得自己充满力量，可以去抚慰小雯的一切伤痛。

车子飞快地前进。高速路口出现西江市的路牌，看一下时间，夜里十一点半。青青在车子下高速过收费站时被颠簸醒了，睡意蒙胧地看看车前，嘟嘟囔囔地说："这么快就到了。"

小雯的信息在手机上闪动。他问："王青青，我把你送到哪儿？"

青青揉揉眼睛，问："你去哪儿啊？"

"我朋友的父亲过世了，我要去她家。"

"是你女朋友吗？"青青好奇地问。

陆飞的脸红了，他还从没跟别人用"女朋友"一词提过小雯，但还是点点头，心中涌起一阵甜蜜。

青青说："我和你一起去吧，看有没有需要我帮忙的。"

"不用了，我早点把你送过去，她们都在等着我呢。"

青青的脸上掠过一丝失望，但她什么也没有说，点了点头。打了个电话，问清了地址，陆飞开过去。在小区门口零星的灯火中，老远看到迎接的人。车子停稳，青青孩子般咧嘴笑着，用力在陆飞肩头拍打两下，打开车门下了车。

"再见啊！"她挥挥手跑远。

终于要见到小雯了。陆飞开着车，手心渗出汗来。小雯，小雯。

小雯比春天见面时瘦了，也黑了，眼睛红肿，哑着嗓子。初见面两人静静看了许久，她的背后，家中帮忙的亲戚走来走去。灵堂正中悬挂的黑白相框中，老人慈祥安宁地看着他，陆飞忍不住眼酸鼻热。他掉转头，忙碌开来。

丧事很简朴。第三天清晨火葬完毕，送走纷至沓来的亲戚，陆飞和小雯并肩坐在客厅的沙发上。家里安静极了，小雯妈妈感冒了，吃了药在房间里已睡着。陆飞抓过小雯的手，轻轻地放在自己胸前。终于有这样属于两人的安宁时刻。

"小雯，爸爸走了，对他是一种解脱。以后还有我，我们会永远在一起。"

小雯将脸靠在他肩头，泪水打湿了他一大片衣服。

小雯要陆飞冲个澡，再睡一觉。他的头才一沾到枕头，就立刻睡着了。被子和枕头上有着小雯淡淡的体香，这种气息让他感到踏实而沉醉。陆飞被手机振醒时已到了中午，他一惊，睁开双眼，闻到饭菜的香味，小雯坐在床边，拿着熨好的衬衣。两人就这样痴痴看着，许久不愿分开，又是分别在即。他们在照片前点一炷香，三个人开饭。

陆飞跟小雯讲了青青要跟车回西江市的事情，小雯送陆飞到那个小区门口。老远看到青青站在那儿，背着双肩包，挥动着双手。

小雯出了车门，青青凝眸看着小雯。小雯腼腆地笑着，静静站在路边看着他们离开，陆飞满是不舍。

五

毕业时，小雯放弃了留校。因为父亲一直卧病，她选择了回西江市陪父母，在电视台下属的一家广告公司上班。面对和陆飞的以后，小雯只说了一句不要离得太远，可能的话尽量多见面。陆飞选择了下乡做村干部，他没有远大的政治抱负，只是来自农村，对农村有割舍不下的情结。上了这么多年学，他想用自己所学的一切做些实事，去改善乡村的生活。

系里的毕业聚会上，身边大多是通过种种努力终于留在大城市的同学。带着对结束校园生活的不舍，带着各自奔赴前程的豪情壮志，大家在喧哗中举杯，互相祝福。陆飞端着玻璃杯穿越礼堂的人群四处找小雯。在一堆女孩中看见小雯，一袭绿裙，长发披肩，眉目如画，笑吟吟地看着他。他第一次不管不顾地揽过她，说："小雯，跟我走。"

当然他没能把小雯带走。小雯就这样留在西江市，在家、医院和单位之间奔忙。毕业近两年，同学中有的分手，有的结婚，他们两年中只见了四次面，想来都觉得不可思议。

他觉得对不起小雯，为她做得太少。这种愧疚有时也变成一种动力，促使他更加努力地去工作，让自己离理想更近一些，更能坦然地和心爱的人在一起。

"喝水吧。"青青递过水杯，淡淡的龙井香味。

"谢谢，我不渴。"

"看看呀，这是送给你的杯子。"

青青递过来一只褐色的水杯，上面印着一只憨态可掬的小熊的头。

"啊，我不能随便要你的东西。"

"好，你不要，我就把它扔出去啦！"

青青啪的一声盖上杯盖，按下窗户，要把茶杯扔出去。

"不要扔，不要扔，我要！"陆飞赶紧说。

青青笑靥如花，过会儿，又拿出一个东西在他面前一闪："看，这是我的新杯子。好不好看？"

这是一只粉红色的水杯，跟那只褐色的同一款式。

"好看好看。"他点点头，却觉出哪儿不对。女孩子们的思想总是古灵精怪，让他难以理解。

车子在高速上往平城方向疾驰。他的思绪在车子之前，已经回到了饮马湖畔。离开一天半时间，不知村里怎么样。王书记定下了晚上镇上的会议，专题研究湖西村果林建设问题。在会议上，他要把自己的所有想法阐述出来。现在他把思路再梳理一遍，尽量减少疏漏的地方。

手机响了，小雯的信息，拿上来看，只一句："集中思想，好好开车！"

他握着手机，就像握着小雯的手，舍不得松开。

六

晚上六点半，陆飞坐在镇上的会议室里。会议室里除了镇上的主要领导，还有两张陌生面孔，王书记介绍说是市里领导。接下来的日子，根据镇里的部署，果林建设将初步纳入饮马湖旅游园区整体规划之中。第一期蓄排水工程，由市规划局进行工程招标后再建设，所有工作将在一个月内全部完工，不影响一个半月后梨树的挂果。

从西江市回来后陆飞忙忙碌碌，忽然想起许久没有和周裕明联系了。以前两个人几乎天天通话。

周裕明是他的大学校友，不同系，却住在一个宿舍里，睡上下铺。现在他在平城这个地级市的交通局任局长助理，是他们这一届中混得最好的。他不仅人长得帅气，为人也好，八面玲珑。虽然两人不是同一类型，却一直很投缘。陆飞按下号码，周裕明的手机竟然还是关机。五天了，怎么回事？

陆飞听到周裕明家出事已经是两天以后了。那天果林蓄排水工程正式开工，专业工程队进驻湖西村，乒乒乓乓放了鞭炮。开工仪式后，他站在一棵树下看了看挂果情况，准备回办公室去找一些预防病虫害的资料。镇派出所小郭来村里拿材料，绘声绘色地把周裕明家里的事情讲给他听。他故作平静地听完，脑袋有点儿发懵。

周裕明的父亲杀死了母亲，他的父亲自杀了。怎么会有这样的事？

周裕明的父亲在镇派出所工作，母亲在市里开了一家房地产公司。陆飞见过他们，印象深刻的是他母亲，很有风韵，看上去比实际年纪年轻许多，和陆飞谈话时话不多，却很有见地。相形之下，他的父亲要普通许多，闷头闷脑的。

周裕明长相和性格都像他妈妈。他们在镇上的家是镇西头的一套独栋别墅，深宅大院，每当汽车进出时从外面可以看见里面修剪平整的绿地，很引人注目。这样一个经济富足、条件优越的家庭，竟会发生这样的事！

陆飞再拨打周裕明的电话，这次通了。过了很久，才听见周裕明的声音，闷闷的，有气无力。沉默了一会儿，陆飞问："明子，你在哪儿？"

周裕明说："在家里。"

陆飞说："我立刻就到。"陆飞跨上摩托车往镇上开，百种滋味涌上心头，生活中永远充满不可预知的事情。

大学里，周裕明是风云人物，性格张扬，他的身边一直有一群追求他的女孩。在那些月白风清兴致高涨的夜晚，他喜欢从上铺爬下来睡在陆飞床上，侃侃而谈，谈他的远大抱负，谈他的各种艳史，分析自己性格中的若干特点，直听得陆飞沉沉睡去。

到了周裕明家，按门铃后开门的是外婆，老人一身黑衣，表情僵硬，佝偻着身体，颤颤巍巍的。穿过庭院，陆飞看到车库里停着辆浅灰色的本田雅阁，他认得那是周裕明妈妈的车。周裕明的那辆黑色帕萨特没有停进车库，而是横在草地上。

进到客厅，光线暗暗的，周裕明窝在沙发上看电视，扔了一地烟头。看到陆飞进来，周裕明抬了下头，又转头看电视。一个礼拜不见，他全然变了个人，衬衫皱巴巴贴在身上，头发长而凌乱，胡子拉碴，眼睛凹进去了，没有一丝神采。陆飞在他旁边坐下，看看电视，一部武侠片，声音嘈杂，里面的人物打得天崩地裂。

陆飞开口，"明子，事情已经发生了，不要难过。"

周裕明眼睛盯着电视，过了半天冒出一句："你什么时候知道的？"

"我刚刚听派出所的人讲的。"

"消息传起来真快，连你也知道了……"周裕明喃喃地说。

屏幕上萧峰被众英雄逼到悬崖边，苍凉回望，决然跳了下去，众英雄哗然，悲怆的音乐随之响起。

周裕明颓然倒在沙发上，"陆飞，你知道吗，这下我全完了，他们两个人，毁了自己，也把我的前途全毁了。哈哈，我们一家，是不是很可笑？"

陆飞摇摇头，神色凝重地看着他。周裕明坐起身，拿起茶几上的香烟，摸出一支扔给他，又抽出一支自己点上，大口大口地吸着。

他们两人都不抽香烟。没有比周裕明更爱干净的人了，他的衬衫每天必换，衣领永远雪白，上学时就有别于那些衣着随意、不修边幅的男生。陆飞看着烟雾缭绕中好友那张悲伤憔悴的脸。周裕明呛住了，一声声咳嗽着，烟灰撒在身上，泪流了出来，他也不去擦，索性哭出声来，一只手盖住脸，泪水从他的手指缝间溢出来。

陆飞拿过他手指中的香烟，放在茶几上的烟灰缸里，伸出手，无语地拍了拍周裕明的肩膀。面前是他朝夕共处四年的兄弟，如果是小雯，他还可以抱着她的肩膀，温言安慰一番。男人之间，劝慰的话却不知该怎样表达，更何况这样巨大的家庭变故，任何语言都显得苍白无力。命运跟他这位少年得志、顺风顺水的兄弟开了一个残酷的玩笑，在最华美灿烂的时候忽然转身，留给他一片黑暗。

周裕明的手机在茶几上嗡嗡地震动着，变幻着七彩的光。陆飞关了电视，摸摸外套口袋，里面有一块小雯上次给他放的新手帕，掏出来，递到周裕明手里。

"明子，擦一擦，手机响了，你看一下。"

"我不想接。这些人是来打探消息的，看笑话的人很多。"周裕明说。

陆飞想给他倒一杯水，饮水机是空的，热水瓶也是空的。他从橱柜上找到电水壶，到厨房接了水，放在墙边烧了起来。水壶轰轰地响了起来。

周裕明幽幽地说："陆飞，我到现在都不明白我爸爸为什么这样。快六十岁的人，两人都已经过了大半辈子了，他怎么忍心下得了手？"

陆飞听他说。

"他这样一下子要了妈妈的命，自己也跟着走了，我的前程也没有了。你知道吗？我现在都没有办法出门。昨天早上刚开机，打来电话的人全是问东问西的，不少人幸灾乐祸地看热闹。报纸上没有登，但民间流言非常厉害，说什么的都有。今早还有个莫名其妙的人打电话来，说我爸以前答应给他办什么事，收过他多少钱。唉……"周裕明失神地说着。

七

一个月前，周裕明就没有再看到他妈妈了。家里三人平时各自忙碌，市里和镇里都有住房，不见面也是常事。他平时遇事后都会和妈妈商量，这次一直打不通电话，很疑惑，问父亲，他支支吾吾说临时去国外参观学习了。他很粗心，没有多想。

他和妈妈走得比较近，和爸爸倒没有什么话说。爸爸的一切都与他和妈妈格格不入，工作上无任何抱负，每天混时间，抽烟，喝酒，不时聚上三朋四友搓麻将。周裕明自己为了交际，有时陪各种各样的人吃喝玩乐，但这些对于他来说仅仅是应酬的手段，他自命骨子里清清净净，不让任何世俗浸入灵魂。

他醉心于仕途，同学中，数他目前职位最高。他洁身自好，无任何不良嗜好，交往谨慎，团结一切可团结力量。工作上他踏踏实实，寻找一切发展机会，再加上妈妈帮他维系的圈子，他自认前途无量。但是，谁会想到爸爸会做这样的事！

爸妈的矛盾不是一天了。周裕明印象最深的有两次。

一次是他十岁生日那天，许多亲戚在客厅里喝茶、看电视、讲话，闹哄哄的，他坐在蛋糕旁，垂涎欲滴。妈妈爸爸在厨房炒菜，妈妈那时还在中学里当老师。忽然间大家听到"啪"的一声，这个声音这么突兀，家中一下子就安静下来。过了一会儿，妈妈走出来，白皙的脸上五个手指印清晰可见，她若无其事地给大家分蛋糕，当时周裕明不懂事，只记得蛋糕很好吃。

还有一次，就是去年，他已到机关工作大半年时间，有人把单位领导女儿介绍给他。见过两三次面后，介绍人约了双方家长一起见面吃饭。晚上除了他爸爸，其他人都到齐了，打他爸爸手机没人接，对方一家非常礼貌，一定坚持等，后来他爸爸匆匆赶来，连句道歉的话也没有，晚饭拖到近八点才开席。后来才知道他爸爸因打麻将忘了时间。

那天晚上，把客人送走后，一家人坐在他的车里，别别扭扭的。回到镇上的家中，妈妈忽然自己开车回市里了，很长一段时间没有和爸爸讲话。周裕明和妈妈一样，是一个死要面子的人，明知道生活中的缺陷在哪儿，却故作看不见，还试图用别的辉煌来掩饰。

那个初秋的夜晚，和妈妈的一面，竟是最后一面。

那天他在单位顺利接待了巡察组，心情很愉快，决定晚上回镇里的家。他九点多钟到家时，爸爸正坐在客厅里抽烟，橙色的灯光映在他的侧影上，不知怎的，让他看来有一些忧伤。

他意外地发现爸爸那天没有喝酒，很整洁，穿了一件淡蓝色的长袖T恤。爸爸抬起头来看着他，拍了拍身边的沙发。他走过去坐在爸爸旁边，父子俩很久没有这样并肩坐在一起，双方都觉得有点尴尬。小时候他怕爸爸，怕爸爸动不动就扬起他的大巴掌。长大后，他和妈妈学会了用眼神冷冷地看他，将他们之间，隔开一道无法逾越的鸿沟。

记得那晚爸爸问他，有没有听到过有关妈妈的传闻。他说没有。其实他听到过，风言风语到处都有，但他从来不信。对于事业成功的女人，俗人最常用的武器便是流言的攻击。

传闻最甚是说妈妈在平城市开发的润泽居楼盘，楼盘名中暗藏了妈妈和其"相好"男人名字中的谐音，又说当初润泽居的地皮全凭其关系才获得……

故事编排得有鼻子有眼，甚至能迷惑当事人。但其中可信度能有几分？他不相信爸爸会跟着传闻跑。

妈妈最初跑润泽居项目是在他中考前夕，每天夜里妈妈写资料、查数据，比熬夜恶补的他睡得还晚，早上却总在他们起床前做好早餐。为了完善审计资料，她带着老会计驱车近千里找账本；为了求得技术人才，她不惜借款，帮人买房，帮人还贷……他在逐渐长大的过程中，看到她无数的辛劳、坚持，以及孤单。

其实润泽居的名字是他随口起的。妈妈常向他征求意见。他记得一次晚饭时，妈妈谈到开发新楼盘的事情，那天他正好在街心公园的亭子里看到一副对联"芸芸雨露，润泽众生"，他随口报出"润泽"二字，爸爸也赞同，随后妈妈就采用了。

那晚爸爸没有多说什么，他觉出了他的落寞。他很想同爸爸谈谈，却无从开口。成年后的父子，像各自矗立的山，带着各自的固执。

很快妈妈回来了，汽车沙沙地绕过草地，开进车库，过了会儿，妈妈从车中走出来，拎着包，抱着一卷卷宗，有点疲倦。周裕明知道她今天去省城拿一块地的红线图了，早上他们通过电话，周裕明关照她在车上注意休息，让司机带上热水瓶。看到他们父子俩站在客厅门口迎接她，她睁大眼睛，微微笑了。

那天晚上周裕明发现妈妈还是美丽的，五十出头的人肤色还白皙，虽然面有倦色，但是双眼充满神采。周裕明喊了她一声，上前接过她的东西，问她事情办得怎样，她说马马虎虎，还需要一些努力。

她望向周裕明的父亲，后者什么也没有说，安静地看着她。

她说："哎呀，我好饿，晚饭和小李在服务区没有吃好。"

周裕明爸爸说："我去给你下碗面吧"。

"不用不用。"

家里的阿姨已经起来了，进了厨房烧夜宵。

周裕明在他们讲话时大大地伸一个懒腰，拖着步子跨上楼梯，"好啦，你们吃吧，我去洗澡睡啦！"

他经过楼梯拐角时漫不经心地再看了一眼客厅，妈妈坐到沙发上，斜着身子脱袜子，转头和爸爸说着什么，原本盘上去的发髻散开了，乌黑的头发有一半挨到爸爸的肩头，很恩爱的景象。

他在进房间时听到妈妈扬声说："小明，明早我们一起吃早饭。"

他应了声"好的"，就进了房间。

"一起吃早饭"竟成了妈妈给他的最后一句话。

第二天早上七点钟他坐在餐桌前，妈妈却迟迟不下来。他跑到父母房间门口，房间门紧闭。他想敲，举起的手又落下，心想，让他们好好休息吧。

大半个月后，平城市郊绕城公路下枯水的涵洞中发现了他妈妈的尸体，穿着睡衣，腐烂得不成人形。公安机关仔细侦查后，在他父亲身上发现了种种疑点。他们布下监控后轮流与其谈话，等待其自首。他匆匆赶回镇上的家，大院外全是警察。父亲看到他，低头不语，父子俩剑拔弩张。

当天夜里，他鼓足勇气去找父亲谈心。推门时地却发现吊在门背后的爸爸，依旧穿着那件淡蓝色长袖 T 恤，身体已经僵硬了。

桌上一张纸，两行字："小明，我去陪你妈妈了，我们终于可以永远在一起了！"

最后的一个感叹号，歪斜着，仿佛草草闭上的双眼，又仿佛未干的泪痕。

一切都过去了，案件告结。一个星期的时间，消息像长了翅膀的飞鸟，在饮马湖镇、平城市直至省城，漫天飞舞，所有的人在事件中加上自己的想象，衍生出形形色色的版本，使情节扑朔迷离。

人们纷纷打来电话，验证、好奇、同情，他无奈地关了手机。家中所有的亲戚忽然躲得远远的，昔日怀揣各种目的上门求助的那些人消失得无影无踪。做饭的阿姨也辞职了，说住在这里，夜里老是看到他的爸妈上楼下楼。年迈的外婆，和他守在一个偌大的庭院中，他感到彻骨的寒意。

八

水烧开了。陆飞找到茶叶，洗干净玻璃杯，泡了两杯茶。周裕明木木地坐在那儿，手机又在振动。陆飞帮他拿起，看到上面显示瑞和刘副总。

陆飞说："明子，这个电话你要接一下，你母亲公司的电话。"

周裕明接过电话。对方说了很多，周裕明只"嗯、嗯"地答应着，面无表情。接完电话，他依旧那样坐在那儿。

陆飞问："明子，瑞和公司现在怎么样了？"

周裕明说："正常运营。除了在建的工程和楼盘外，他们买下了平城东郊一块新地，我妈做了一半，现在停在那里。"他抬眼看了看陆飞，"我现在也不知道，这家公司该何去何从。刘副总约我明天见面。明天早上他过来。"

陆飞点点头，说："你要把公司的事情处理好，这可是你妈妈的心血。"

周裕明低头不语。陆飞看到他的眼眶又红红的，心里也难过。客厅靠墙的桌上，并排放着两个相框，他的父亲和母亲。

陆飞陪周裕明吃了午饭，准备离开。镇里下午要到村里拿一个统计数据，他也放心不下果林的工程。周裕明把他送到院门口。他跨上摩托车，开了一会儿，看到周裕明还站在那里，便转头开回，对周裕明说："晚上我过来，一起吃晚饭，我这两天就住你家吧。"

果林蓄排水工程建设顺利进行，比想象中还好。陆飞心情稍有些舒缓，大踏步走在果园里。从镇里回村时路过邮局，按惯例，他给父母和临湖乡一个结对帮扶家庭各汇去了三百元钱，刚发放的生活补贴只剩下一百元钱，但他是快乐的。

他跟帮扶家庭的姐弟俩通了电话，在村里小卖部的公用电话中，姐弟俩争先恐后地告诉他最近的状况，姐姐期中考试考了全年级第一名，弟弟在运动会上三千米赛跑中得了第一名。这是个特困家庭，文静刻苦的姐姐叫林春禾，调皮机灵的弟弟叫林春兵，父亲早年病故，母亲改嫁后远走他乡，年迈的奶奶带着她们姐弟，靠家中三亩多地过日子。陆飞自工作以来，每月给林春禾家寄三百元生活费，每逢开学时还要多寄几百元，用作姐弟俩的学费。

他虽是村支书，每月却只有村里为他发放生活补贴，工资要等年底时镇里统一结算。好在他平时没有什么开销，吃饭在小学食堂，不用付钱。在他看来，这个条件非常优越，只是在心底，他对父母充满歉疚。

他在家乡读书时成绩很好，一直是父母的骄傲，但当年那些同学，陆陆续续似乎都比他有了出息。村里盖起许多新房，只有他家还是那栋老屋，去年过年时他和两个表弟一起把屋子翻新了一下，父母满足的表情一直深深地印在他的脑海中。

五公里的路，他从东走到西，果林的尽头便是湖西村小学的红围墙。里面传出朗朗的读书声："敕勒川，阴山下，天似穹庐，笼盖四野……"，有老师跟在后面声情并茂地讲述着。

他想起王青青，微笑着摇摇头。她送的水杯他一直没有用，放在办公室的抽屉里。除了小雯，他觉得不该用别的女孩送的东西。

"陆支书！"有人喊他，抬头一看，是村民找他，为申请困难补助的事。他详细地询问了一番，从口袋掏出笔记本，记了下来。

忙完村里的事，已是夕阳西下。他回到宿舍，拿了两件换洗的衣服。宿舍的陈设很简单，一床一桌一椅一台灯，粗布被子叠放得整整齐齐，墙壁上贴着大幅的全国地图，三角柜上放着彩电。一盆吊兰悬在窗台上，碧绿茂盛的叶子婆娑而下，柔顺，美好，那是大学时小雯一直养着的，毕业后就由他带了过来。他环顾室内，思念油然而生，便掏出手机，轻轻按下小雯的号码。

电话响了两下小雯就接了，她好像在一个非常嘈杂的地方。

"陆飞，你怎么现在打电话来啊，有什么事吗？"小雯的声音一如既往，温温柔柔。

他语塞，想念的话说不出口。分别的日子里，他们几乎每晚临睡前都要通一番电话，讲述各自生活中的事，几分钟的电话对于他来说，是单调村干部生活中最大的慰藉。

小雯简单问了问今天工程开工的事。她那边实在太吵，就说要挂电话。

他没有告诉小雯周裕明家发生的事，这样沉重的事情，等过一段时间再说吧。他关上宿舍门，跨上摩托车，路过村里会计家时，又嘱咐了会计几件事，然后向周裕明家赶去。

周裕明还在客厅里，坐在沙发上发呆。他看上去清爽了许多，洗过澡，穿着一件白衬衫，胡子也刮干净了。客厅的地打扫过了，灰暗的客厅因此光亮了许多。看见陆飞来，周裕明脸上有了点笑容。陆飞扬了扬手中买的菜：一只烤鸭，几只鹅头，一袋花生米，还专门为他外婆带了煮得烂烂的卤豆腐干。

他们仿佛又回到了学校的时光。每次宿舍有人过生日，大家都会凑钱买些最便宜的熟食和啤酒，吃喝笑闹。熄灯后点着蜡烛，听周裕明弹吉他，磕磕巴巴为大家弹奏当时的各种流行歌曲。印象最深是 Beyond 的《海阔天空》，这是他的保留曲目。

"今天我寒夜里看雪飘过，怀着冷却了的心窝飘远方，风雨里追赶，雾里分不清影踪，天空海阔你与我，可会变……"

陆飞不会喝酒，不会唱歌，也不会弹吉他，只有老老实实坐在那儿，看着周裕明的侧影，看着其他同学笑闹，沉醉在充满生趣的校园生活里。

周裕明从客厅酒柜里拿出一瓶白酒打开，先是倒了一杯，洒在爸妈的遗像前，再倒一杯，又洒了下去。陆飞在餐桌前摆开筷子。外婆来了，吃得很少，又走了。他们面前各倒满一玻璃杯白酒，陆飞端起酒杯，无语地和周裕明碰了碰杯，喝下去一大口，一股辛辣和苦涩直冲咽喉，他感到脑袋发晕。

他们都没有什么酒量。周裕明喝了两口酒，吃了一口菜，忽然抽抽噎噎地哭了起来。陆飞没有劝他，心想，让他哭吧，以后怕是没有机会再这样哭了。过了一会儿，周裕明停住，用面纸擦擦脸，抬起头来，说："陆飞，有你这样的朋友真好，不怕你笑话，也不担心你离开！"

陆飞递杯热茶给他："不喝酒了，多吃点菜吧。把菜吃光，不要浪费！"

第二天天刚亮，陆飞就起来洗漱，准备走了。村里的工作开始得早，他小心地绕过沙发那一端熟睡的周裕明。昨天夜里他们抵足而眠，谈了很多。周裕明不肯上楼去睡，他从出事以来没有再进过父母的房间。很多伤痛，需要时间去抚平。他相信周裕明经此磨难后，会比其他同龄人更加稳健。

摩托车在通往村里的道路上呼呼开着。清晨的风灌进头盔，他感到说不出的惬意。他喜欢每一个清晨，昭示着新一天的翩然来临。每一天，对他来说都充满生气！

九

中午在学校食堂打饭时，他看到青青，站在打菜的窗口，头转向门口方向，不知在等什么人。她今天穿着一件米黄色的外套，修长的脖子，白皙的皮肤，很有气质，不像那天车上有些孩子气的她。

陆飞到了窗口，她的头一转，忽然看到他，两个人都吓了一大跳。

"你，你从哪儿过来的？我等你半天了。"

"我从大门口来的。找我有事吗？"

"噢，没有事。我就是想看看你们的梨是不是已经挂果了。我还从没有看到过小梨子呢。果林的大门封起来了，我不知道从哪边进去。"

"好的，等我们吃过饭就去。我正好约了农林站的技术员中午去果林。"

他打好饭菜，和青青在食堂的长条凳上坐下来。他大口大口地吃着，一抬头发现青青没有好好吃饭。她微俯着头，用勺子把不锈钢盘子中的米饭和菜拨过来拨过去，好像在想着什么难题。

他敲敲她的盘子："王老师，请你好好吃饭，不要折磨粮食。"

青青抬起头来，看着他："陆支书，你是不是每天都吃得这么香。这里的饭菜这么差劲，亏你还吃得下！"

他冲她摇摇头，把盘子里最后一勺饭放进嘴里，端起碗来喝汤，"快点，技术员可能在等了。今天我的午饭时间已经延长了五分钟。"

青青冲他扮了个鬼脸，把勺子一放，说："走吧！"

她背着个小包抬脚先往外走。

他无奈地看了眼她几乎没有动过的饭菜，跟着走了出去。

中午，烈日当头。他们从安静的小学出来，村子里的路上看不到人。果林大门因工程施工被封住了，他们从侧边一个缺口进去。有了树荫之后，一下子凉爽许多。梨树刚比一个人高不了多少，绿叶间，一个个鸡蛋大小青黄色的果子露出头来。

陆飞告诉青青，这是梨树的第一次挂果，这一次果实的外形和口感都不会很好，但也应该远远优于本地产土梨。最佳品质果实应该在第三年或者是第四年，到时候梨树的高度被控制在三至四米，三月开花结果，八月底成熟。饮马湖镇的绕城高速正好在后年年初通车，游客游饮马湖可在湖西村的果林里赏花摘果。

青青听着陆飞滔滔不绝地讲着，不住地点头。忽然她问："陆飞，你就准备一直在湖西村吗？"

陆飞顿住了，紧接着点了点头。"是的，我想一直在这里，我在这里有归属感。"

他凝望着枝头上一枚小小的梨，淡黄色的外壳，上面有浅浅的花纹和斑点，有种说不出的美丽。他听得懂青青的言外之意，小雯也问过他同样的问题："你准备一直这样，做村干部吗？"

近两年的村干部生活，他懊恼过，沮丧过，特别是面对村里工作中说不出的琐碎和许多人将他看作另类的眼光，但是他没有想过退缩。

村干部没有正式编制，最初签的是两年任期。他跟许多同学一样，报名参加了十一月份的公务员考试。如果能通过考试，就可以有正式的编制。湖西村是他工作的起点，他只想从起点一步一步往前走。至于结果如何，他不愿多想。

他们并肩往前走。技术员在贯通果林的水渠边等着他，工程队的人在围墙根下午休，蝉在树头鸣叫，整个果林一派夏日的寂静。

看到青青，技术员感到很意外。他们在一旁小声谈起梨树病虫害的事情。青青表现得饶有兴趣，凑在一旁专注地听着。和技术员交流过意见，他们往回走。青青的皮鞋上虽然沾满了黄泥，却兴致勃勃。她坚持要发动小学生们在劳技课上做一些套在梨子上的防虫纸袋，陆飞感激地看着她，青青冲他一笑，飞奔着进了校园。

<h2 style="text-align:center">十</h2>

下午，陆飞和罗主任，还有一个村委成员共同解决一块宅基地纠纷。两家村民在办公室吵得唾沫横飞，好在老村委成员颇有威望，加上陆飞用实例讲《民法》，两户人家的情绪缓和了许多。

陆飞送他们出门。

罗主任点了一支烟："整整半天，吵得脑仁疼，啥结果也没有。"

老村委成员说："这就够了，他们肯用脑袋想问题，就不再是问题。还是陆支书强，有理有据，他们才服气。"

陆飞感到有点疲惫。第二天一早他要带罗主任去镇上开会，定好两人的见面时间，他跨上摩托车回宿舍，准备拿些换洗衣服再去陪周裕明。

他远远地看到宿舍门前站着一个人，在俯身看他窗台上的吊兰。白衫黑裙，长发及腰，一个大背包放在他的门前。他的心狂跳起来，小雯。

听到车响，那人转过脸来，真的是她！陆飞觉得天地忽然明亮起来，小雯来了！

突如其来的喜悦涌上他的内心，他慌慌地停车，跑上前，两人一下子拥在一起，听着两人心跳的声音，他嗅着小雯头发的香味，沉醉的感觉流遍全身。直到小雯在怀中叹息一声，他才惊醒，掏出钥匙开门，一只手把地下的包拉进来，一只手拥着小雯。

关上门，他连声问小雯："你怎么忽然来了，也不告诉我一声？"

小雯看着他，说一句："因为想你啊。"

两人又拥在一起。这时候，世界上所有的人和事都不存在了，只有他们俩。滚烫的双唇反复碾压，无言地诉说着无尽的思念和渴望，小雯的身体在他怀中，柔若无骨，他喘息着，被巨大的幸福几乎冲昏头脑。

原来前一天打电话时小雯正在火车站买票。小雯父亲的头七过去了，小雯表姐的女儿贝贝考上了西江市重点高中，在小雯妈妈一再要求下，姑妈带着贝贝借住在她家，正好可以打发妈妈的寂寞。小雯没有了顾虑，于是就出来了。

陆飞傻傻地问："你不上班吗？今天不是星期天呀。"

小雯看着陆飞："傻瓜，我的辞职报告已经交上去了。我想待在你身边，你收不收留？"

陆飞既有点惊，也有点喜，他看着小雯，小雯深情地看着他，乌黑的眼睛沉静似潭，薄薄的嘴唇紧抿着，看样子下定了决心。他一向欣赏小雯性格中倔强果敢的一面。可是，能行吗？他有隐隐的担心，他在这里前程未卜，小雯离开了自己熟悉的城市，会跟着他吃许多苦。他沉思着，不愿打击小雯的积极性，却也不愿轻率地就说好。

小雯明白他的心思，用力掐掐他的下巴，"别担心啦，大不了混不下去我再撤回去。我好歹是名牌大学的大学生呢，不至于没人要吧！"

他感到痛，"嗷"的一声想抓过她呵痒，她灵活地躲过去，从床上拿起枕头砸过来，两人闹成了一团。

他把周裕明的事情告诉了小雯。小雯很震惊，久久不语。过一会儿她抬起泪光盈盈的双眼，说，"我们一起去看他吧。"

陆飞给周裕明打了电话。听到小雯来，他也很欣喜。于是他们骑着摩托车，呼呼地向饮马湖镇赶去。

周裕明站在院门口等他们。他挺拔，修长，背后是深深的庭院。

下了车，周裕明伸出手来，和小雯轻轻握了握。毕业后的时光如流水般而过，这是毕业两年来他们第一次见面。这个在大学里骄傲得像王子一般的男孩，每次小雯和陆飞打羽毛球约他一起混打，他都会故作发愁状，说不知从他身后那堆女孩中选择哪一个。这个昔日生活中充满阳光的优秀男孩，这个总是在嘻嘻哈哈中帮助别人、善解人意的人，想不到会突然经历这些沧桑。

小雯深吸一口气，眼里含着泪水。她掩饰着左右看看："周裕明，这边环境很美，陆飞一点儿也没有骗我。"

周裕明感激地看向陆飞，说："欢迎你们！随我来吧。"

进了庭院，陆飞在草地上没有看见帕萨特，周裕明说今天让单位司机把它开走了。他向单位请了一个月的假，要利用这段时间把家中事务处理一下。小雯和陆飞在客厅里他父母的相框前鞠了躬，很长时间大家都不愿说话。还是周裕明打破了寂静。

"我外婆今天被舅舅接走了。我很多天没有出门了，你们愿不愿意陪我出去吃晚饭？"

三人步行，沿着镇西的水泥路向前走。远远看到绿竹丛生的地方，是湘水苑。初秋的风，凉凉地拂过他们的面颊，夕阳下山了，还有余晖映照过来，云朵变幻着色彩，飘浮在灰蓝色的天空中。陆飞和周裕明并肩走着，什么也不用说，小雯在陆飞旁边，风吹得她裙袂飘飘，陆飞怜爱地拉着她的手。

他们在湘水苑外一家小小的家常菜馆坐下，点了几样小菜和啤酒。有人从周裕明身边路过，惊讶地看了又看。陆飞感觉到了，有些不安，周裕明却浑然不觉，端坐着吃菜。又有人端着酒杯过来，喊"周局长"，半是犹疑半是热情，过来敬酒。周裕明抬头，淡然笑着，举起酒杯喝下一口，和来人打着招呼。陆飞心中一块石头落了地，知道自己的这个朋友终于迈过了这个坎。

第二天一早，陆飞接到罗主任，骑了摩托车往镇里赶。罗主任四十出头，做了多年的村主任，在村里很有影响力。

他们提前半小时到了镇政府的会场，别村的人也来得差不多了。早到的人忙着签到、泡茶、抽烟、上厕所，互相打招呼。

罗主任和陆飞并肩坐在会场里，他忽然问："小陆，你和王书记家走得很近啊？"

"没有。"陆飞摇摇头，"我和王书记不熟悉。"

罗主任看着他："你连我也不说实话！大家都在说你要做王书记的女婿了。"

"哪有的事，别听人家胡说！"陆飞急了。

罗主任不再说话，过会儿又神神秘秘地凑到他耳朵前，"你小子好眼光，王书记马上就要调到平城市了，建设局，局长。"

他愕然。罗主任意味深长地看了他一眼。他知道说什么都无用，索性什么也不说了。两个人闷了一会儿，会议开始了。

小雯去了平城市，在宿舍书桌上给陆飞留了纸条，说晚上可能会晚些回来。湖西村在饮马湖镇的最西头，离平城市只有半小时车程。她没有说去做什么，陆飞知道她一定在忙着找工作。不管找到什么样的工作，她在陆飞身边，陆飞就觉得非常温暖。他今年26岁了，在老家是该结婚的年龄。他和小雯之间虽然没有提过"结婚"两字，但其实心中都在为之努力。

坐在书桌前，陆飞看着上午开会时下发的学习材料，思绪却飞到了小雯的身上，单人宿舍因为有了她，散发着一种馨香。过了好一会儿，他才收回思绪。

十一

果林的蓄排水工程一个月时间结束了，工程顺利通过了验收，陆飞也非常满意。

他沿着纵贯果林的水渠走着，清亮亮的饮马湖水在沟渠中缓缓流淌。枝头纸袋中的梨子日益膨大，渐渐有了硕果累累的感觉。技术员带着几个村民在果林中喷洒药水。这是他在网上多方查证后，自行配制的药水，防治梨树几种常见的病虫害，最重要的是安全、绿色、无污染。罗主任和他谈过几次梨子收购的事，前几年他带着人忙这个果林伤了心，今年他也不乐观，和陆飞说了许多忧心忡忡的话。

陆飞却一直保持着信心。他在周边城市联系了几家收购点，明天要和会计带几个样梨，去那几家收购点实地踏勘，比一下价格。有上门的收购商，但是价格远远低于他自己联系的那几家，他要自己跑一下，心中才踏实。

　　村民们把清理出来的枯枝败叶集中焚烧，草木焚烧特有的气味在果林间飘荡，让他想起炊烟，不知怎么想到了自己的老家。

　　这些日子他经常想起老家，想起父母，大概是因为小雯的缘故吧。小雯天天白天忙，晚上赶回来住。她说再过些日子就不能住在他这边了，未婚同居会影响他的党员形象。陆飞只有苦笑。他情愿小雯一直这样住着，他们反正是要结婚的，怕什么。

　　第二天一早他和会计骑摩托车到了平城市，七拐八拐找到一个收购点，把梨子拿出来，收购商不动声色地看了看，切开尝了一口，说："味道很特别，不是很好。"

　　他说："还没有完全成熟呢，成熟了味道就不同了。"

　　收购商问："你们梨子是什么品种，怎么没见过这个品种？有包装吗？没有包装的梨是散梨，又是一种价格了。"

　　他们找到第二家，开出平城市，又找到第三家、第四家。价格没有多大起色。他快快地和会计返回。

　　一天下来，又累又渴。他们坐在路边，一人吃了两个快要成熟的样梨，多好的梨子啊，金黄色薄薄的皮，似乎可以看到里面雪白的梨心。梨子水分很大，因为没有熟透，不是很甜，一种特有的青涩直冲心间。他蓦然发现，要做的事情还有那么多，并且刻不容缓。

　　晚上他在书桌前画商标和包装盒图。小雯回来了，看他画了一会儿，忍不住把自己的电脑打开，帮他画了起来。两个人熬了大半夜，做了几种方案出来。

　　他感激地要抱小雯，小雯若有所思地看着他，"陆飞，我以后还要帮你更多。"

　　小雯告诉他，她向平城几家单位投了简历，有一家还进行了面试，应该很快就有工作了。另外，她在市里一幢老旧居民楼里租下一个小套间，作为栖身之处，她不能总是这样住在陆飞的单人宿舍里：一是影响不好，二来也不方便。

看着小雯单薄的身体，期待的眼神，陆飞感动而又心疼，这样的一个女孩，对他如此依赖和信任，又是那样的独立和坚强。未来的路那么漫长，他多么害怕自己不能好好地呵护她。

十二

第二天早上他把文件带到镇上，打印出来，去了镇政府。他在王书记办公室门前停下，整理下衣服，轻轻地敲门。

"请进。"里面传出厚重的男低音。他推门而入。

王书记在桌前微笑起身。

"王书记，我来汇报一下湖西村果林的工作。"

王书记点点头。

他告诉王书记，今年是梨树种植的第二年，因为是头一年挂果，低产期，亩产在两千五到三千斤。现在散梨收购价每斤三块五左右，市场零售价是七块到八块不等。他们这种梨子品种好，照目前来看，由土梨嫁接的优良品种是成功的。按理说该远远高于普通梨价，可今年因为梨子品相还没有达到最佳状态，所以现在只能按普通梨价来保守估计。

他和王书记说找人设计了梨子的商标和包装盒，请他过目。如果同意，他今天就打算去把商标注册下来，变成饮马湖独有的品牌。商标注册好后，需抓紧印制一些包装盒。为稳妥起见，今年还是走由收购商收购的老销售模式，但是要加上他们特有的包装。另外一部分，由镇政府安排，将它们赠送给本地的大中型企业，平城市一些有关系的企事业单位，甚至省城的客商，作为宣传，为以后品牌的推广奠定基础。

王书记认真地听完，思考了一会儿，说："这些想法很好，我同意，只是具体怎样做还有待商酌。你留下来吧，我现在召集几位同志，一起开个会。"

会议就在这个办公室进行，马镇长、陈副书记，还有赵主任都来了。马镇长进来时冲他点点头，不说话，坐到了沙发上。赵主任笑眯眯地和他握了下手，坐在他旁边。他又把自己的想法阐述了一遍，中间他们不时提问，他一一作答。

讲完了，他把商标和包装盒的方案一一拿给他们看。

陈副书记看了图片和文字，说："不错啊，香雪梨，正好和我们饮马湖的别名对应起来了，雅致得很，不论是好吃之人，还是附庸风雅之人，都会乐于接受。礼品包装盒设计得也不错，拎在手上，方便、时尚。"

马镇长咳嗽一声，说："小陆种的梨子是贵族梨呀，有几个老百姓吃得起？这一个盒子，怕是就要花几块钱，可以多吃两个梨了。"

血一子涌到了陆飞的头上，他感觉脸上热辣辣的。他强迫自己镇定下来，说："这种梨子确实有点贵族化，由本地土梨嫁接了南方酥梨中最优良的梨种，种苗成本不高，贵在种植过程中耗费的人工较多。梨子的品相很好，这么好的梨不做适度的包装很可惜：一来不能创造应有的效益，二来也不便于运输和贮存。我会尽可能降低包装成本，做到低碳、环保。"

赵主任把头转向王书记："商标注册，怕是来不及了。一个商标，正常三个月才能批得下来。"

王书记问陆飞："梨子还有多长时间采摘？"

陆飞说："还有一个星期第一批就要开始采摘了。"

王书记低头思索。马镇长说："王书记，你知道的，最近镇里的资金比较困难，我们刚拨了一笔款用来整修中学的教室。湖西村的这个果林我太了解了，自古以来就创不了效益。以后若作为旅游观光，游客看看还可以，哪能指望靠种这两个果子赚钱。不能再把钱扔进去打水漂了。"

王书记微皱眉头，眼睛看向赵主任。

赵主任摇晃了下头，笑着打了个哈哈，"啊，赚不赚钱，倒看不了一时。不过，镇里没有钱，这是真的。"

陆飞的心沉了下去，他慢慢地说："没有钱不要紧，只要你们同意这样办，我自己先想办法筹钱。等这批梨收完，秋后再来汇报。"

王书记环顾了一下左右，说："好的，就照小陆说的办！名称暂定香雪梨，图标和文字的方案复印一份留镇里存档。赵主任负责商标注册的事，今天，立刻开始办，不管用什么方法，务求快捷！小陆把湖西村人带好，抓紧做好香雪梨上市的一切工作。有什么需要帮助的，随时和镇里面联系。"

大家纷纷点头。王书记站了起来，几个人一起往外走。马镇长在前，赵主任在后，陆飞收拾资料，走在最后。王书记跟着走到门边，想说什么，又什么也没有说。陆飞躬身带上王书记办公室的门，退了出来。

赵主任在楼梯口等着他。

陆飞问："现在去办注册手续吗？"

赵主任说："我马上去打电话。你放心，事情交给我，没有问题，只是时间，可能还是赶不上。"

陆飞感激地笑笑，将资料交给他。

临下楼的时候赵主任忽然又说："小陆，有的话听听就行，不要多想。按自己的想法去做。"

陆飞心里暖了一下，说："谢谢赵主任，我知道了。"

他想了想，又说："赵主任，我自己的农行卡上有五千块钱，你先拿去。不够了回头我再找人想办法。"

"好的。"赵主任接过卡。

陆飞匆匆下楼，向村里赶去。

到了村里，已经过了午饭时间。依旧是骄阳似火。陆飞将摩托车直接开到果林的门口，停好走了进去。果林里很阴凉，看果林的李大爷坐在小板凳上靠着树睡着了，一个木匠躺在红砖小屋门口地上的席子上，用草帽盖在脸上，也睡着了。

他没有惊动他们，站在树下，他觉得自己像一个即将远征的将军，满园的梨是他静默的兵，他将带着它们去打一个胜负未卜的仗。两间红砖房是他请瓦匠搭建的，摘下来的梨要在这里经过挑拣，再进行包装和临时贮存。他要结束往年大车直接运送，造成果实大量损耗的局面。

手机嘀的一声，小雯的信息："飞飞，你在哪里？"

他不由得笑了，小雯总是给他起各种各样的名字——飞飞、猪头、狗狗、木头，叫他什么视她心情而定，看来她今天心情不错。

"在果林，刚回来。你在哪儿？"他回了过去，却许久没有回音，他也不以为意。

他想今天就该把包装盒的尺寸定下来，尽早开始印刷制作，否则赶不上一周后使用。他打了技术员电话，又打了会计电话，要他们赶快来果林。商标注册下来肯定是等不及了，怎么办呢？等见了小雯，要好好问她未注册的商标怎样才能放到包装盒上。

正想着，一双温软的手忽然蒙上了他的眼睛。"猜猜我是谁。"

"小雯，快放下手，别被人家看到！"

小雯手松开了，转到面前来。"小气鬼，看到又怎么样，我真的丑得不能见人吗？"

她一只手拿着饭盒，一只手拎着水杯，白 T 恤牛仔裤，长长的头发在脑后扎成一个马尾，光洁的额头上全是汗，看样子是专门跑过来给他送饭的。

他的肚子咕咕地叫了起来。"谢谢啦，你怎么知道我没有吃饭？"

"我当然知道。快吃吧。我今天没有去平城，就在宿舍里等你消息。"

小雯把饭递给他，他打开饭盒大口大口地吃了起来。

小雯蹲在他面前，左看右看，说："我怎么觉得自己像一个村妇，到田头给干活的丈夫送饭。"

他笑了，嘴里塞着饭菜，含糊地说："你就嫁鸡随鸡，嫁狗随狗吧。"

小雯没有听到这句话，她的注意力被梨子吸引去了，跑到旁边的树下仰头看着，赞叹不已，忽然又跑回来，说："你们湖西村要发财了！"

陆飞问："何以见得？"

小雯煞有介事地一挥手，指向梨树："看，那树上结的不是梨子，是黄金啊。不信，你打开纸袋，一个个看吧。"

陆飞看着表演夸张的小雯，笑得差点喷饭。

小雯又凑过来，问："你上午办事的结果怎么样？"

陆飞点点头，意思是还好。

小雯看了他一会儿，问出第二个问题："猜我中午打饭，遇到谁了？"

"遇到谁啦？"陆飞傻傻地问，他想不出在湖西村还有小雯认识的人。她来的这段时间，早出晚归的，除了学校传达室老头，几乎没有和别人打过照面。

"王青青啊，就是上次你带到西江市又带回来的那个王青青。她找到我，和我聊了很久，又说如果去平城，可以坐她的车一起去，她的车在身边，随时等你电话。"

陆飞奇怪了，他想不出青青怎么会认出小雯的。这个自来熟的姑娘啊，跟小雯谈些什么呢，可以聊"很久"？他为什么要到平城？他脑子里转了几个弯，几下把饭吃完，喝了口水。刚想和小雯说什么，刘会计和技术员小王到了。相处一年多了，他们都适应了陆飞这样的工作方式，随叫随到，非常配合。

四个人摘了几个梨，蹲在地上，比画来比画去，把包装盒的尺寸定下来了。他和他们简单讲了上午的情况，说镇里财政困难，需要自筹资金，把果林最关键的这一段时期扛过去。

刘会计说："村里账上现在有两笔款：一笔是村里上个月整修电路的钱，明天供电局有人来收钱；还有一笔是村里危桥改造的钱。"

"这两笔款都不能动。"陆飞说。

"除此之外，只有三四千块钱了。"刘会计说，"如果再有需要的话，我和小王两人，私人可以拿出来一些。"

陆飞看着他们，说："好，那就这样，大家一起凑吧。好在秋后，会有收获的。我下午去平城，先联系印刷包装的事，还要再去收购商那边去谈一谈。"

果然要去平城！王青青是何方神圣，算得出他今天要去？陆飞忽然觉出那个看似大大咧咧女孩的智慧。他和小雯在果园门口分开，小雯回去根据定好的尺寸再把包装盒的设计完善一下，马上就联系两三家印刷厂，到时比较一下，选择一家进行印刷。一切刻不容缓。

他召集人到村里办公室开了个简单的碰头会，布置果林的一些事。出了办公室，他拨了王青青的号码。

王青青的手机铃声很特别，是一段儿童背诵《木兰辞》的声音："唧唧复唧唧，木兰当户织。不闻机杼声，唯闻女叹息。问女何所思，问女何所忆。女亦无所思，女亦无所忆……"

儿童声音清清亮亮，中间传来青青的声音，"陆飞，现在走吗？"

陆飞说："是的。"

她说："我从学校开车来接你。"

陆飞说："不用，我骑摩托车立刻过来。"

他带着装梨的包，跨上摩托车向学校赶去。

车停在学校门口，那辆他开过的王书记的车。他把摩托车停好，拿好包过来，这才发现小雯在后座上，正和驾驶座上的青青聊着什么。他站在驾驶室窗前，轻轻地敲窗。

青青把车窗降下来，"陆支书，上车吧。为报答上次你送我之恩，我这次将为你服务到底。"

他问："我怎么不知道你会开车？你的驾照呢？"

"驾照啊，我忘带了。"青青吐吐舌头。

陆飞拉开车门，彬彬有礼地把她请了出来，让她坐到后面去。

陆飞开着车，想想不放心，又问，"王青青，你爸爸知不知道你把车开出来？"

王青青说："他现在该知道了。我上午去镇里看他，顺便把车钥匙拿出来了，反正他今天也用不着。今晚他值班，就住在镇政府。"

陆飞直摇头。她看到陆飞的神情，又嘟了嘟嘴，"干吗一副苦大仇深的样子，我又没有侵占公共财物。这车可是我老爸私人的，前几年车改时他就买下了，又不一定非要陪他一起上班。再说了，我今天可是在踏踏实实为湖西村人民办实事啊。"

陆飞无奈地笑着，想了想，又说："以后不要无证驾车，很危险的。"

青青说："你的口气呀，和我老爸的一模一样。"

陆飞在后视镜中看到小雯一直在笑吟吟地听着他们讲话。这两个女孩，真是截然不同的两种类型。

小雯告诉他一共联系了两家印刷厂。现在去就直奔这两家。今晚若能定下一家印刷的话，四天左右就能拿到第一批包装品。

包装品有贴在每只梨上的不干胶标识；有由最便宜的轻质黄板纸压制成的网状纸套，在箱中分隔和保护梨子；还有就是那个包装礼盒了。这是最重要的一项包装品，小雯建议用一种轻质牛皮卡四色印制，载重力强，又环保，五斤左右的梨放在里面，拎起来非常轻巧，就是对印刷工艺有很高的要求，要好好选择一家有实力又肯放低利润的厂家。此外，配在礼盒中的说明书，推广及馈赠时香雪梨的说明单页，以及饮马湖的宣传画册，她都已经在构思中。这些一旦设计好，印刷起来非常快。

小雯有条有理地讲述着，陆飞不断点头。他从未关注过小雯的工作，他不知道这两年她在广告行业学到了这么多的专业知识。一刹那，他觉得自己是多么幸运，上帝安排了小雯来帮他。

小雯讲完了，发现陆飞有些呆呆的，问："怎么了，有什么想法？"

陆飞从后视镜中看她一眼，说："我在发愁，我们村哪里有钱来支付你的策划费用。"

青青和小雯同时笑倒。

在平城办完事，天已经很黑了。他们定下一家印刷厂，讨价还价中，小雯居然跟对方扯上了一笔一年前西江电视台与其共同合作过的生意，找到一点交情，对方一下爽快让步，双方皆大欢喜。合同签好后，对方到了下班时间，约好第二天交了订金便可制版印刷。他们又跑收购商，初步定下就由陆飞和会计看的第一家来做，约好收购商几天后来湖西村签协议。

事情有了进展，陆飞觉得身心轻松许多。只要明天把款筹好，一切就可以顺利开始了。

十三

汽车沿着平城市区主干道缓缓前行，他们要找一个吃饭的地方。此时正是华灯初上，平城夜景很繁华，宽阔的马路上车流如织，街心公园广场中灯光五彩缤纷，有散步闲逛的人，也有成群跳着广场舞的中老年人。

青青对平城很熟。她指引着，去一家她熟悉的小饭馆吃饭。小饭馆在偏街，门前挂着红灯笼，霓虹灯红红绿绿地闪烁着，看上去很喜气。

三人坐下来，青青同小雯讲述当年她在平城上中学时的趣事，小雯听得津津有味。陆飞坐在她们对面，看着她们。

他想，一只盒子四块，五千只盒子两万块，一只盒子真的抵得上一斤梨的价格了。如果没有外包装，没办法体现出梨子的价值，每只盒子可以使每斤梨增值近一倍。这样想来，还是非常划算的。明早和会计还有技术员一起筹到一万块钱应该不成问题，可以把订金交上。其余的钱呢，到哪儿去找？他有点发愁。

陆飞拿起茶杯，一只只地烫洗干净，为两个女孩倒上热茶。

这时来了个电话，是赵主任的，告诉陆飞他查过了，"香雪"商标尚未有人注册，等审批完，就可以使用了。陆飞的心宽了一点。

陆飞这才发现有条未读信息，不知什么时候王书记发来的。打开一看，"小陆，两天后，有热带风暴降临本市。注意天气预报，注意防护措施！"

他走到门外，夜风清凉，天空中繁星点点，什么征兆也没有。他紧张了起来。他听说过，三年前也是一场突如其来的台风，造成湖西村所有桃李烂在枝头。

他给王书记回了条信息："我今晚就做准备。"

返回到饭馆中，两菜一汤已经上来了，两个女孩睁大眼睛看着他，他匆匆地说："我们快点吃吧，吃完就回去。过两天，有热带风暴要来，我们要早做准备。"

吃完饭，小雯看着陆飞说："要不要到小屋看一下？离这里不远。"

青青说："好呀，好呀。"

陆飞这才想到小雯在平城租了房。这些天，他只顾自己的工作，对小雯的事不闻也不问。他歉意地看着小雯，小雯上前拉拉他的手，用脸贴一下他的肩膀。

旁边的青青叫了起来，"我抗议，你们这么亲热，也不顾及我的感受！"

小雯和陆飞对视一眼，红着脸低头往前走。

车子开过大街，拐到一条幽静的小街上，再往前，路边是老式的居民楼，水泥楼身，一式的五层楼。

小雯指着其中一个五层楼的窗口，轻轻在陆飞耳边说："看，那就是我们的家。"

陆飞心中一暖，非常喜欢她说的"我们"两字。

车子停下，青青第一个下车，好奇地左右环顾着。小雯在前面带路，楼梯很黑暗，曲里拐弯。拐角的地方不知堆着些什么东西，用手机照照，原来是煤炉、砖头什么的。

"小雯啊，我不扶墙，只服你，居然能找到这样破旧的地方。"青青一边走，一边嘟嘟囔囔。

到了五楼，小雯掏钥匙开门，灯一亮，一个整洁而简朴的客厅出现在面前。四面白墙，一个书柜，一张大方桌，迎门的西面墙上有一个大大的窗户，居然是木格子的，漆着蓝漆，很醒目。一室一厅，小房间有一个漆成米黄色的木门，小雯把门推开，没开灯，里面一张空荡荡的床，别的什么也没有。

小雯站在他身边，问："怎么样？"

陆飞握紧小雯的手，心中有些感慨，为了他，她舍弃了西江市的一切，不管不顾地跑到这里来。

他说："很好，这里一切都很好！"

小雯说："这是卧室，那边还有个卫生间，还有小小的厨房，厨房是用露台的一个角落改造出来的。别看这里小，可是五脏俱全噢，住着应该很舒服，价格也非常便宜……"

青青忽然变得很安静，站在屋里，低着头，密密的睫毛低垂着，猜不出她在想什么。

小雯对陆飞说："陆飞，我今天不回湖西村了。你回去抓紧做防热带风暴的准备工作。明天我在印刷厂全程监督印刷，把包装的事情办好。"

陆飞有点不舍，小雯看出他的心思，在他手背上拍了一下，转过身来，把自己的包放在桌上。

她故作轻松地说："看啊，我的家当都带过来了。我一个人，要在这里奋斗喽！"

陆飞看着她，鼻子忽然有些酸楚。他转过头，大踏步地往外走，青青跟在后面，摸索着下了楼。上车，五楼那个亮灯的窗口，小雯站在淡蓝的窗帘边，陆飞把车窗开到底，远远地对望，小雯挥挥手，车子向着饮马湖缓缓驶去。

青青大概有点疲倦，沉默地靠在后座上。陆飞也没有说话。车子飞速地向前开。

外面起风了，星星一点一点，在高远的夜空中闪烁。青青电话响了，陆飞想起她的《木兰辞》，不由得看她一眼。

她懒懒地拿起手机，上面挂着一只粉红色的兔子，大耳朵软软垂着，摇来晃去，很是可爱。原来是她爸爸打来的，问晚上回不回镇上的家。青青说不想回了，晚上就住在学校里。

挂了电话，青青告诉陆飞，直接开回学校，明早她爸爸来湖西村检查工作，正好把车开走。很快到学校了，青青下车，陆飞把钥匙还给她，道了声"谢谢"，便想离开。

青青问："你去哪儿？"

陆飞说："我去果林。"

青青说："我也要去。"

陆飞说："不行。我有事情的。你快回去休息吧，跟我们跑了这么长时间，很辛苦。"

他转身走向停摩托车的地方，走了几步，背后没有动静。他转过头，看到青青呆呆地立在那里。风很大，她的短发随风飞舞，学校小操场四周长满了树，光线暗暗的，看不出她脸上的表情。陆飞觉得不对劲儿，又往回走，到她身边，看见脸上有发亮的东西，原来是泪水。她怎么哭了？

陆飞有点紧张，"王青青，你怎么了？有哪里不舒服吗？"

青青不说话，看着他，乌黑的眼睛幽深似潭，泪簌簌地流着。

陆飞不知如何是好。他的个子高，肩膀宽，站在青青面前，原本修长的青青显得弱小无依。她为什么哭呢？是不是他说错了什么话，得罪了她？风呼呼地从他们中间刮过。

青青抽泣着，眼睛看向操场，幽幽地说："第一次看到你，你在这个操场上打球，我去食堂打水，来回走了好几趟，你都不看我。"

陆飞不知说什么好。他俯头看着这个单纯热情的女孩，许久，他柔声说："王青青，别说这些话。你还小，还要去读研究生，我们都有很多事情要做。不要胡思乱想。"

青青抬头看他，脸上泪痕未干，抗议地说："不要老是在我面前老气横秋的，我今年已经二十三岁了。前些日子我给你发信息，为什么你都不回？"

陆飞看她一眼，把头转向操场，"我们一起绕操场走一圈吧。我跟你讲讲我和小雯。"

他们并肩缓步向前。跑道两边的树被风刮得忽而向左，忽而向右，整个小操场忽明忽暗。跑道上铺着胶垫，踩在脚上，非常舒服。

青青仰头看天，轻叹一声："可惜今天没有月亮。"

陆飞说："青青，你是一个好女孩，我非常幸运，能够认识你。我和小雯，大三时认识，到现在四年多了。我们之间一直很好很好。那种好，说不清，也道不明。"

青青听得痴了，傻傻地看着他。

他停了一下，继续说："总之我们若是缺了彼此，就没有办法生活。我不知道你懂不懂这种感觉。我们中间经历过一些磨难，现在也是，我现在的工作，不能顾及她，可她从没有要求过我。现在，她过来了，我们向着共同的未来又迈出了一大步。我多么高兴……"

陆飞从未在别人面前谈过他和小雯，他觉得自己说得语无伦次。

青青望着他，点了点头："陆飞，我知道你们。小雯很好，我也很喜欢她。可是……"

她停下来，微微低着头，仿佛在思考怎么说，很快又抬起头来，直视着陆飞，热烈地说："反正我很喜欢你。每当看到你，我就觉得开心。我不会破坏你们的，只要你们好，我也很快乐。你只要让我经常看到你就好了！"

陆飞不知说什么好，看着青青的眼睛，他坚决地摇着头。

风刮得更大了，青青有些瑟缩。他犹豫了一下，将手中的外套披在她身上，四百米的跑道很快走到了头。

停下脚步，陆飞说："青青，你这么聪明、可爱，以后会有非常好的未来。只要你愿意，我和小雯都是你的朋友。现在，你快回去休息吧。我去果林了。"

青青一脸失落，丰满的嘴唇微微嘟着，睫毛抖动了几下，好像想说什么。陆飞冲她摆摆手，大步向摩托车方向走去。

十四

预防热带风暴的工作很烦琐。第二天一早王书记到湖西村时，天上飘着小雨。看来热带风暴要提前来了。陆飞不在办公室里。王书记一行三人由罗主任带着来到果林。陆飞正和技术员一起检查梨树，准备下午提前摘梨，几个村民在对一些瘦弱的梨树进行木架加固。红砖小屋里用来贮存果实的木架已经搭好，竹筐、稻草、塑料薄膜，全部归置得整整齐齐。

王书记站在陆飞身边，看他沉着地安排人做事，仿佛看到二十多年前的自己。那时他也是大学刚毕业，意气风发，和眼前的年轻人一样，充满了热情与干劲。岁月蹉跎啊，他被困在办公室里写材料，从一个乡镇到另一个乡镇，终于在几年前，回到了自己的家乡小镇。

他情愿自己在这里终老，然而，没有多长时间，他就要被调走了，该是一种升迁吧。身旁已经有人前来道贺，他内心却平稳得很，这么多年，他已经看淡了名利。

旁边的陆飞身上有汗味，衬衫上沾满泥土的印迹，扬头说话时，下巴上一片青色，听说他一夜没睡。第一次见到这个年轻人，是在市里举行的大学生村干部欢迎会上，和他握手时，他的目光实实在在，一五一十说出他所学的专业和姓名。再一次接触便是由赵主任递交上来的他写的有关湖西村果林的若干想法。他首先要争取把果林纳入饮马湖旅游园区，春赏花秋摘果，还要扩大果林，规模化经营，创造品牌水果，设立水果加工企业，生产果饮、果酒，他要使贫穷的湖西村富饶起来。他看着报告，不由得暗自吃惊，这些想法需要多少努力和恒心才能坚持下来？看来他是下定决心坚守湖西村了。这个80后年轻人，在一些伙伴浅尝村干部的滋味离开后，仍能泰然自若地留着，他在心中不由得赞叹。

他的傻丫头不谙情事，一眼就看中了他，一厢情愿地喜欢着。她不懂，这样的男人心虽然博大深沉，却容不下太多儿女情事。他们注定要为事业和理想燃烧一生。有的人热衷仕途，一心追名逐利；有的人是苦干实干，心地坦诚。这个陆飞，当属于后者。他无法对女儿说出这些。这些事，就顺其自然吧，对任性的孩子来说，感情上的挫折未必不是一件好事。

"王书记，"陆飞在叫他。

他赶紧将飘浮的思绪收回。

"王书记，来品尝一下我们的香雪梨。"陆飞把一个削了皮的梨递到他手中，别的人手中也各有一个。

他轻咬一口，梨肉香酥，清甜的汁液一下子充满了口腔。果然不同于土梨。

他问陆飞，"你们的资金筹备得怎样？"

陆飞看着他，说："有困难，但可以克服。请书记放心！"

他告诉他们，会计把一部分印刷订金刚送去平城市，并且带了几个早熟的梨到市质监局的食品检验科检验，在宣传单上，他要把这份检验报告也印上去，证明梨的品质；下午先对一部分已成熟的梨进行采摘，做到恒温恒湿存贮；风雨过后将积极进行排水及挂果检查，不让风雨影响香雪梨的质量。

热带风暴来临的前后，陆飞大睁着眼睛，在湖西村忙来忙去。是的，如小雯所说，他是一个老农。他愿意做一个现代化的老农，头顶蓝天，脚踏泥土。

果林的蓄排水工程做得非常好。大雨倾盆时，他和技术员检查园中最低洼的那块地，发现没有过多的积水，他放心了。台风吹落了一些将熟的果实，树干做过加固，没有受到过多破坏，只有少部分树枝被风雨折断，园中一片狼藉，但损失不算太大。树上的许多纸袋破了，露出浑圆金黄的梨身，肆虐的风雨中，这点艳丽的颜色格外抚慰人心。

这是湖西村历年来遭遇的最猛烈的热带风暴之一，风雨持续了两天三夜。饮马湖的水涨高了，淹没了靠河堤的田地。小雯在风雨初歇的那个上午坐着货车来到了湖西村，货车上满载着香雪梨的包装盒。

小雯在河边找到陆飞，他正带着人用泥浆泵排涝。

小雯靠近他，说："报告老总，包装盒全印好，送来了。"

陆飞惊诧极了，"这么快，我这边余款还没有送去呢！"

小雯说："我遇到周裕明了，他拿了一些钱出来。钱是小事，你这边好了，就联系收购商过来。让第一批梨尽早上市。"

看过纸盒等包装品，陆飞非常满意。小雯蹲在他旁边，静静地看着他，"你几天没睡了？"

陆飞摸摸下巴，"睡了，我都睡了，在那里。"

小雯看向他指的地方，是屋角的办公桌和几张竹椅。她心疼得半天不语，有人过来找陆飞，小雯赶紧在他耳边说："有空了快休息一下，抓紧洗个澡。看你臭成什么样了！"

小雯跟着货车回平城了。陆飞站在果林门口，忽然想起还没有来得及问她怎么会遇到周裕明。小雯的信息来了："我和周裕明在平城遇到。我告诉他你这边资金困难，他说钱不要急着还。"

收购商带人带车过来的时候，第一批香雪梨已经全部贴好标签，等待验收后装车。

红砖房内外到处堆满了黄澄澄的梨子。雨后的天气晴朗无比，整个湖西村的空气中弥漫着果实的芬芳。老支书带着四五个村民在装箱。香雪梨个头很均匀，一斤上下一个，一箱装 6 个梨，尺寸设计得刚刚好。

收购商是一个大腹便便的中年男人，在梨园里转了一圈，跑到红砖房中来，一边跺着脚上的黄泥，一边说："陆支书，果林规划得很好啊。梨不错，这趟回去若销得好，两天后我过来多购一些。"

陆飞给收购商递过香烟，泡了茶水，看着会计收款，他感激一切能给湖西村带来财富的人。他一点也不感到疲倦。一千箱梨，三万块钱，这只是第一批。他们一年半的忙碌终于有了收获。虽说这次被大雨打下不少未成熟的梨，有一些损失，但还是没有影响到他们喜悦的心情。香雪梨，该是湖西村果林的一个良好的开端。

十五

第二批香雪梨收购结束，陆飞安排老支书带人把一百箱香雪梨送去镇政府。自己回宿舍冲了澡，彻底放松地睡了一觉。等到被电话吵醒时已是黄昏时分，四周一片安宁，橙色的余晖透过敞开的窗户照进房间里，他看到窗台上的吊兰，绿油油的，枝叶上还滴着水。谁帮他浇了水？

这是周裕明的电话，约他一起去平城。他从床上一跃而起。他要去看小雯，便急急忙忙给小雯发了信息。陆飞刚刚穿好衣服，周裕明就到了门边。

一个月没有见面了，周裕明依旧清瘦，但气色好了许多。举手投足之间，多了成熟的风度。两人亲热地拍打着，一起向小操场边走去。一辆浅灰色的本田雅阁停在那里，周裕明开的是他母亲的车。

陆飞问他，"你现在上班吗？"

周裕明摇摇头，他们坐进车里。

周裕明一边开车，一边说："陆飞，我辞职了。这辈子仕途无望，我只能做一个商人了。"

陆飞有点愕然，细想也在情理之中。

周裕明看了他一眼，继续说："瑞和房产停不下来。你说得对，我不能把母亲的心血荒废掉。"

陆飞沉思着，点着头。

周裕明忽然靠边停了车，陆飞看到青青背着包站在校门口，这才想起今天是周末，青青大概是等车回家。周裕明下车径直朝青青走去，和青青讲了几句什么。青青笑容满面，转过脸来朝车里看了一眼，周裕明又说了些什么，青青开心地大笑，两人一起朝车边走来。原来他们认识！

周裕明帮青青打开车门，青青看到陆飞，眼睛闪闪发亮。

陆飞微笑着，像看一个淘气的孩子般。

她一坐进车就大叫："陆飞，你一这样看我，我就想咬你一口。"

陆飞吓一跳，"为什么？"

青青说："你看我的目光，让我立刻觉得自己小了十岁。我愤恨这种不平等的感觉。"

陆飞摇摇头。每次跟青青见面，似乎他摇头的机会特别多，但心里很愉快，这个女孩很阳光，让人觉得开心和振奋。

周裕明说："陆飞，青青的表姐是李雅娟，我跟你讲过的。"

陆飞恍然大悟。那个李雅娟和周裕明谈过恋爱的。周裕明家出事后，她突然去了法国学习。他们的关系，用周裕明的话说，冻结在那儿了。

陆飞记得周裕明跟他说起这件事时，一句一叹息的模样："一死一生，乃知交情。一贫一富，乃知交态。一贵一贱，交情乃见。"

周裕明问青青："我们送你回家吧？"

青青的头摇得像拨浪鼓一般，"不好，我要和你们一起去平城。"

她看看陆飞，乌黑的眼珠转了几转，说："就让我和周裕明做你们的灯泡吧。"

她豪壮地又补充一句，"晚上，我请大家吃饭！"

陆飞无奈地笑着，遇到青青，他是一点办法也没有。周裕明若有所思地开着车，眼神柔和而专注，不知在想什么。

平城很快到了。周裕明熟悉地左拐右拐，开到了小雯的楼边。远远看到小雯站在树下朝这边望着，依旧是长发及腰，穿一件淡紫色的衬衫，越发显得肤光胜雪。每次和小雯相见，陆飞总有许久未见的新奇感，这让他迷惑又沉醉。

刚才收到小雯的信息："王子，你骑什么来的？"

他回了几个字："灰马，好几人"。

几个人步履铿锵地爬上楼。青青吸吸鼻子，"好香啊。"

周裕明一扬眉毛，"小雯，莫非你在炖东西，炖的什么？"

小雯的脸红了，她看着陆飞："我买了菜，在小厨房，炖了点排骨汤。"

客厅门打开了，地上新铺了暗黄色的塑胶地板，很洁净。大方桌靠西窗放着，桌边只有两张木凳。青青大大咧咧地靠墙坐在了地上，小雯给他们拿过靠垫，又从热水瓶里倒水给他们泡茶喝。她忽然想起什么，说："噢，我要去看汤了。你们坐。"

她急忙跑进厨房，陆飞想跟着进去，又怕他们笑话。青青看出了他的心思，笑着说："你去帮忙烧饭吧，我们不需要你陪。"

周裕明从进门起，一直沉默着，倚在一只米黄的靠垫上，拿了一份报纸，坐在地上翻动着。

距陆飞上次匆匆来，有十天了。小雯把一个荒芜的地方，收拾得如此雅致和温馨。方桌一角放着一个小小的相架，里面是小雯和陆飞在学校时候的合影，旁边一盆茂盛的兰花，窗台上也有一盆，米黄色的小花朵，藏在碧绿的叶间。小雯的笔记本电脑在桌上打开着，屏幕上显示着香雪梨的宣传单页。

左边房间的小木门虚掩着，右边有个过道，原来真的是用露台一角改造成的简易小厨房。小雯在里面忙碌着，水龙头的水在哗哗地流淌。她的头发束起来了，腰间系着围裙，手中洗着菜，扬头看着陆飞，额头沁着密密的汗珠，歉意地说："我不知道你们这么多人来，早知道会多准备一些东西。"

陆飞轻轻走过去，用手环着她的腰。

小雯叫着，"别捣乱，看，水都到身上来了。"

陆飞仍舍不得放手。小雯关了水龙头，转过身来。陆飞一下紧紧拥住她，火热的唇一下子盖在她的唇上，柔软，细腻，缠绵悱恻又轰轰烈烈，在那一刻，天地属于他们两人。直到过道中有脚步声响起，他们慌忙分开。

青青夸张地咳嗽着，摇头晃脑地走了过来。陆飞站在小雯旁边，看小雯洗菜，小雯一脸红晕。青青看着陆飞，嘿嘿笑了两声，陆飞忽然感到胸口凉凉的，一看全都是水，他也不禁笑了起来。

饭很快做好了。四个人全部席地而坐，暗黄色的塑胶地板上铺上几张报纸，是他们的餐桌。陆飞把小雯做好的菜一样样端上来：宫保鸡丁、土豆烧牛肉、凉拌黄瓜、凉拌西红柿、青菜炒木耳，最后是一小锅排骨汤。

小雯直说："没有什么菜，真对不起！"

周裕明从车中拿了两瓶红酒上来。

青青坐在那儿，说："你们两个请吃菜，一个请喝酒，只有我，一点机会也没有。看来，只有大吃大喝的份儿。"

周裕明往每个人面前的茶杯倒上半杯酒，大家一起举杯。红酒很好，酽酽的，暗红的液体，在杯中激荡，就像陆飞的心情。香雪梨终于推上市，小雯也在自己身边，虽说前面还有许多路要走，但今夕复何夕，他已备感快乐。他第一次喝醉了。

后来的情形他不记得了，似乎青青也喝多了，一直笑个不停，反反复复念《木兰辞》，周裕明把她扶走了，小雯总在忙里忙外。

他再醒来时，是第二天的清晨，穿着睡衣裤，睡在床上。小雯呢？他伸手，摸不到。房间外面传来小雯轻轻的歌声，闻到煎鸡蛋的香味，他满足地又闭上眼睛，好幸福。

周裕明是半上午又过来的，难得地穿了黑 T 恤、牛仔裤，非常具有男人味，头发超短，干干净净的。小雯不由得多看了他一眼，把茶递给他，他坐在方桌边看着兰花慢慢地喝着。他和陆飞约好今天上午帮他去看一块地，陆飞感觉周裕明跟他有话要说，昨天车里有青青，后来又醉酒，一直没有谈话的机会。

十六

车子一直开到平城东郊的一块荒地上才停下，出了车门，天高云淡，远远的饮马湖，两岸的芦苇随风摇晃。他们并肩往前走，享受着八面来风。

周裕明看着远方，跟陆飞说："陆飞，这块地，就是我妈生前在做的一块地。不出意外的话，下个月，就要被我们开发了。"

陆飞点点头。这块地不错，不侵占基本农田，也不临靠大型工厂，离平城市区只有十多分钟的车程。

周裕明说："这次的楼盘全是中式庭院，里面小桥流水，曲径通幽，很雅致。做这样的楼盘，是我妈妈毕生的愿望。她其实是个理想化的诗人，一直梦想建造一所唐诗宋词般的庭院。前几天，我带了企划部的人和小雯在一起，你知道吗，小雯帮我们把这个楼盘起了个很好听的名字。"

陆飞问："是什么名字啊？"

周裕明说："兰苑。"

"兰苑，"陆飞重复念了一遍，点点头，说"很好！"

周裕明说："陆飞，小雯是个非常有才的女孩子。她在广告策划方面有独特的视角。瑞和公司需要这样的人。自我妈走后，瑞和公司表面看不出什么，但内部已是山雨欲来风满楼！一个副总挟带了若干客户资料消失，所幸后来被刘副总追回，企划部的总监也被省城一家公司挖走了。瑞和前面的路，还很艰难。"

他们一直走到河岸边。岸边有一片茂密的草地，阳光把小草晒成了金碧色，看上去干燥而温暖。周裕明坐下，陆飞也坐下了，他们看着清亮亮的河水，野风从面前悠悠刮过。

周裕明对陆飞说："我不知道你和小雯是怎样计划你们的未来的。如果可以，你让小雯到瑞和公司来吧，负责楼盘开发和企划这一块。我给她算上股份。她在瑞和，也算是当家人之一。你看怎么样？"

陆飞看周裕明，很认真的样子，不像是开玩笑。他沉思了一会儿，说："这要看小雯自己的想法。对未来，我们没有做过具体规划，如果她愿意，不管在哪里做什么，都可以，如果不愿意，谁也勉强不了她。"

他想了想，接着说："你说的股份一事，不能这样做。你因为交情想照顾我们，公司应该没这样的规矩，小雯肯定也不会接受。"

周裕明摇摇头，说："不是交情的问题。对小雯的能力，我看得比你清楚。你这边没有意见，我这两天就要找小雯谈了。我是亟须帮手，一起撑起瑞和！"

周裕明又说："我还有一件事，想跟你说。"

陆飞问："什么事？"

周裕明从口袋里摸出一包香烟，抽出一支给陆飞，陆飞摇摇手。他自顾自点上，深吸一口，看烟雾在面前慢慢飘散。

半天，他才开口，"李雅娟明年从法国回来，我们就要结婚了。"

陆飞问："真的？你想清楚了吗？"

周裕明坦白地看着陆飞，慢慢说："你知道的，对于我这样的男人来说，爱情不是婚姻中主要的部分。婚姻要遵循双赢规则，这是必需的。"

陆飞默然无语。

周裕明又叹口气，说："唉，不提我了，说说你吧。如果你不接受王青青，你就要好好待小雯，她为你而来，真的很不容易。"

陆飞很惊讶，"王青青，哪来的话？"

周裕明说，"坊间已传遍，平城人都知道，一个名叫陆飞的帅村支书将做饮马湖镇一把手的乘龙快婿。"

陆飞气愤无比，摩拳擦掌，"谁说的，谁敢这样胡说？"

周裕明看他怒发冲冠的样子，不禁笑了。他说："其实，你和青青若能在一起，也不错。"

陆飞急了，"明子，连你也不相信我？"

周裕明凝视着他，"陆飞，我当然相信你！因为我了解你和小雯。昨晚我送青青回家，她一路上叫你的名字。这个女孩，难道你不觉得可爱？"

陆飞猛烈地摇头。

周裕明叹息一声："你为人太正，脑筋太直。凡事专注是好的，过于执着总是不对。各人有各人的生活方式，我不好多说你什么，你老兄从村干部往上走，还有一段长路。流言不怕，过一段时间自然会消失。有流言，证明还有人在关注你，流言传得越广，说明关注你的人越多。哈哈……"

周裕明将手中的烟头用力向前一抛，拍拍手，跟陆飞说："无论如何，你要对小雯好一些，为她多担一些风雨。"

陆飞点点头，感谢周裕明这样出自肺腑的一番话。

两人一起站起身来，朝公路边走去。回到车内，一时之间，忽然不知说什么好。周裕明看着陆飞，抬起一只手，陆飞也抬起手来和他用力一击，这是他们之间的老规矩。每当做了什么决定时，两人总是这样相互鼓励。

回到村里，陆飞又开始工作。果林的承包协议要做；后天将有一个在省城办厂的湖西村人回来，想在附近征一块地开食品加工厂，他也要让镇里提前安排接待工作。

他在办公桌前忙忙碌碌地做事，突然一瞬间，周裕明的话跳到脑海中来，"你要对小雯好一些，为她多担一些风雨"。

他惊跳起来，他自己何尝好好地关注过小雯？从前离得远，工作忙，他们不能见面。现在呢？他仍醉心于每日自己的工作中，从来没有去主动关心过她！从她找工作，到租房布置整个家，他几乎什么事情也没有帮着做。

忽然间他觉得一刻也工作不下去了。他把包拿出来，想起早上小雯交给他几张纸，说是有关香雪梨及饮马湖的宣传策划。他拿出匆匆看了几眼，又放回，准备明早带到镇上提交。他收拾了一下自己的办公桌，走了出去。

此时已是傍晚时分。金黄的余晖中，房间的蓝窗帘远远地随风摆动。陆飞停好摩托车，沿着曲曲弯弯的楼梯爬上五楼。很快门开了，小雯眼睛睁得大大的，手中还握着一支笔，看着他，发着愣，眼里渐渐充满了笑意，"哈，你又来啦，事先也不告诉我一声。"

陆飞什么也没有说，拥一下小雯，下巴触到柔软的发丝，心中充满莫名的感动。小小的客厅里光线明亮，向西的窗户，正好看到满天的彩霞。靠窗的大方桌上，电脑打开着，旁边一堆资料。看来她正在忙碌。

陆飞问："小雯，你在忙什么？"

小雯说："我在做瑞和公司楼盘的方案啊。前几天周裕明和企划部的几个人送来的，那边企划部总监走了，他们想请我帮忙，做几套方案。"

她看着陆飞，有点羞涩，"我以前做过楼书，但独立做这么大的项目的方案，还是第一次，不知会不会搞砸。"她走到方桌旁，把笔放到桌上，指一下窗外，说："陆飞，看！夕阳，是不是很美？"

陆飞走了过去，开阔的木窗外，天空仿佛是一幅艳丽的油画：夕阳在天际缓缓地下沉，湛蓝的天空中，大块的云朵由金黄、绯红，渐渐变为绛紫、玫瑰灰，色彩斑斓，好看极了。

小雯靠在陆飞肩头，一起痴痴地看着，她说："我给我们的小家起了个名字，叫云居，好不好？"

陆飞紧紧拥住小雯，"云居，云居，"他喃喃地念着。

她在陆飞怀中仰起头，专注地看着他，一双黑眸如在梦中，面颊嫣红如醉。窗外彩霞满天，如诗如画。

许久，陆飞轻轻拉过小雯的手，低语："小雯，我还没有具体想过我们一起生活的情景，现在这么快就到了，真像做梦一般！我怎么这么幸运，你对我这么好……"

"你今天怎么了？尽说一些傻傻的话。"她伸手堵住他的嘴，温柔地看着他。"我们本来就该在一起的，日子还长着呢，我们每一天，都会更好！"

晚饭是陆飞烧的，他用电饭锅熬了一小锅粥，又买了两包榨菜，这么简单的晚饭，也让他忙得满头是汗。小雯一直在电脑旁做事，不时在纸上写写画画，陆飞进进出出时，看到她专注工作的侧影，心里很满足。

两人坐在方桌前喝粥，书和资料推到一边，小雯指指对面小书柜上的一瓶酒，说："看，我们喝剩下的红酒，还有小半瓶。昨晚真是疯了。四个人喝了一瓶半，你和青青喝得最多。"

陆飞看看酒瓶，端起粥碗，说："来，我们再碰碰杯！等我考上公务员，我们两人把那小半瓶，统统喝掉！"

小雯微笑着，也端起碗来，两人"咣啷"一碰，心里已经有了几分醉意。

隔着放下的纱窗，仍能看到外面深蓝的夜空。秋夜，真是美好！

陆飞谈起周裕明要小雯加入瑞和公司的事，小雯有些惊讶，说："他这两天来时，怎么一个字也不提？"

陆飞看着她，沉吟着，"可能是怕被直接拒绝吧。你如果想去，就去吧。不要有什么顾虑。只是大公司里人和人之间有争斗，牵涉到经济利益，你要专注于工作，千万不要卷入其他是非。"

陆飞又说："在别人面前尽量不要透露出我们和周裕明的同学关系，免得别人议论。"

看着陆飞疑虑重重的模样，小雯忽然笑了，"看你呀，啰啰唆唆，这么担心。去与不去，我都没什么。如果惹你担心，我就不去了。我有许多单位可以选择呢。"

陆飞摇摇头，把头埋在小雯的后颈窝里，他喃喃地说："小雯，我多么高兴，有人赏识你。"

还有一些话，深埋在心中，他说不出口，他担忧小雯如何面对那些陌生而复杂的人和事。她那么柔弱，在他心中仿佛还是那个午后安静读书的女孩。

可时间推着赶着，一切都不能由他做主了。小雯这样豁达，可他却有这么多顾虑。

十七

清晨起来，他站在窗边发呆。前一天他为一份明显造假的申报材料和罗主任发生了争执，他不同意签字。罗主任同往常一样，把材料塞进抽屉，脸上浮着笑，同送材料的人拍着肩膀离开了办公室。想到罗主任的神情和近日毫无进展的征地工作，他忽然有种不想去上班的冲动。

小雯站在旁边，忽然说："陆飞，心情不好就请个假吧。我们今天一起去看海。"

两人查了地图，背着一个简单的包，坐了公交车，赶往离平城市有两小时车程的港口小镇。港口的名字很特别——火烧港。小雯想，是不是每到傍晚，在这个港口就可以看到火烧般的晚霞，陆飞则猜测名字源于历史上一个火烧赤壁般的沉重故事。

许久没有这样放松了，在颠簸的车厢里，他们沐浴着阳光发呆。车上满满的乘客，陆续下车，最后一站下车时，只剩下他们两个人。疲倦的司机按了声喇叭就把车开走了，空旷的站台上，只有呼呼刮过的风卷起地面的浮尘，在半空中盘旋。中午的阳光，带着融融的暖意，照在两人身上。远处便是海堤，碧绿的大叶杨密密地生长着，白色的风车矗立在湛蓝的天空下，一个，两个……无数个，一直蔓延到天边。

小雯往一人嘴里塞一支棒棒糖，两人相视一笑，手拉手，大步往前走，恍若回到校园时光，自由自在，无拘无束。附近没有民居，老远看到一处金黄色的建筑，雕梁画栋，气势恢宏，走近了看原来是座龙王庙。门前宽阔的空地上，一只大大的铜鼎里飘着袅袅轻烟，大殿里飘出连绵不绝的诵经的声音，有虔诚的香客在蒲团上长跪不起。高高的黄色围墙，墙根处坐着几个摆竹篮卖东西的老太太。

他们停下步，张望了一会儿。风吹着飞檐下的铁铃，叮当，叮当，让人感到远离尘世的祥和与安宁。一辆旅游大巴停在龙王庙旁边，游客都出去了。

他们沿着大路走上高高的海堤。带着咸腥味的海风呼啦啦地吹过来，海堤下面水草丛生，几十亩，几百亩，还是几千亩，仿佛绿色的田野，只是中间伫立着若干嶙峋的乱石，再往外是空旷的海滩，明亮的阳光下，天际有水线涌动，那便是浩瀚无边的海了！黄浊、澎湃、真实的海！

小雯把两只手放在嘴边，呈喇叭状，大声喊："啊，我来啦！"风很快吹散了她的声音。她再一次用尽全身力气，大喊着："啊，我们来啦！"

大风把她的长发吹得四下飞扬，风衣也被卷起，她的眼睛闪闪发亮，看着陆飞。陆飞也很激动，终于看到向往已久的海了！

耳边隆隆作响的声音，不知是身边风的呼啸，还是远处海浪的喧哗。在这无垠的海天之下，人是多么的渺小啊！在大自然面前，人不过是俗世中的一粒微尘。陆飞闭上眼睛，他感觉胸腔被这海与风荡涤一空。

小雯说："陆飞，记不记得雨果的名言？"

陆飞点点头，"世界上最宽阔的是海洋，比海洋更宽阔的是天空，比天空更宽阔的是人的胸怀。"人如果跳不出个人恩怨与琐事纠结，又怎能去追寻更多的美好呢？

面对着广袤无垠的海，他紧紧攥着小雯的手，仿佛怕风把她吹走。小雯凝视着他，目光柔和，充满深情。他听见自己说："小雯，嫁给我吧！"

这句盘旋在他心中多年的话，他一直没有鼓起勇气开口，忽然间不知不觉说了出来，陆飞自己也吓了一跳，他紧张地看着小雯。

小雯羞涩地俯下头去，再抬起头来时，面颊遍布红晕，眼角眉梢满是笑意，她轻轻地点了点头。陆飞一下子拥住她，他怜惜地将嘴唇吻住她光洁的额头，闭上眼睛，心在怦怦地跳着，他发现两人的心跳是同样的节奏。海水在远方拍打着海滩，一声声，一句句，重复着人间的爱与恋。

看海的当天陆飞和小雯就回平城领了结婚证。如果说冲动是魔鬼，那么一定是让人开心的魔鬼。两人真如中了魔一般，回家翻出所有的证件，在下班前最后一刻冲到民政局。当两个红本子拿到手中时，陆飞再次抱着小雯，在原地转了几个圈。

小雯一直笑，整个人仿佛发着光，洋溢着掩饰不住的快乐。陆飞看着她，心中充满了歉意。他欠小雯的太多了，没有热闹的婚礼，没有钻戒与鲜花，没有属于他们的房子，没有稳定的职业和收入，几乎什么也没有。小雯仿佛读懂了他的心事，牵着他的手，满足地说："陆飞，多好！我们拥有全世界！"

陆飞暗自握拳，要给小雯一个美好的未来！

十八

月底很快到了，湖西村这个月完成了几件大事。香雪梨第一年的收获顺利完成，虽然不能算是大丰收，但总算为湖西村带来一些经济效益。湖西村人从这个果林里看到了希望。食品加工厂同饮马湖镇签了用地的合约，开春后，湖西村的第一家食品加工厂就要正式开建。果林增加了种植品种——葡萄、甜瓜，又向西扩大了面积。

陆飞每天不管多晚都要回家。小雯进了瑞和上班，过了最初的适应期后，她像陀螺一样忙起来了，到家做完家务后，就埋在电脑前查阅资料，画图写稿，忙到很晚。周裕明很大胆，一周后就由人事科发文任命小雯做企划部的总监。

小雯明显瘦了很多，眼睛仿佛更大了，更显得成熟干练。陆飞看在眼里，一半赞赏一半心疼。小雯看到陆飞这样的眼神，总是双手软软地环绕过来，在他耳边轻轻地说："鼓励一下，鼓励一下！"

陆飞只好亲亲她的脸颊，什么阻拦的话也说不出。是啊，他怎么能说出口呢？叫一个发奋工作的人停下来，这本来就不是应该做的事。他自己也是崇尚进取的人，那么，就让两个人一起努力吧。

可是有一天晚上，他实在不能平静了。村里小学翻盖校舍，他忙到近十点才从湖西村回来，小雯还没有到家。他坐在窗前，写了一篇第二天镇上开会用的汇报材料，又看了会儿书。时针就要指向十二点了，他拨了小雯的手机号码，却没人接听。他带了件小雯的外套，匆匆下楼，跨上摩托车向瑞和公司开去。

瑞和公司不远，骑摩托车十分钟就到了。这是他第一次到周裕明的公司来。二十八层的瑞和大楼，矗立在平城的闹市中心。一至二十五层是酒店、商场、娱乐中心，二十五层以上是瑞和公司的办公区。这幢楼据说是周裕明母亲用下海后掘到的第一桶金建的。

大厅灯火通明，金色的旋转门边伫立着穿制服的保安，他彬彬有礼地带着陆飞走过宽敞的大堂，送上瑞和公司的专用电梯。

小雯的总监办公室在 26 楼。想不到她一个人有这样大的一间办公室，真皮座椅，宽敞的办公桌，高大的绿色植物像树林一般在墙角生长。落地窗外，是大半个城市的灯火。

办公室里没有人，手机丢在桌上。他站在门口左右看看，走廊尽头的会议室亮着灯，原来在开会。他这才想起，兰苑工程的启动仪式似乎就在这两天举行。他再次走进小雯的办公室，坐在靠墙的会客沙发上。沙发软软的，他怀抱着小雯的外套，安心地睡着了。

睡梦中忽然觉得鼻子痒痒的，他皱皱眉毛，耸耸鼻子，继续睡，鼻子上还痒，他无奈地抬起手来摸摸鼻子，手被一只手握住，同时眼睛也被人蒙住。

"小雯"，他低呼一声，挣脱着睁开眼睛。

明亮的灯光下，小雯笑盈盈地蹲在他面前，一张神采飞扬的脸几乎贴到了他的脸上，手里拿着一个小小的纸卷，"哈，跑到这儿来睡觉了。你什么时候来的？真是神龙不见首尾！"

陆飞彻底清醒了，坐直身体。"你们半夜三更开会的吗？"

小雯点点头，说："明天兰苑工程要举行启动仪式。还有许多事情没有交接清楚。整个公司的人几乎都在。"

小雯走到办公桌边，放下手中的文件夹，拿自己的茶杯给陆飞倒了一杯水，送过来，"喝口水，等我收拾一下，这就走。"

她麻利地收拾文件，归档放好，关电脑，关灯。

陆飞等她出门，赶紧给她把外套披上。她甜丝丝地笑着，一起下电梯，出大厅，上摩托车。她的双手紧紧环抱着陆飞，说："唔，你开吧，我困了。"

陆飞感觉到后背上小雯鼻息沉沉，他尽量平稳地开着车，不一会儿就到了楼下。他半拥着小雯上楼梯。爬了两层，小雯撒娇地说："我爬不动了，要睡觉。"

陆飞蹲下身，一把背起小雯，小雯一只手圈着他的脖子，另一只手用手机给他照明，嘴里数着"一、二、三、四"，听着陆飞吭哧吭哧上了五楼。

闹钟定到四点半，小雯就悄悄地先起来了，下了面条，煮了鸡蛋，她急急忙忙冲澡，然后把陆飞叫醒。洗漱完毕，两人坐在方桌前吃饭。窗外的天空，还是一片黑暗，几颗星星散在夜空中。

陆飞看着小雯，浓密的黑发盘起来了，化了淡妆，一身浅灰色职业套装。他说："小雯，你这样打扮，我要认不出你来了。"

小雯抿嘴笑着，一双眼睛水盈盈地看着他，他忍不住去摸摸她放在桌上的手。小雯反过手来拍拍他，"快吃饭吧。不然我们都会来不及的。"

他帮她剥好蛋，喂到她嘴里。两人刚吃完面条，就听到楼下两声嘀嘀的喇叭声，往窗下一看，是周裕明的车。

陆飞送小雯下去，周裕明从后面车门中出来。今天是兰苑工程正式开工的日子，有一个隆重的启动仪式。他穿了套蓝色西服，天生的衣服架子，很熨帖，头发依旧短短的，浓眉，大眼，脸上轮廓分明，显得非常稳健。

小雯跟他和司机招呼一声，就上了车。

周裕明和陆飞说他一夜都在公司，凌晨在办公室的套间冲了个澡，换了身衣服，就来接小雯了。

陆飞微笑着看着他："你再忙，也要注意身体。小雯说你们要去省城办个手续。赶紧走吧，我们改天再聊！"

他帮周裕明把车门关上，看着浅灰色的小车在橙色的路灯下开远，尾灯一明一灭，迅速融入黑暗。陆飞想起匆忙间忘了跟他说一些恭贺的话。上了楼，他收拾好房间，骑着摩托车往饮马湖镇开去。

兰苑工程开工后小雯的工作舒缓了一些。她每天准时上下班。陆飞每次回家，都有小雯烧好了饭菜等他。晚饭后他们有时一起散步，有时在窗前看星星，有时一起看书学习，甜蜜的日子总是过得很快。

不知不觉到了十一月底，公务员考试开始了。三天的考试，陆飞考得很顺利。考完试的晚上，他失眠了，台灯压得低低的，看了许久的书，仍然毫无睡意。

三天来，他惊诧于参加考试人数的众多，形形色色的考生流水般在考点涌进涌出。这是一条比高考还要艰难的道路。与学生时代的懵懂简单不同，这里每个人都有自己的故事，每张脸上都挂着殷殷期盼。他有刹那间的惶惑。这么多人竞相参与，成者几人，败者几人？

小雯将脸颊靠在枕上，悄悄看着他，长长的睫毛一丝一丝投影到她脸上。

"有什么心事？陆飞。"小雯轻轻地问。

他摇摇头，又点点头，过了一会儿，他说："小雯，考公务员是我唯一的出路吗，如果考不上怎么办？"

小雯凝视着陆飞的眼睛，说："你知道，这不是唯一的出路，但一旦考上，你就离梦想近了一步，会变得更加有力量，可以改造、创新，做你想做的事。当然，"她停了一下，把脸轻轻地贴在他的肩上，接着说，"考不上也没有关系，我们有能力，还有许多别的路可以走。"

陆飞稍稍轻松了一些，但浓黑的眉毛仍然紧锁。

小雯坐起身来，温柔地把他的头揽在自己的怀里，轻轻抚摸着。此刻再说什么都是多余，这只是一个忽然间迷失方向的大男孩，除了安慰和等待，不需要做别的。

是的，就像行走江湖的大侠，需要战马，需要宝剑，需要并肩战斗的同盟，这一切需要自己争取。竞争不是一件坏事。

这么想着，他心下释然，孩子般笑了。

十九

一天，陆飞在村里和供电局的人进行线路实地勘测。他正在看手中一张图纸，忽然间一阵心悸，仿佛某种感应，他想起小雯。就在这时候手机铃声响起。

周裕明的电话。

"陆飞，小雯被货车撞伤了。你快到平城人民医院来！"

从周裕明强作镇定的声音中他听出巨大的恐惧。想到早上临别时小雯扬起的灿烂笑容，他的大脑一片空白。

陆飞赶到医院时，抢救室外站满了瑞和公司的人，周裕明雕塑一般站在门边。他跑过去，说不出话，只是喘着气。

两人对望着，周裕明眼睛里含着泪，低声说："可能不行了，你快进去。"

他的耳边轰轰作响，像天崩地裂的声音。一个护士推门出来，他忽然疯狂地把她推到一旁，挤了进去。远远看到病床上小雯是睁着眼睛的，看到陆飞，她的眼睛忽然亮了一下。

陆飞心头狂喜起来，医生肯定是弄错了，小雯伤得没有那么严重。

"小雯，小雯"，他轻轻地试探地叫着。

白色的床单下，她是那么瘦小无助，脸色苍白得近乎像白纸，鼻孔里接着淡绿色的氧气管，面颊上还有未擦净的血污，一双美丽的眼睛，显得更加黑而深。她看着陆飞，慢慢地泪水从眼角滑下。

他小心翼翼地握住小雯放在床单外的一只手，冰冷的，另一只手轻轻为她拭去泪水。

"小雯，小雯"，他再次轻轻叫着，把脸挨着小雯的脸。

小雯睫毛抖动着，双唇嗫嚅着，想说什么，却发不出声音。氧气管咝咝地响着，小雯的声音细若游丝，他听清了。

"陆飞，对不起，我不能陪你了，你要好好地……"

陆飞用力捏着她的手，"不，小雯，你会好的。你坚持一下，你再坚持一下！"

小雯唇边浮起一个微笑，只是专注地看着他。

他掉过头来，热切地看着床边的医生，"医生，把我的血都输给她，我们血型是一样的。还有什么方法，能让她好起来，我们都来试一试，试一试！"

一个医生背过头去，还有一个医生低下了头。小雯的手指在他掌心中动了一下，他再看小雯，微笑还没有散去，却已经慢慢闭上了双眼。床头监护仪发出一阵刺耳的声音。医生过来忙碌地抢救，一个护士过来拉他，他不动。

小雯的手像一块冰，他的心也是一片寒冷，他对着小雯低语，"小雯，别离开我，我们还有那么多日子要过，别丢下我一个！"他哀求着，痛楚的声音反反复复。

小雯坐在财经大学的阶梯教室里，白衫黑裙。

毕业晚会上，他第一次挽起小雯，要带她走。

小雯在西江市，而他在饮马湖，两地分隔，两情相依。

小雯来了饮马湖。两人终于在一起。

他们有了云居，小雯和他并肩看夕阳，彩霞满天。

他们领了证，还没有来得及办结婚典礼。

小雯……

不知过了多久，医生默然散去，护士们轻轻收拾着血浆瓶、器具包、氧气管，盖上白床单，他还是跪在床头不动。有一个人来了，沉默地站在他身边，慢慢地，终于把他扶了起来。这个人是周裕明。

小雯在工作途中遭遇不测。她坐在车里，去住建局交一份方案。一辆大货车失控，越过红灯横冲直撞，小车躲避不及被碾压下去。肇事者单位、保险公司，包括瑞和公司，陆续送来赔偿。

陆飞带着小雯的骨灰和所有的赔偿，把悲痛欲绝的小雯妈妈送回西江市。黄昏时分的高速公路冷寂无比，他一路流着泪，开回平城。

二十

冬天很快就到了。第一场雪落下来的时候，公务员考试成绩公布了，陆飞顺利过关。

接到电话通知时，他正和办食品加工厂的人在湖边看厂房。厂房刚呈现基本框架，建筑队的人在寒风中赶进度，看来开春食品加工厂的工程会如期完工，可以解决湖西村周围近百人的就业问题。

放下电话，一阵西北风吹来，他呛了冷风般咳嗽起来。办食品加工厂的人关切地看着他："陆支书，你最近瘦了很多啊。"

他摇摇头，和办食品加工厂的人打了个招呼，返身向村里走去。

他掏出手机，迫切地按下小雯的号码，十一个数字按完，放在耳边，里面传来一个温柔的女声："您拨打的用户已关机，请稍候再拨。"

他把手机收起。远处是一望无垠的饮马湖，风把湖面吹得波浪翻滚，天接着水，水连着天。零星的雪花从阴霾的天空飘扬而下，无声无息。只有近处的芦苇丛在风中沙沙作响，清冷而萧瑟。

他喃喃地说："小雯，我考试通过了。"

他和罗主任前往镇里开会。今天要开一下午的会，半路上罗主任告诉他下午的会议结束后，王书记就要正式离任，去市建设局报到了。陆飞忽然想起昨天晚上收到青青的一条信息，邀请他今晚去她家吃晚饭，说有事商谈。去还是不去？他很踌躇。他和青青许久没有联系了。

晚上到了湘水苑。青青开的门，她依旧是雪白的皮肤，尖尖的小下巴，头发长长了，扎个短短的马尾。她静静看着陆飞，微笑起来。陆飞也微笑了一下。青青总让他想起老家的妹妹，一样聪明伶俐，也一样淘气任性。

客厅餐桌上摆了红红绿绿好几个菜，厨房里响着炒菜的声音。青青妈妈端着一盘菜出来，看到他来了，过来倒茶。

淡黄的枸杞茶，茶水汩汩地倒入温润的白瓷杯中，几个红红的小果在杯中荡漾。陆飞坐在沙发上，这个家，始终宁静温暖。王书记不在，青青说他今晚参加市建设局的欢迎晚宴，会晚一些回来。

青青妈妈笑着说："老王要和我们一起吃青青的蛋糕呢。"

陆飞这才看到茶几上放着一个系着绸带的生日蛋糕。原来今天是青青二十三岁的生日。他事先不知道，不然该准备一些礼物的。他歉疚地看向青青，青青冲他比了个爱心。

没过多久，青青爸爸回来了。因为喝了酒，司机把他送到门口。陆飞看到他，起身叫了声"王书记"，又觉得不对，讷讷地不知叫什么好。

"你叫叔叔啊，在家里，随意点。"青青妈妈说。

青青爸爸面色微红，精神很好，他和陆飞打着招呼，亲切而随意。青青在餐桌上切蛋糕，和他为着切块的大小争执，餐桌上枝状吊灯的橙色光线投在他脸上，青青满脸的宠溺。青青妈妈在旁边把小碟一只一只摆好。

陆飞坐在一边，有点不自在。他不属于眼前这个温馨的场景，他真的不应该过来。青青把上面缀满洁白花朵，用果酱写着"快乐"两字的那一块，递到他面前，"这可是最漂亮的一块哦，给你吃。"

青青眼神清澈明朗。他犹豫了一下，接过碟子，抬头的一瞬，碰到青青爸爸的眼神，专注地带着研究性地看着他。他对着面前这个一直善待他的长辈歉疚地微笑了一下。在青青的笑嚷声中，大家开始吃蛋糕。

出来的时候已近九点。他沿湘水苑的竹林小径慢慢向前走。回想刚刚在青青家，青青爸爸和他聊镇上的事情。村里将进行换届选举了，青青爸爸问他有没有提前和村民沟通，做些准备工作。

"没什么好准备的。我对湖西村全心全意，很多人和我关系很好。"他说。

青青爸爸沉默了一会儿，说："小陆，你太年轻了，把事情想得过于简单。有些工作，必要时还是要做做的。"

陆飞没有吭声。

青青从厨房绕过来，亲亲热热地紧挨着爸爸坐下，把头靠在爸爸肩头，问："你们在聊什么？"

她爸爸笑着拍拍她的背，"聊什么不能告诉你。青青你是语文老师，应该懂得自古以成败论英雄。任何事业，在众人眼里没有过程，只有结果。成了，就是英雄；败了，就什么也不是。"

陆飞明白他的意思。他们面对面坐着，谈了许多。青青爸爸很温和，并没有把许多思想强加于他。

他送给陆飞一句话："峣峣者易折，皎皎者易污"。这个道理陆飞懂。可要真的做到审时度势，刚柔并济，又不违背自己的原则，多么不容易！

二十一

湖西村的选举要开始了。他本来和几个村委委员商量着把村东头的几十亩地改为大棚种植，正好西接果林。这样的事在换届选举前，忽然变得无关紧要起来。

村里气氛明显不同往常。有几个村干部这些日子显得非常亲民，东家跑西家跑，连平素少人问津的低保户陈老汉也比平时多抽到几根好烟。

最先进行的村党支部选举中，罗主任以最高票数当选，而陆飞的名字后面寥寥几个正字，没有被选上支部委员。他坐在人群中，并没觉得难堪，只是有几人看到他时，脸上有点讪讪的。

散会了，参会的人三三两两散去。他最后一个离开，发现门口有人站着，一个村委员、几个老党员，还有农林站的小王都在等着他。

那个村委员最先走过来，说："陆飞，以后路还长得很，不要因为这些事而改变心意。"说完他就走了。

陆飞和这个村委员经常一起做事。他是一个很质朴的人，像他的父亲。

陈老汉向他伸过手，说："陆伢子，你是好支书，我们投的是你。"老人的眼睛里甚至有了泪光，皱纹遍布的脸上带着不忿。

他心一热，说不出话来，只握住老人的手，摇了摇。

小王一向话少，这时更没有话说。他俩心有默契，一起向果园走去。

冬天的果园没有什么景致。地上一层灰黄色薄薄的衰草，果树落了叶，光秃秃的树丫齐齐伸向天空，树干上刷了石灰，几个老农坐在小马扎上慢悠悠地给梨树扎稻草。鸟儿停在树干上晒太阳，人来了也不动。

他们并肩把果林走了个遍，谈起扩建后的种种事项。小王同镇里的果林承包协议很快就可以签下来，食品加工厂也在紧锣密鼓的建设中。他似乎没有什么放不下的了。

下午陆飞给一个村民办理证明时，忽然接到青青的电话。"陆飞，你是不是被选下来了？"青青声音很大。

他看看对面等待着他盖章的村民说："是的。"

"怎么可以这样，这一定是有人做了手脚，"青青嚷嚷着，"选下来就选下来，没有什么大不了。当村干部，累死累活的，不当就不当了。陆飞，你不要难过！"青青连珠炮似的说着。

电话里可以听到青青粗重的呼吸声。似乎有什么东西，热热地堵在他喉咙口，过了会儿，他说："没事的。我在工作呢，先挂啦。"

他收起手机，稳稳给村民盖上章。村民走后，罗主任过来了，浑身酒气，牙签含在嘴里，有一下没一下地剔着牙，在他对面坐下。村里只有这一间办公室，几个村干部的桌子都放在一间屋里，只在开会的时候人才凑得齐。罗主任明知道他不吸烟，还是扔过来一支。香烟在桌子上缓慢滚动，滚到桌边，眼睁睁地掉了下去。

罗主任哈哈笑着，"小陆，你见过哪个男人不抽烟？"

他没有接他的话。他把工作笔记本合拢，收拾好桌子，走出办公室。

罗主任悻悻地坐在那儿，虽然他是胜利者，但陆飞并没有被挫败的感觉。结果出来后，最初他很伤心，认为一些人背叛了他的一腔热诚，现在他觉得可能还是自己的问题。在职的时间只剩下一周了，这段时间好好做点事。至于接下来何去何从，他暂时不愿多想。是好是歹，总会有个去处。

"我还是太年轻了，办事不牢靠，不然怎么有这么多村民放弃我。"偶尔他的心里还是有些难过。

也许选举前真该和大家多沟通，他们一定不够了解我。他懊恨自己没有听青青爸爸的话。

但其实，考试过关，选举失败，都不是很重要的事，生活于他，不再有强烈的快乐与悲伤。每天不论多晚，他都会回平城的家。一切保留着小雯走前的模样。他期待着，小雯只不过是出了一趟远门，有一天她会突然开门进来，带回他心底的热情和希望，一切又回到旧日时光。

二十一

转眼岁末年关到了，他从湖西村调出来，到了镇上的基建科。镇上传言他背后有人，他不置可否。传言传言，传话的人只是试图用当事人的态度来验证自己的猜想。年底的乡镇笼罩在过年的气氛中，满是喧哗与骚动。

这一天，单位在市里聚餐。结束后，一行人在饭店门口道别。

陆飞说："我家离这儿不远，自己走回去。"

同事看看他，说："你酒量真差，醉得不轻了，还是我们送你吧。"

他坚持自己走。

同事们不放心地叮嘱了几句，开车走了。

陆飞头有点晕，酒在胃里涌动，他知道自己今天喝多了。酒店离家只有五六分钟的路程，他一步步走着，尽量维持着正常的步态。到了楼边才感觉到月光，他抬头恍惚地看了看天空，深蓝色的夜幕中，一轮硕大的古铜色的月亮沉沉地挂着。他这才想起今天是腊月十五，下午老家还来过电话的。

他在心里数着一、二、三……爬楼梯，数到九十时摸出钥匙对锁孔，还好一下子就打开了，黑暗的客厅透着青白的月光，一屋子的寂静扑面而来。他踉跄着走到床边，一头栽了下去。

黑暗中手机响了几次，他不知道。他趴在床边吐了又吐，翻回床里沉沉睡去。半夜，他被冻醒，四处摸索着被子，触到一双软软的手，迷迷糊糊中有人喂他喝了温热的蜜糖水，脱了衣服，盖好了被子。再后来，他忽然惊醒，面颊上有热热的呼吸，他嗅到温暖的淡淡幽香，用力睁开眼，一个长发的身影坐在床边，俯身呆呆看着他。

他的心狂跳起来，"小雯"，陆飞在心中狂呼一声，奋力抬起手臂，"小雯，小雯，你终于回来了。"

他哽咽着，泪流满面，忽然间变得力大无穷。他把自己全部贴靠过去，双手牢牢拥着眼前的身体，"再也不许走了，再也不许走！我们再也不分开！"

他喃喃地，哀怨地说，充满怜爱，充满疯狂，抛却一切的缠绵。他很快又沉沉睡去。

天亮了，他醒过来，茫然四顾。家里已被收拾得很干净。枯萎的兰花被浇了水，放在窗台上，晒着阳光。地面是微湿而洁净的，床头柜上放着保温杯，旁边玻璃杯里有半杯凉开水。

他摸摸身上，已经换了干净的睡衣裤。床帮上虽然明显擦拭过了，但还是有呕吐的痕迹。他掀开被子，准备下床，忽然看到床单上有几处印迹，他发了会儿呆，回想梦中的情景。仿佛什么都明白，又仿佛什么也不明白。床脚地上，落了只毛茸茸的小挂件，他拿起来，是只粉红色的兔子，大耳朵软软垂着，憨态可掬。

他忽地拉过被子，俯下身去，把脸埋在被子里。早晨的阳光温柔地照在他的后颈窝上，温暖而刺痛。

二十二

云居要拆迁了，拆迁通告醒目地贴在楼房四面外墙上。平城市城建发展日新月异，这批老旧的楼房将在春天前消失在平城人的视线中。陆飞挨到要拆除的前一天，收拾完东西。所有沉甸甸的记忆，不过就那简单的几箱。镇里为他配了宿舍。周裕明开了辆带厢斗的车帮他搬家。

他一路上发着愣，没有注意到周裕明把车开进一个小区。他抬头一望，是兰苑。汽车径直开到东南角一栋小楼前停住，他问周裕明，"什么意思？"

周裕明递过一个文件袋。

"陆飞，我借用了你的身份证，办下这套房子的手续。都在这里面，房屋产权证、钥匙。"

陆飞说："你是不是疯了？送一套房子给我！"

周裕明把文件袋放在陆飞膝盖上，"陆飞，你一定要收下。"

迎着陆飞愕然的目光，他继续说："你知不知道，兰苑有两百多套联排别墅，小雯带着团队推广时，根据特点给每一套都起了名字。这一套叫作'向阳里'，应该是她最喜欢的，阳光最好，充满生机。我本来想把它作为你们结婚的礼物，可没想到……"他说不下去了。

陆飞听出他声音中的哽咽。但他默默摇着头，把文件袋放回周裕明手上。

周裕明说："我们去看看吧。"

房子很精巧，外面是粉墙青瓦，里面进行过简单的装修，雪白的墙壁，旋转的木楼梯，简练中透着匠心。走到二楼，陆飞一下子呆住了。东南两面墙，都是落地玻璃，窗外是兰苑的大片草地，青砖围墙外，有茂盛的杨树林，层层叠叠的绿色，虽然是冬天，杨树还没有落叶。再远处，田野缓缓地起伏，开阔的饮马湖闪烁着波光，芦花开着，如雪，如羽，隔着遥远的空气，仍能感受到那份轻盈与飘逸。

陆飞忽然听见汽车发动的声音，惊醒般跑下楼，周裕明已经走了。他的几个箱子被整齐地堆放在道路边，文件袋放在最上面。陆飞打开文件袋，一个淡蓝色的信笺掉了出来，是周裕明留给他的信：

"陆飞，我知道让你接受这套房子有点艰难。为了让你无法推辞，我把房子的所有证件都办好了。许多要你接受的理由中，有一条很确凿：这是瑞和公司对员工小雯因公意外身亡的一项经济补偿。你知道，瑞和公司不是我个人的，这是几个股东商议的结果。

"另外还有一个理由，我也如实地说出来，这是我今生的唯一一次表白。陆飞，请原谅，我也很喜欢小雯，从见到她的第一面起。很多年来，我一直活跃在你们的视线中，只要沐浴到她的目光，我就感到幸福。但从最初到最终，她的眼里只有你一个人。所以我羡慕你，到现在仍然如此。

"陆飞，生活中充满了太多未知的喜与悲。如果可以，我和你一样，愿意用生命中余下的所有光阴，换得重逢的那一刻。愿意抛弃身边的所有，把昔日重新来过！我们都拼不过老天，它坚持把最美的东西夺走了。我们别无选择，只有继续向前！"

陆飞合上信。暮色渐渐笼罩了兰苑。这座新落成的小区，还是一个大工地，仅有的几栋已经竣工的楼房，在一片杂乱中静默地矗立着。向阳里，多么美好的名字，是驻扎在他们心中的回忆，是完美得不敢再去触碰的梦想。

陆飞拿着文件袋，走到兰苑外，等了很长时间，才找了一辆出租车，他把所有东西带到镇上的宿舍。

二十三

陆飞在基建科很快就进入了工作状态，没有村里琐碎杂事的纷扰，他埋首于工作中，工作之余，常常啃一些建筑规划类的专业书籍。他惊诧地发现，其实所有的专业都是相通的，经济管理与建筑规划中许多道理可以相互借鉴，然而，这样掘宝般的乐趣没有人与他分享。

春节前平城市把饮马湖旅游园区建设提上了议事日程。为期两年，要将饮马湖周围建成一个集旅游观光、度假休闲为一体的大型风景区。市里成立了专门的规划创建小组。基建科办公室的墙壁上，贴着一张饮马湖镇的地图，其中湖西村和临近的王家庄被圈了一个大大的红圈。这两个村交界的地方将建起一个大型旅游接待点，名为香雪山庄。

陆飞几乎每天都要跑一趟未来的香雪山庄。有时他想，也许他注定与湖西村结缘。工作之余，他常跑到果园转转，跑到开工的食品加工厂看看。遇到认识的人，大家仍亲热地叫他陆支书，常有人告诉他村里这样那样的事。

香雪山庄公开招标后被瑞和房地产下属的一家建筑公司中标。开工的那天锣鼓喧天，彩旗招展，建设规划行业的头头脑脑都来了，却没有看到周裕明。刘副总代表瑞和公司讲了话。

陆飞和基建科科长坐在台下，手机上收到周裕明的短信："待到香雪烂漫时，伴君幽独。"

台上刘副总正在慷慨激昂地发言，他回了条信息："注意工程质量，争取早日完工。"

春天是万物复苏的季节，也是一个忙碌的季节。山庄内的度假酒店开建时，正好赶上湖西村的梨树开花。果林与度假酒店仅一墙之隔，花开得如银似雪，一派烂漫。陆飞和山庄管委会的人讲话，一抬头，就看到了青青。

他的心一颤。那一夜后，再没有见过她。

那天早晨他鼓足勇气发了条信息说对不起，可她一直没有回信。

青青似乎瘦了一些，手里拿着几本书，可能刚刚下课。她一身淡绿色的套装，乌黑的长发柔顺地披在肩头，清新挺拔。陆飞在四月明亮的阳光里看着她慢慢走近，手心似乎涔涔出了汗水。

"陆飞。"青青冲他招招手，依旧唇红齿白，少了神采飞扬的孩子气，多了几分成熟的味道。

她站在陆飞身旁，等陆飞跟管委会的人把事情交代完，两人一起并肩往外走。

"青青，你最近好吗？"不知为何，陆飞的喉咙有点哑。

"我很好。"她掉过头去，看着远处的梨花，"你不要把那天的事放在心上，我知道你是无心的。"声音里有几分幽怨。

过了一会儿，陆飞问："那天晚上你怎么进来的？我怎么一点都不知道。"

"你根本就没有关门啊。吴局长到我家来跟我爸说事，我听说你们晚上喝了许多酒，打你电话你也不接，后来我过去，门窗大开着，寒风凛冽，你睡得死死的。"

陆飞望着青青，不知说什么好。青青笑着，几片梨花被风吹落，一片落在她头发上，他不自觉地伸手拈起，青青的脸上飞起一丝红晕。

曾经有个女孩也是这样满目娇羞地看着他，风中雨中，两人深情相拥。他的心仿佛被重重地撞击了一下，扭过头去，说："对不起，青青。"

青青低着头，眼里有泪光闪动。

两人沉默地往前走。有几个小孩在前面喊"王老师，王老师"，青青答应了一声。

她抬头看着陆飞，"陆飞，以后不要跟我说对不起。我真的没有怪你的意思。只要你一切好好的，我就很快乐。"泪光犹在，她灿烂地一笑，向学校方向走去了。

陆飞一人站着，发着呆。

陆飞常看到罗主任，他现在已是罗支书。他跟马镇长走得很近，这是人尽皆知的事情。每次到陆飞办公室，他总是发一圈烟，同大家打着哈哈，对陆飞异常的客气，陆飞只是淡淡地应和。

湖西村在整个饮马湖镇经济比较落后，没有规模化的工业和农业，以果林为支点的计划实施了一半便不再深入发展，想起来很痛心。而这个罗支书，为村里做的事太少了。

陆飞办公室一共有三个人，一个老科员，等着退休，一个三十多岁的科长，还有他。科长年富力强，精力旺盛，每天总有许多的人和事要周旋，香雪山庄开工后更是忙碌。

陆飞到基建科大半年时，在香雪山庄的度假酒店陪几个外地客商吃午饭。适逢度假酒店正式开张不久，一楼到三楼装修得花团锦簇，一派喜气洋洋的景象。

菜是土菜，酒却是好酒，乡间的接待，隆重而淳朴。宾主尽欢，其乐融融。陆飞在席间为宾客添茶倒酒。他在服务员中依稀发现一个熟悉的身影，似乎是那个他结对帮扶家庭中的林春禾。按理说这个时候，她应该正在学校里备战高考，怎么会出现在酒店里？可能是他的眼睛看花了。

怀着满心的疑问，他在宴席中借故出去两趟，却再也看不到那个身影。

酒席散后，客人们兴致勃勃地到山庄草屋前钓鱼。一人一顶草帽，坐在亲水台边的粗木圈椅上，也有人凑在一起窃窃私语，钓竿胡乱插在木头缝里，鱼咬了钩也不理会。

初夏炽热的阳光照着，酒后的慵懒在大家身体里弥漫开来。陆飞看到科长坐在椅子上睡着了，将草帽盖在他的脸上。陆飞把茶杯轻轻放在他身边，坐在一旁，心里还在想着林春禾。他现在深信不疑，中午看到的就是她。前些日子，他还打算去临湖乡看一下，因为连着几天加班耽误了，他的心中很不安。

接待结束，陆飞没有跟镇里的车一起走，他在香雪山庄的酒店问过领班，来到酒店后面的一排平房，那是工作人员的宿舍。跟富丽堂皇的酒店相比，员工宿舍简陋得有点寒酸。那是随时可以拆除的活动板房，墙面刷了一层薄薄的白水泥。不用任何人说，陆飞一眼就看到了角落中林春禾的床，与其他花花绿绿的床不同，那个床上垂着一顶打了补丁的粗布蚊帐。

领班是个热心的中年女子，她把蚊帐一撩，陆飞一眼就看到床头满满堆着书，高中几何、化学、物理，成摞的试题集，旁边放着手电筒，一床薄薄的小花被工整地叠着，还有一个放衣物的红白二色的编织袋，除此之外别无他物。领班告诉他春禾每天中午一下班就走，晚上上班前准时回来，她每次走之前还要在食堂买些吃食带走，家中好像有人在住院。

陆飞谢绝了领班带他去大堂中等待的好意，在女孩们叽叽喳喳的笑语声中，小心翼翼地穿过宿舍门口晾晒的五颜六色的衣服，又绕过一段正在铺设的石子路，从山庄的侧门出去，站在果林幽静的墙角边，等春禾。

傍晚时分的鸟儿沐着夕阳的余晖成群结队飞回来，果林充满了温馨的喧哗，空气中弥漫着梨子、甜瓜、葡萄等果实的芬芳，令人醺然欲醉。

陆飞望着天边慢慢消逝的晚霞，心中涌起莫名的忧伤。斯人独憔悴，是的，他纵使劳心耗神，又何尝能改变一丁点？同别人眼中所见一般，他不过是空谈多于实干，梦想多于现实的一介书生。

春禾匆匆走在山庄门前宽阔的水泥路上，路两旁写着欢迎光临的彩旗呼啦啦地招展，她只顾埋头走，网兜里塑料饭盒随着匆忙的脚步晃来晃去。在快要走近侧门时，陆飞轻声叫了她的名字。她显然还是吓了一大跳，猛然抬头，一双眼睛里写满了惊吓。

"陆老师，"她脸上涨得通红，嘴唇嗫嚅着。从她的班主任把陆飞带进她家的第一天起，她就坚持这样称呼陆飞。

　　陆飞温和地冲她笑笑，他尽量使自己神色平静，怕吓坏了这个瘦小的女孩子。"林春禾，你从医院回来吗？家中谁生病了？"

　　春禾喘了口气，"我奶奶，春天病倒的。是肺癌，查出来时已经扩散了。"她的声音里充满忧伤，低下头，很长时间没有声响。

　　巨大的悲悯一下子充满了陆飞的心，灾难似乎最容易袭扰脆弱的家庭。半晌，他说："春禾，你应该告诉我的。高考是人生中的大事，你是什么时候开始不上学的？"

　　林春禾抬起头来，黄瘦而清秀的小脸上充满歉疚与不安。

　　"陆老师，奶奶病倒后，我就退学了。我想赚点钱，给她看病，弟弟还要上学，我还想多陪陪她。这个夏天过完，她可能就……"

　　她泣不成声，泪水顺着面颊往下流淌，小小的一双手，紧紧握着网兜。

　　陆飞递过一张面巾纸。

　　他说："春禾，你受苦了。我明天下午再来看你。你等我，我们一起去看望奶奶。"

　　忙忙碌碌中，日子过得很快。休息日陆飞到果林去待了一整天。香雪梨快要收获了，不出意外的话，今年的产量会远高于去年。他和小王一起商量香雪梨的销售和果林的种植调整方案。新印出的香雪梨纸箱还是以前小雯的设计方案，可物是人非，恍若隔世。

　　晚饭后春禾来了，小王的爱人也来了。他爱人李老师是镇上高中的数学老师，和春禾聊了好长一阵，她爱怜地抚着小姑娘的头，约好每周日在果林给她讲半天课，布置和检查作业，这样不至于彻底中断学业，好为来年高考做准备。

　　陆飞心里的一块石头这才落了地。

二十四

一天早晨，陆飞到镇政府上班，总觉得气氛怪怪的。直到科长到办公室，告诉他香雪山庄死了人。他大吃一惊。科长在办公室讲得唾沫横飞，昨天有人在香雪山庄请客吃饭，不知怎么搞的，一个女服务员跳了楼。他忽然有种不祥的预感。

"那个女服务员叫什么？"他听出自己的声音有点发抖。

"好像是临湖乡的吧，不知哪家的闺女。唉！"科长叹息着，拿着他的茶杯到隔壁办公室去混烟抽了。

仿佛一盆冷水从陆飞的头一直浇到脚，面前的图纸掉在地上，他也没有觉察。临湖乡的人多着呢，肯定是自己多虑了。他不知是怎么走出办公室的，跨上摩托车向香雪山庄骑去。半路上接到小王的电话，告诉他林春禾出事了。

香雪山庄被拉了警戒线，几个村民在红色的线外指指点点，不一会儿就被警察赶走了。陆飞凭工作证也进不了山庄。小王在果林围墙边等他，他小心地左右看看，把陆飞拉进果林。

"这是怎么回事？"陆飞的声音僵硬而干涩。

果林里除了几个除草的老农，没有别的人，小王还是压着嗓子跟他讲话。昨夜先是听到救护车响，然后是警车响。他从果林跑到香雪山庄门口时，人已经拖到救护车上了，满地的血啊。他不知道是春禾，只听到几个服务员说有人跳楼，整个头都摔破了，惨得不得了。后来听到酒店经理在大声责问是谁打的120，谁报的警。再后来，所有闲杂人员被赶出山庄，服务员和其他工作人员被限制活动，说是警方在调查。

陆飞问，"你还看到什么？"

小王掏出一支烟，闷头吸了一大口，然后说警方拉线前，他看到侧门边有几辆小车悄然驶出，都没有开灯，很快融入夜幕。他虽然就在侧门边上，但所有车的车牌都被挡住了，看不到。

小王的眼圈铁青，看样子是大半夜都没睡好。陆飞也要了支烟。他很少吸烟，辛辣的气体刺激着他的肺叶。

他想到上周日来果林时，远远看到春禾蹲在仓库的门边，小炭炉烧着一锅东西，冒着白汽，她一边看着锅，一边背英语，书盖在腿上，落日的余晖映照着她专注的脸，纯净而美丽。一个多好的女孩儿！他的心颤抖着。

小王把香烟头扔到地上，重重地用脚踩熄。他握着拳，陆飞听到他指节咔咔作响。

他凝重地看着陆飞，"不要急，我一定会让真相大白于天下！"

他有点吃惊地看着小王，这个一向温和、没有棱角的技术员，在这一刻，忽然让他感受到一种爆发出来的力量。

中午陆飞带着饭菜去医院看春禾的奶奶，发现山庄安排人伺候老人家，老人家什么事也不知道，山庄的工作人员告诉她春禾被安排出去培训了。陪护的人四十多岁，手脚麻利，寡言少语。陆飞站了一会儿，便离开了。

下午他去了春兵的寄宿学校。春兵还没有下课，班主任告诉陆飞说今天有人来找过他，给班主任留了号码，说春兵姐姐出了意外，以后他学习和生活上需要费用就直接打电话。陆飞看了号码，是山庄办公室的电话。

春禾的尸体当天中午便火化了，据说是自杀。

是的，一切都天衣无缝。事情一出，立即精心编织一张网，把一切遮掩得无迹可寻。忽然没有人再议论这件事情了。镇上、村里、山庄里，提及此事大家讳莫如深。一向口无遮拦的科长，忽然三缄其口，不再提这些。

陆飞在医院的急救车旁徘徊良久，他逐渐理清了自己的思路。是的，正如小王所说，一切都不能着急，等等，再等等。

一天晚上，小王打电话给陆飞。陆飞听出他语气中的激动。陆飞赶过去，在果林的仓库中，小王掏出一个塑料袋，上面还印着香雪山庄的字样。打开来看，是一件黑色的工作服，胸前的纽扣被扯落了一颗，一个袖角有一处黑色，仔细看原来是血迹。

"这是春禾的衣服，"小王坐在仓库的木板床边，轻轻说。

几天不见，他瘦了一圈，眼睛却很亮，咄咄逼人。香雪梨和葡萄正在大量上市，他正忙得不可开交。

"哪来的？"

"春禾的舍友给我的。我这些天暗中找了人问，还设法拿到山庄接待处的宾客登记本。那天的宾客登记本被人改过了。许多人都不愿意提，说是山庄的领导再三关照了，不许把内部机密泄漏出去。但也打听到一点东西。

"那天晚上有几批客人在山庄吃饭并留宿。有个女孩睡春禾上铺，据她说那天晚上她肚子痛，没上班，躺在床上玩手机游戏，春禾很早回了趟宿舍，衣服掉了一颗纽扣，白衬衫的领子也有点凌乱。她随口问春禾怎么了，春禾什么也没说，好像在抽泣。

"没多长时间，就有服务员在门口喊春禾，说领班叫她。春禾说借她的衣服穿一下，她头也没抬就答应了。后来，她上厕所，顺手在下铺拿了春禾的衣服套起来。

"再后来，听到春禾出事了。领班带人到春禾床上翻翻检检，拿了好多东西走。她第二天才想起来这件衣服。

"此后她做梦老是梦到春禾，实在受不了了，就把衣服交给我。她也不想在香雪山庄做了。"

陆飞看着小王小心地把这件衣服叠起，装到袋子里。

小王拿了一个透明的小塑料袋出来，里面装着两根头发。"这是春禾的头发，一根在春禾的雨衣里找到，一根在练习本里找到。"他说，"我已经到医院化验过了，袖口血迹不是春禾的。"

沉默良久，小王说："我给你讲一下我妹妹的故事吧。"

他燃起一支烟，仓库的电灯很昏暗，他的脸有一半沉在灯光的阴影中，目光低垂，诉说出的故事，在光和影中微微摇晃，梦幻般的不真实。

"我妹妹，如果活着的话，和你差不多年龄，肯定已经大学毕业了。我们家条件不好，但很宠她，因为她长得漂亮，又乖巧懂事。她成绩很好，我是哥哥，却不如她。

"除了成绩，她样样都依赖我，小时候我给她梳辫子，晚上我带她上厕所，初中时我每半个月给她往学校送米送菜。高中毕业那年她报考了师范院校，她考得非常好，我给她买了一条粉红的连衣裙，藏着，想等放榜那天给她。谁知道却出了事。

"一天傍晚她从同学家回来，过小树林时遇上了歹人。我们把她找回来时她哭得让人心都碎了。第二天她不哭了，蓬头垢面满村跑。我就天天看着她。后来她的录取通知书到了，我拿给她看，还念给她听。她好像清醒了很多，很开心。第二天，她打扮得整整齐齐，趁我们不注意，喝下了整整一瓶农药，送到卫生院时已经救不过来了。

"后来几年我就专门寻找那晚祸害我妹妹的坏人。爸妈因为妹妹的事，相继病逝。最终抓到那个人时，我已经过了两年的要饭生活。派出所老所长同情我，帮我在农技学校报了个班，交了学费，学了一年的农林种植，再后来，把女儿嫁给了我。"

小王停了一下，唇边浮出一丝温暖的笑意。涉过幽暗的记忆，他的脸上亮堂了一些。他看着陆飞，眼睛又恢复了逼人的神采。

"你把春禾带到我面前时，我仿佛看到妹妹又回来了。开朗，单纯，要强，聪明。我和小李都在想，我们要好好培养她，上个好大学，过正常人的生活，也了却我心中多年的遗憾。却没有想到，竟会遇到这样的事！"

他的声音哽住了。

陆飞看着他，这个看去平淡温和、波澜不惊的人，内心翻腾着多少悲与喜的惊涛骇浪。

陆飞也去过医院了，他悄悄找人查医院急救中心急救的时间和详情，还有尸检报告。那些都已经不是真实的记录。除了司机，参与急救的医生，三个医护人员两个去了外地学习，一个在休年假，没有人肯告诉他什么。他和小王面对的，也许他们无法去正面抗衡。但是只要努力，总会有成效。会有真相大白于天下的一天，会有那么一天。

二十五

香雪山庄的建设如火如荼地进行，一期工程告结，二期工程再续，修路、修桥，每一个项目都需要一系列烦琐的手续。陆飞和科长跑断了腿。湖西村和王家庄成了大工地，蒸腾着喧闹的气息。

夏末一场罕见的大雨后，春禾的奶奶在医院里安然离世。春兵暑假以来住在陆飞的单人宿舍里，男孩刚刚小学毕业，很内向。陆飞带着他，为他奶奶办了简单的后事。

中午从火葬场回来，春兵眼圈红红的，每次要说话，眼泪先流出来。陆飞很心疼这个可怜的孩子。两人到食堂点了饭菜，闷头吃起来。就在这时，有人叫着陆飞的名字。他抬头，一个中年女子来到他们面前。

女人很瘦削，穿戴很好，长得还不错，但脸上好像搽了过多的粉，皮肤干涩，眉眼中有春禾的影子。他忽然知道她是谁了——春兵的妈妈。

春兵埋头一点一点扒着碗里的饭，不看她一眼，也不叫她。陆飞给她买来饭菜，她不吃，只坐着，小心地远离着油腻腻的饭桌，看看陆飞，看看春兵。

她说她已经去过一次香雪山庄了，她听到许多闲言碎语，说女儿是被人谋害的，不是自杀。她要和山庄好好进行一场谈判。

陆飞看着她一张一阖的嘴唇，忽然一阵悲哀涌上心头。他该怎样面对这样一个女人？在儿女最需要她的时候选择离开，在亲人离世时她一派漠然，却在这个时刻喋喋不休。

春兵忽然爆发了，他把面前的饭碗一把推出去，一盘肉末粉丝全部扣到女人身上。他哭喊着："你走，你走，不许你再来，我不要看到你！"

女人慌乱地站起来，忙不迭擦着身上的油和菜。

陆飞静静地看着她，远处有人在指指点点，春兵哭得喘不过气来，女人匆匆告辞。

晚上陆飞在书桌前写工作材料。两张单人床并排放着，宿舍有点拥挤。

他尽量把台灯压低。春兵已经睡下了，却不知何时赤脚站到他旁边，他吓了一跳。

春兵忽然跪下了："陆飞哥哥，求求你帮助我，为我姐姐报仇吧！"他泪流满面地看着陆飞。

陆飞连忙将他抱起，放到床上。

春禾的死，陆飞没有跟春兵多谈，只是说姐姐遇到意外了，还在处理中。想不到这个敏感的孩子，已从其中感到了不安。

开学的那天，天还没有亮，他骑摩托车把春兵送去学校。男孩在校门口执意让陆飞离开，自己提着大大小小的行李。陆飞开出很远，回头时，他还站在那里，孤零零的一个小身影。

陆飞到单位时正好赶上上班时间。骑了三个小时的摩托车，他的手脚有点发麻。刚进办公室，就接到电话，马镇长找他。他立即上了二楼。

马镇长跟去年在王书记办公室见面时一样，黑而瘦，脸上带着暴戾的神情，说话也一样，总是充满不耐烦。

陆飞在他桌前站着，招呼了他一声，他坐着，点点头，也没有让陆飞坐下来。马镇长目光灼灼地看着陆飞，直接就问："小陆，最近你的工作是不是很闲？"

陆飞摇摇头："马镇长，最近香雪山庄几个项目同时走程序，我一直跟着科长在忙手续。"

马镇长看着他，微凸的眼睛里充满恼怒："有人说你天天在忙着管闲事。香雪山庄除了基建上的事情你可以问，其他的事情不要再多问。不要惹麻烦！"

陆飞不自觉地挺直脊梁，面上仍不动声色，淡淡地说："马镇长，我是凭良知做事。不会做任何不该做的事。"

马镇长把手上的签字笔转来转去，忽然啪的一声拍在桌子上，他站起身来，走到陆飞旁边。"小陆，年轻人不要感情用事，图一时的冲动快活，对自己的前途没有好处！好好想想我的话吧。"

他看也不看陆飞一眼，从他旁边走过，自顾自走出办公室。陆飞站了一刻，也离开了。

中午刚下班，小王来了。两人饭也顾不上吃，一起走到陆飞的宿舍。小王满身尘土，身材精瘦，却充满干劲。他告诉陆飞早上运走了最后一批香雪梨。他把宿舍门扣上保险，格外谨慎地朝窗外望望，又把窗户关紧，窗帘拉上。洗了手后，他把一个牛皮纸包小心翼翼打开，取出几张照片。

陆飞一看，是一张照片，光线昏暗，有点模糊，像是手机拍的，照片上显示着时间，精确到秒。应该是春禾，小小的一堆，倒在花圃旁边。旁边有玻璃的碎屑，她的头仰着，枕在血泊中，手脚摊着，像一个破碎的布娃娃。陆飞闭了眼睛，不忍再看。

另一张照片，同样的场景，角度稍微向上抬了点，光线也稍强，看得到后面的酒店窗口。

"这是哪里来的？"他拿着纸张的手微微发抖。

"酒店一个保安拍的。他那天刚买了新手机，一直在试手机功能。春禾掉下楼时他听到一声救命，接着一声响动，人就落了地，当时他下意识地用手机拍了两张。没过多久经理就召集所有人集中，没有机会再靠近。

"我前段时间轮流请那些保安喝酒唱歌。这个人喝多了憋不住说了出来，还把手机拿出来了。我用一部新手机，跟他换了这部手机。"

"你看，"小王用手指点着放大的一张照片，"春禾手中紧握着的是一角窗帘。""还有这里"他点着另一张照片，"五楼亮着灯，洞开的窗口中有两三个模糊的人影。"陆飞激动得呼吸有点紧迫了。小王仍是淡淡的，把东西收好，靠在椅背上，又点燃一支烟。

"陆飞，我刚才和赵律师碰过头。他告诉我前天送上去的诉状，现在被搁置在那里。春禾妈妈横在中间，她和山庄在谈判，要求经济赔偿，我们这边以春兵名义提起的诉讼改为调解。"

陆飞咬咬牙，世上怎么会有这样的母亲？这边尸骨未寒，那边已在做种种盘算。

"要不，我找她母亲谈一谈？她那天留了号码给我。"陆飞问。

小王摇摇头，"你不要出面，陆飞！春禾这件事，由我出面就行了，有事我会找你商量。"

他俯身向前，真诚地看着陆飞，"赵律师很正直，已经有人在威胁他。他这几天在查那晚香雪山庄的所有来客。据说有一拨客人是香雪山庄内部订下的，但找不到登记者信息，可以肯定问题就出在这一桌。"

小王沉默了一会儿，又说："我们一定要努力搜查一切证据，争取一击而中，让春禾在九泉之下得以安息。"

陆飞点点头。小王打开门，左右看看，和陆飞做了个电话联系的手势就走了。陆飞坐在桌前，陷入沉思。

三天后的上午，陆飞在上班，忽然感觉到有人在看他，抬头一看，春兵在门口躲躲闪闪地看他。他吃了一惊，明明是上课时间，这么远的路，孩子是怎么赶过来的？他赶忙把春兵拉进来。

办公室别的同事都不在，孩子赤脚穿着一双破球鞋，早晨明亮的阳光中，他头发蓬乱，眼睛红肿，看了让人心疼。从他断断续续地叙述中，陆飞知道他妈妈要带他走。转学手续已经办好了，他是偷跑出来的。他不想跟她走。

这是个自私而冷漠的母亲，从记事起，他就没有和她在一起的记忆。还有，姐姐不明不白地死了，他要把官司打到底，他是个男子汉，要为姐姐报仇。

陆飞爱怜地摸摸他的头，在心中一声叹息。

傍晚时分春禾妈妈来了。依旧是讲究的穿着，干燥的皮肤，搽了过多的化妆品。她坐在陆飞对面，带着做作的表情在办公室里四处环顾。另一个同事看此情景，识趣地避了出去。

他为她倒了一杯水，看着杯里水汽蒸腾，找不到话说。

春禾妈妈忽然说："陆科长，我来是想和你说，谢谢你对春兵的照顾。春兵以后用不着你再费心了，我要把他带走。"

陆飞无语地看着她。女人拿起茶杯，看了看里面浮起的茶叶，吹了吹，却不喝，又放下了。

半晌，她又说："陆科长，你知道，我一个女人家很不容易。春禾爸爸死得早，丢下老的老，小的小，我受了那么多年的苦，扔下孩子是没办法的事。现在春禾出了事，春兵人小，啥也不懂，别人一挑唆就嚷嚷着打官司。官司哪有那么好打的？我们普通老百姓，经不起这些折腾。就算打赢了又怎样，坐牢偿命，对我们又有什么用呢？"

她看看陆飞的脸色，说："本来我也不想把春兵带走。我那边也有一大家子，已经够闹心的了。现在是迫不得已啊……"

陆飞不知道这个聒噪的女人是何时走的。这是一出演过火了的闹剧，她絮叨的话仿佛一直飘在稀薄的空气中，充满世俗的琐碎与人情的寡淡。

陆飞目光游离，神思飘忽。中午他和小王联系过，从赵律师处得知春禾妈妈和香雪山庄已经火速达成赔偿协议。香雪山庄一次性付给春禾妈妈二十万元，并一直负责到春兵上大学的费用，条件是让春兵撤诉，并且由春禾妈妈将他带走，离开平城市。

中午陆飞在挣扎的心境中带春兵吃饭、买袜子、买鞋子，又骑摩托车带他去了湖西村，沿着香雪湖畔一路前行，最后停在山庄门口。

他们站在果林的围墙边，他将手抚在春兵肩膀上，掌心感觉到孩子急促的呼吸与心跳，也感受着自己的心跳。许久，他们没有说什么，只是那样站着，看着那个窗口。秋阳灿烂，草木葱茏，谁也看不出，平静的风景后隐藏着多少人世间的悲伤。

小王站在他们身后。带春兵来之前，他们谈妥了，不再让孩子涉入此事。但他们不会停止调查，直到真相浮出水面的那一天。目前给这个孩子的，最重要的是平静的生活。他还有那么长的人生要走，不能让伤痛与仇恨过多占据他的生活。

他们反复叮嘱春兵，最后送他回学校。春兵频频点头，不再流泪。男孩忽然脱去了稚气，目光中多了几丝坚定。

二十六

此后很长一段时间调查没有进展。陆飞的工作依旧忙碌，有时在外跑单位，有时埋在办公室写材料。陆飞走在镇政府落木萧萧的林荫路上，在宿舍与单位之间往返，似乎没有人比他更孤单。工作之余的应酬，他实在躲不过了才参加。很多时候，他埋首于建筑规划方面的专业书籍，潜心钻研。

一天，周裕明发信息给他，晚上瑞和公司的宴请，要他务必参加，有要事商谈。

他踌躇一下，回了条信息："好"。

下午果然科长通知晚上参加瑞和公司的一期工程庆功宴。晚宴就设在瑞和大楼，周裕明、刘副总、香雪山庄的几个负责人、镇上的刘书记、科长，还有陆飞，满满一大桌子人。觥筹交错间，烟雾缭绕中，大家嘻嘻哈哈，传播着酒桌上最新的段子。周裕明的目光几次掠过陆飞疑惑的表情，若无其事地落在其他人身上。他谈笑风生，应付自如。

待众人散去，已到凌晨四点。周裕明来休息室找到他，带他到房间休息。

这是大楼的最高层，五星级的标间，被褥整洁。打开的窗帘中间，透出城市将要破晓的天空。暖气充足的房间里，灯光仍是欲睡的昏黄。他们各自在小沙发上坐下。

周裕明看上去很疲倦。他掏出一支烟递给陆飞，见陆飞摇摇头，他自顾自点上，吸了一大口。什么时候起，他有了这么大的烟瘾？陆飞等他说话。

他慢慢吐出一口烟，然后从身边的皮包里，掏出一张红红的纸头，交给陆飞。

陆飞拿过来看，是结婚请柬。华贵的金丝绒面，打开来，里面印着两人的婚纱照，周裕明长身玉立，表情风轻云淡，身旁的新娘矮矮胖胖，满脸娇憨。

周裕明说："这是第一件事，我和李雅娟下个月结婚。"

陆飞说："恭喜你！"

周裕明说："我可感觉不到什么喜气。"

陆飞说："明子，要惜取眼前人。"

他们一下子沉默起来，有小雯相伴的快乐时光，电影般浮现在两人面前，又清晰又遥远。

周裕明又吐出一口烟，说："陆飞，香雪山庄那件事，你是不是还在调查？"

陆飞点头，"你怎么知道？"

周裕明叹息一声，说："我知道你是什么样的人，一旦认准的事情，不会轻易放弃。曾经有人暗示我来做说客，我没有答应。今天，我不是来做说客的，只是不想你总是纠缠在这件事上。"

他问："你知道那天香雪山庄那桌客人是谁吗？"

陆飞摇摇头。

他又问："你知道那个女服务员是怎么坠楼的？"

陆飞仍然摇摇头，端坐着。他身上每一根汗毛都被惊醒，面前这个无所不能的同学仿佛只需一点指，便把他和小王苦苦追索的难题化解。

周裕明告诉陆飞，那天晚上，有桌客人是香雪山庄做东的生日宴。主角是一个二十岁的男孩，客人全是年纪相仿的男孩女孩，其中还有瑞和公司刘副总的儿子。男孩的父母有点地位，他自小骄横放肆，成天惹是生非。那天他在生日宴上对一个女服务员拉拉扯扯，被那个服务员当众扇了耳光。小霸王大丢脸面，要求服务员道歉，但那个小服务员倔强无比，被领班再次带来时坚决不肯道歉，几度言语冲突，推搡之间她身后落地窗的玻璃突然脱落。

周裕明停了一下，看着陆飞的眼神，问："你相信吗？"

陆飞心中翻江倒海，但脸上表情不置可否。

周裕明自嘲地笑笑，说："不是自杀，也不是他杀，算是过失杀人。真打起官司来律师可以辩护为过失致人死亡。那天服务员坠楼后，香雪山庄负责人为了防止事态扩大，自作聪明地把他们拉走，迅速带离了事发现场。"

"男孩父母为他百般善后。女服务员的妈妈拿到瑞和公司支付的二十万元心满意足，她又提出种种零碎要求，瑞和公司一一满足。她的弟弟也安顿好了。这件事只有你们在穷追不舍。"

陆飞问："那这件事情就这样结束吗？一个活生生的生命，就这样算了？"

周裕明说："有时候，生活戏剧化得让人难以置信。出了这件事后，霸王男孩背了心理负担，不久前聚众吸毒被抓，现在正在强制戒毒。你要理解他们父母的心，两个大家族，只有这一根独苗。人死了，犯错的人已经受到惩罚了，你们也放手吧，陆飞。我们要做有意义的事，不要把时间浪费在无谓的情绪里。"

"你这样说不对！"陆飞盯着周裕明，腾地站起，他的眼睛里燃烧着愤怒的火苗。"什么叫'无谓的情绪'？什么叫'已经受到惩罚'？事情一码归一码。是非是可以分清楚的，不可以这样含含混混。"

"弱者的命也大于天，需要一个明明白白的说法！"他挥出一拳，打在身边的墙壁上。

鲜血从他手背上流下来。他看着手，心中的痛楚更甚。

"你知道吗，如果不是这些人渣，春禾会和我们一样，上一个好大学，有一份养活自己和家人的工作。她那么优秀，是弟弟的榜样。熬过这几年，他们会很有出息，整个家会很幸福……"

他流下了泪。

周裕明沉默着，要帮他包扎，他甩开手。

"我会将真相追查到底的，不管有没有意义！"他说。他执意要走，留也留不住。

"你助纣为虐，我们割袍断义。"下电梯时，他在心里对周裕明说。

他没有忘记把那个装了房产证的信封交还给周裕明。那是在一个唱歌的包房里，他拿过周裕明的皮包，当着他的面放进去。当时周裕明只是看着他，没有多说什么。

在那个喧嚣的环境下，他已经有种预感，周裕明要做到左右逢源，必然要放弃一些过往他们珍惜的东西。而那些东西，正是自己一直在苦苦坚守的。

由此而知，以后的道路，他们两人将渐行渐远，也必将面临不同的命运。

在平城清新的晨风中，他独自走了很远的路，直到走回和小雯曾经的家。这里已变成一个在建中的大型综合楼，绿色的安全网包裹着庞大的楼身，几个大型吊车安静地悬在灰蓝色的天幕下。无从寻找曾经的窗口。

当时明月在，曾照彩云归。他把双手插在风衣口袋里，在心中喃喃地说：小雯，你可知道，我现在是多么寂寞。

二十七

陆飞在周裕明婚礼前，接到了挂职通知。接通知前，刘书记已经找他谈过话，他想都没想就答应了。

对于组织的安排他完全服从。两三年来他盘旋在饮马湖镇，是时候出去呼吸新鲜空气了。

与盖着大红印章的挂职通知同时送到他手边的，还有财经大学导师的一封信。

毕业以来，他一直和导师保持书信往来。导师年纪很大了，对陆飞赏识得近乎溺爱。授课时导师每讲完一段总是望向陆飞，陆飞点头了，才接着往下讲。这段时间陆飞心气浮躁，每每提笔总不知从何说起。他轻轻抽出信，只有一页纸，简简单单，两行毛笔字：艰难困苦，玉汝于成。

透过温润的墨迹，陆飞仿佛看到老先生镜片后淡定如水的眼神，他坐守宁静的校园，却有着洞察人世的睿智。陆飞一下子豁然开朗。这万般的纷扰，不过是心头的浮尘。只要心是坚定的，再多的磨砺又算得了什么呢。他似乎又和小雯站在浩瀚的海边，海风吹来，荡涤心魄。所有喧嚣、灰暗、不确定的事物终将散去，唯有不屈的信念永存。

他行走在饮马湖边，看着几年来习惯的波光树影，心中不禁涌起留恋。科长不舍得放他走，本来人手就少的基建科，缺了他这个得力的帮手，更加忙不过来。他一会儿策划着饯行，一会儿叫嚷着要找领导收回任命。陆飞看着这个粗豪奔放的人，心中留恋更甚。

最后几天，做好工作交接后，他一直待在果林里。小王的甜瓜种植刚刚起步，两人在暖棚里一钻就是大半天。一天中午，青青来了，从暖棚的小门外探进头，笑盈盈地看着他们俩。

陆飞抬头时，只觉得眼前一亮。她穿着一件火红的风衣，显得越发明眸皓齿，长发漆黑。原来她看到停在果林门口的摩托车，就跑进来了。

陆飞到水渠边洗手，她急急地跟过来，"陆飞，我表姐结婚，你是不是做伴郎？"

陆飞说："本来是。但我马上要去另一个乡镇挂职，结婚那天正好是我报到的日期。第一天请假不好，也赶不回来，那个乡镇太远了。"

青青闷闷不乐地说："你不做伴郎，我也不想做伴娘了。"

看到青青失望的样子，他涌起一阵歉意。

他在心中纠结许久，还是做不到"割袍断义"。

他找到手机，打了两个电话，请下了假。青青开心得嘴巴咧得大大的，像一只活泼的蝴蝶在陆飞身边转来转去。

小王微笑地看着他们。这是春禾的事结束后，第一次看到他的笑容。

赵律师帮春兵打赢了官司。小霸王除了对春禾家进行经济赔偿外，将在牢里度过七年光阴。宣判后他的爸爸昂首径自从赵律师和小王身边走过，停到陆飞面前。"作为一个父亲，我恨你。作为一个有公职的人，我敬佩你。"他嘴唇颤抖着，再说不出话来。不到五十岁的人，头发已白了一大半。陆飞看着他近乎蹒跚地离去。

周裕明结婚的前一天，陆飞就到了周裕明家里。周裕明处事一向从容，自己的婚事却安排得凌乱不堪。饮马湖镇上的老宅草木深深，据说阴气太重，按照欧式风格重新装修，不中不西地布置了婚房，真正的婚房还是放在平城市里。

一切都布置好了，头天晚上新郎才发现还没有准备新鞋，喜床上的枕头也忘了买。周裕明带着梦游般的表情飘来荡去，全然不顾新娘亲友团的横眉冷对。

　　青青把陆飞拖到一旁，悄悄告诉他这是婚前焦虑症，很多男人都会这样的。陆飞看她煞有介事的模样，觉得很可笑。他也不知自己的这个好友怎么会这样，只好帮他一点一点把遗漏的事情做好。

　　婚礼盛大而隆重。瑞和公司出动了全班人马，撑起整个场面，气派非一般百姓能比。晚宴上司仪临时起意，要伴郎和伴娘带着年轻的客人们跳舞，增加喜气。陆飞手足无措，青青却喜笑颜开，她大大方方拉着陆飞的手，来到场中空地上。

　　陆飞穿着一身西装，青青也穿着一件类似婚纱的长裙，粉红色的，娇艳无比，她乌黑的长发烫了许多卷，半蓬松着，撒了金丝银丝，鬓角还别着一朵粉色的玫瑰花。她的手小小的，又热又滑，紧紧地拉着陆飞，乐曲在场中缓缓流淌。

　　"这正是花开时候，露湿胭脂初透。爱花且殷勤相守，莫让花儿消瘦。这正是月圆时候，明月照满西楼。惜月且殷勤相守，莫让月儿溜走。"

　　他们跳的是大学里集体舞中最常见的慢三步，前进—旋转—后退—再旋转。一对对舞伴在宴席间穿梭，引来阵阵笑声。可能是喝了酒，也可能是人声过于鼎沸，陆飞觉得有点头晕。他看到主桌上新娘的爸爸喝得面色微酡，有人在他身边敬酒，唯唯诺诺。他看到新娘有点疲倦地靠着新郎，新郎低头帮她整理头发上的金丝。他看到饮马湖的熟人们正在起立，举杯仿佛进行集体宣誓。他看到青青的爸爸和妈妈并肩坐着，一脸慈爱地看着他们。

　　他本不想来参加这场婚礼，因为他的心中有小雯，有春禾，有春兵，有暴风雨中打落的香雪梨，有规划图上未画出的若干梦想。

　　歌声仍在继续："似这般良辰美景，似这般蜜意绸缪，但愿花长好，月长圆人长久……"

　　青青望着他，一脸的深情。面对她，他满心歉疚。他该为她做什么，可他不知自己未来的归宿在哪里。

所有的仪式结束，新郎新娘被送进新房，宾朋四下散去。陆飞跟醉得已不能说话的周裕明道了别，悄悄到了楼下。事先约好的面包车在等他，他将带着简单的行李赶往那个偏远的乡镇，又一段新的人生历程等待着他。

几年来所有的记忆以最后的繁华场景作收场，有点荒诞，也让人释然。浩浩渺渺的饮马湖水，在车窗外最后一次慷慨展开，层层叠叠的波涛，映照着夜空清冷的星光。他在心中深情低语：别了，饮马湖！

渐凉的咖啡

一

周万国按门铃的时候，我正在家中挥铲炒菜。抽油烟机轰轰地响着，厨房在小院里，妈妈坐在厨房门口的轮椅上。

开门的一瞬我怔住了，一个穿着浅灰西服的高个儿男人站在面前，大大的眼睛，挺直的鼻梁。我一眼就认出他是周万国，虽然无法把眼前的人和二十三年前的那个男孩联系起来，但他和周万芳长得实在太像了，他们的五官轮廓已经深深印在我的脑子里。

三天前，我接到他从美国加州打来的电话，说近日将回国参加心理学研讨会。今天竟出现在我的面前，恍如做梦。

"刘苇云！"他连名带姓地叫着我的名字，声音仿佛是遥远山谷里的微风。

"你，你怎么来的？也不提前通知我接你？"

我讷讷地说着，湿淋淋的手在围裙上擦擦，手足无措地立在门中间。妈妈在背后探过花白的头，疑惑地东张西望。

"我是前天到北京的，昨天到的南京。因为不能确定过来的时间，就没有打电话。"

他笑着，牙齿洁白整齐。

"今天上午在南医大做了一场演讲，结束后我跟学校要了辆车就来了。对不起，有点唐突！"

他稍俯着头，歉意地看看妈妈，看看我，浓密的睫毛扇子一般，像极了那个故去的人。一刹那我眼酸鼻热，不能言语。小院杂乱而拥挤，墙角一堆未清扫的菜叶，晾衣绳上没来得及收的衣服随着晚风飘来荡去。他似乎不该属于眼前这个世界，他该是从梦境或从仙境中来。

忽然间我闻到烧焦的味道，以救火的速度跑进厨房。周万国进了院门，站在妈妈的轮椅旁，低声和她说着什么。妈妈笑着，一丝亮晶晶的口水缓缓垂下。我大步跨前，周万国却抢在我前面，半跪着细心地给她擦干净，用的是他自己的手帕。

"我妈妈十年前去世，去世前两年多的时间，都是在轮椅上度过的。"他扬起脸来，轻轻对我说，目光柔和。

我振作了一下精神，扬声说："谢谢。我不烧饭了，请你出去吃饭。"

我急忙掏出电话拨打，已下班的保姆五分钟就赶了过来。交代好老人的事，摘下围裙，我拿了皮包，就跟着他出来了。

冬天的夜晚，天黑得很快。路灯流泻着橙色的光芒，满街匆匆忙忙的人和车归心似箭地赶路。透过车窗往外看，车流与人影仿佛是电影中的场景。灰色的雷克萨斯缓缓前行，我大声指引着方向，介绍泰州的风景，仿佛惧怕沉默下来电影情节会后退，播放那些在记忆中依旧鲜活的片断。

车开到东城河边的一家咖啡馆。咖啡馆布置得很雅致，天花板上散落着星星般的小灯，闪闪烁烁，幽暗的灯光中，有钢琴声叮叮咚咚响着，泉水般清冽。人不多。

我们选了两个靠窗的座位，等我完全坐下后，周万国才在对面坐下。他把双手放到大理石台面上，那是一双修长的手，指甲剪得短而整洁。

面前的人陌生又熟悉。我们本是不相干的人，只因为一个共同联系的人，才有了若干年后这样的重逢。

二

周万芳是我的小学同学。五年级上学期，班上转学来了一对双胞胎兄妹，妹妹就是周万芳。老师领着两人站在讲台上时，平时嘈杂如鸭寮的教室忽然静了下来，一群土著小孩瞪大眼睛看着这对皮肤雪白的兄妹。真的唯有"雪白"二字才可以形容，仿佛是天外飞仙。哥哥个子很高，鹤一般站在那儿。周万芳个子矮一些，脖子瘦伶伶的，让人担心随时撑不住头的重量而折断，她背一个干净的花布书包，低着头，整齐的刘海下，浓密的眼睫毛扇子一般盖在双眼上，下巴尖尖的，典型的瓜子脸。

老师说他们是从北京转学来的。北方教学进度慢，他们落下了许多课，老师要大家在学习上多帮助他们。她安排周万芳和我同桌。周万芳轻轻坐下，和我对望。她的眼珠很黑，眼白带着淡淡的蓝色，像是湖水，里面有我的倒影。

我们很快成了好朋友。后来她告诉我她的爸爸在部队里工作，因为妈妈身体不好，回外婆家来静养，所以把他们都带回来了。周万芳生得这样美，性格出奇地温顺，班上的女生却孤立她。小县城的孩子喜欢拉帮结派。她在班上有些畏缩，于是我们上学和放学时总是一同走。我们的家在一条路上，我家比她家稍微远一点点。

她的哥哥周万国有点孤僻，独来独往，但成绩极好，很快占据了班上的第一名。他书包里经常带着各种飞机模型，课余时间便埋头研究，他身边围着几个同样着迷于航模的男生。

有一次课间，我靠在课桌上端详周万芳，跟她说，她的长相非常符合古代仕女标准：瓜子脸、大眼睛、樱桃小口、齐刘海。她相信地点着头，微微抿着嘴笑，刘海软软地趴在她光润的额头上。她的头发细长洁净，微微泛着点儿黄，看上去有种说不出的温柔感。皮肤白得近乎透明，以至于鼻梁顶端有淡淡的青筋隐现。手指细细的，真像剥了皮的葱白。每次我们一起过马路时，她总是紧紧攥着我的手，我却不敢用力握她，怕把她的手指折断。

那天我在美术本上撕了一张纸，说要把她的美貌画下来，刷刷刷地乱画一番，又在旁边写了一些词语：眼若秋水、面若桃花、眉若春山、齿如编贝、剪水双瞳……直至上课铃响，我飞快地在下面签上我的名字，写下日期"1987年9月25日"。她接过去，脸兴奋得发红，热烈又慎重地说："我会好好收藏的。"然后她小心地压在本子中，收到书包里。

周万芳数学常常考不好。有一次发完试卷，周万芳趴在桌子上哭，看着她瘦削的肩膀一耸一耸的，我束手无策。她特别用功，但成绩就是上不去，语文和政治勉强可以，数学不知为何就开不了窍。按理说她不笨，她写得一手娟秀的钢笔字，我看过她画的画，绣的花，做的小手工，都非常精致。音乐课下课的间隙，她还偷偷打开老师的钢琴，为我弹奏过一曲《秋日私语》，那是我第一次在音乐课以外听到这样优美完整的乐曲。

那天回家时，天已经黑了，她和我踩着地上的落叶，慢慢往前走，她小手冰凉，眉头皱着，不时发出轻轻的叹息。我劝慰着她，感到愁绪满怀。

感谢老师，没有给学生过多压力。大多时候，我们在学校做完功课后，就背着书包，踏着夕阳的余晖轻轻松松回家。先沿引江河堤走一段短短的林荫路，然后过一个热闹的十字路口，再穿过一条有着五颜六色小铺的街，最终在巷头分手。周万芳的家就在那条叫红石岗的小巷里。再继续走五分钟，就到了我家。

放学的路上，她有时同我说起她的父亲，是个军官，性格暴烈，他打骂妈妈的时候是她和哥哥最痛苦的时候；说起北京，春天风沙很大，冬天四处结厚厚的冰，还有一种叫作"冻梨儿"的小食，非常好吃；说起雄伟的天安门，她十岁生日那一天，爸爸带着一家去天安门看升旗仪式，又去北海划船，幸福极了……

周万芳的声音轻轻柔柔，普通话讲得非常好。与其他女孩的聒噪不同，她絮絮的讲话从未使我感到过厌烦。

有一次我们做练习回家晚了，在巷头路灯下看到她妈妈站在那儿等她。她静静地站着，没有任何动作，却无端地让人想到西施捧心的神态。她妈妈有严重的贫血病，但看上去仍然美丽得让人窒息，甚至比周万芳还要美，白皙的皮肤没有一丝皱纹，大大的眼睛，秀气的鼻梁，尤其是眉毛，浓密修长，仿佛一直长到鬓角中去。恍恍惚惚中我想起一本课外书中形容古代美女的长相，好像有"长眉入鬓"这样一个词语。只是她的嘴唇有些苍白。

周万芳的妈妈非常和气，同我说了好些话，好像是感谢我和周万芳成为好朋友之类的，但我一个字都没有听清，直到分别后独自走，才慢慢回味过来。仿佛在一曲绝美的乐曲中跳舞，音乐声渐渐消失，那种陶醉的感觉却还在全身萦绕。第一次感到美的魅惑。

冬日的一天，我突发奇想，约了周万芳第二天一早去学校操场跑步，一起看日出。第二天五点半钟我在书包里装了两个烧饼出了家门，在巷头看到周万芳跺着脚等我。她戴着白色的绒帽，深绿色的耳套，脸蛋冻得红通通的。我穿着连帽的棉袄，缩着头，呵着白气。我们一起疾步穿过街道，穿过林荫路，来到校园。

学校里一个人也没有，校门虚掩着，我们悄悄溜进去，在操场边放下书包，活动活动身体，开始跑步。天色逐渐透亮起来，我们呼吸着清冽的寒风，刺激而惬意。一圈，两圈，跑到第三圈时我们都把棉袄脱了，周万芳跑得越来越慢，她说跑不动了，我让她坚持再跑一圈，等我跑完两千米再一起休息。我跑到第四圈路过她身边时发现她的嘴唇白了，出了很多汗，忽然她开始流鼻血。

我惊慌失措，让她仰着头，举起手臂，扶着她走到走廊边，把我的棉袄铺在地上，让她靠着柱子坐下。血止不住地流着，浸透了她的手帕、围巾，书包上也斑斑点点沾上了血。我哭着跑去厕所，用书包中的水壶去装水，一路担心着她在我离开时突然死去。凉水拍在她的额头上，我的眼泪也大颗大颗滴在她脸上。她却一直镇定自若，大眼睛安安静静看着我，目光中充满了歉意。

天慢慢地亮了，血也终于不再流了。我把手帕洗净，帮她擦干净脸和脖子，她的脸更白了，眼珠仿佛浸在水中一般乌黑幽深。我们手拉手，并肩站在走廊前，看东边的天际。灰色的云层中太阳喷薄而出，刹那照亮了天和地，所有的云彩镀上了华丽的金红色，天空湛蓝湛蓝的，像水洗过一般干净清明。两个十二岁的女孩在那一刻，对生和死充满莫名的感动。

因为在保送的名额中，小升初两天的考试我没有参加。第二天上午考数学，我特意赶去学校为周万芳加油，我在花圃边徘徊，远远地看到周万芳坐在课桌旁，她穿着白色短袖衫，扎着一个马尾，露出修长光洁的脖子。

她仿佛和我有心灵感应，忽然掉过头来，我们四目相对，她粲然一笑。我冲她轻轻挥挥手，看到监考老师严肃地走进教室，我赶紧掉头跑了。

那年暑假还没有开始，因为我爸妈工作调动，我们仓促地搬家，去往另外一个城市。那时没有电话，没有方便的交通。暑假过后我进了中学，直到在一个假期遇见旧时的同学，才知道周万芳一家回了北京。

初二时我做过一件疯狂的事：吃了一周的榨菜，用省下来的生活费买了三十个信封，贴足邮票寄出去。每个信封上都写着周万芳的名字，地址分别是北京市一中、北京市二中，一直到北京市三十中，下面工工整整写着我的学校和家庭地址。后来这些信陆陆续续都被退了回来。我终于确信和她失去了联系。

多少年过去了，我再也没有见过周万芳，没有听到有关她的音讯，直至今年夏天。

我在一个旧书摊上翻书，忽然发现她的照片，那是一本 2005 年的《风流一代》，我一眼就认出她。多少年过去，她变了许多，却依旧那么美。头发短短的，眼眸乌黑，尖尖的小下巴。她端正地站在一个讲台边，背后是斑驳的黑板，她在照片中微笑着凝望我。

我屏息把图片下的文章读完，她在甘肃一个名叫舟曲的地方，当一所特殊教育学校的校长。从下面配的几张小图中，可以看出那里的生活环境很艰苦。她带着一群少年在简陋的教室里练习手语，我看到后窗上钉着用来挡风的塑料薄膜；她和学生们一起栽树，我看见她细细的手指牢牢抓着铁锹粗糙的木柄；她和几个老师站在校园里合影，身后是几排陈旧的红砖校舍，更远处是绵延的山坡。

周万芳的面容快乐而平静，绽放着近乎圣洁的光芒。我的心被"舟曲"这两个字重重地锤击了一下。

拿着这本书，我恍恍惚惚地向前走，直到被摊主追回，付了钱。我不知道自己想到哪儿去，直到走进人来人往的肯德基，找到一个安静的角落坐下。把杂志放下，我用手机拨打了许多电话，一个电话接着另一个电话。电话那头有诧异的，有惶惑的，有热情的，我不放过任何一点线索，面前的书页上被我横七竖八写下一个个地址和号码。最后我终于打到周万国的手机上。

当电话那端一声柔和的"哈罗"传来，我近乎泣不成声，嗫嚅着刚说两句，周万国就记起了我。这个美国的心理学博士，在大洋的彼岸，准确地报出我的名字。

他告诉我，周万芳在北京读中学时很努力，后来考上一所师范院校。毕业后她去了甘肃舟曲支教，再后来就留在那儿了。她一直没有结婚。今年八月初的泥石流，全村的人都撤了，她想起最后一排宿舍中还有十几个聋哑儿童，又去一个个叫醒，护着往校外跑。等到大家全部集中后，才发现独缺了她和那个最小的男生。

三天后大家才从泥石流中把他们掘出来。她一只手握着男孩的手，另一只手臂把男孩紧紧护在胸前。洗去身上和脸上的污泥，她依旧眉目清秀，面色如生。

周万国哽咽了许久，接着告诉我，中学期间周万芳回老家时找过我，可惜没有找到。有一幅我给她画的画被她用硬纸做了相框，一直带在身边。八月份周万国回国处理完她的后事后，把这幅画带到了美国……

这一天，我在市区肯德基最边角的座位上，面对着一本《风流一代》失声痛哭。没有人知道我在哭什么，过往的人纷纷避开这张桌。此时我的悲伤，仿佛波涛滚滚的河水，席卷而来。

是的，多少年过去了，我再也没有看到过像周万芳那样的美人，那种清水出芙蓉、不加任何雕琢的美，那种温柔善良、至真至纯的美，仿佛不该存在于这烟火人间。以前没有，现在也没有。

三

我终于沉默下来了，过往的岁月像雾气般在面前升腾。我想起和周万芳在一起的最后时光。那是个夏天的午后，毕业照照过了，考试也考完了。我们最后一次到学校，把这学期的书本全部用书包装回，并且对教室进行大扫除。天空下起了大雨，夏天的暴雨来势迅猛。好多同学被家长接走了，我们落到最后，一起背着书包站在走廊里等雨停。

那天我们意识到要彻底离开这所小学了，心中充满不舍。那些破旧却很牢固的桌椅，那被我们擦过无数次的大黑板，就连花圃中平淡无奇的灌木丛也成了美好的风景。

周万芳说自己要等考试成绩出来后才能知道上哪所学校，不知何去何从。我说自己不会骑自行车，保送的中学那么远，简直没办法上学。我们的留恋中混杂着淡淡的伤感。

雨在我们的期望中停了下来，太阳很快出来了，天地间一派明媚。我看着眼前的黄烂泥地，脚上的白球鞋怎么也踩不下去。周万芳眨眨大眼睛，从书包里掏出美术本，一页一页地撕下来。她在地下铺一张，我就踏在上面走一步，她再往前铺一张，我再往前走，一直走到水泥地上。说说笑笑间，回头一望，那段近五十米的黄泥路上，错落的白纸花朵般绽放，绵延成一条奇特的路，充满不可言说的美丽。

今天我回忆起了这条路。多少年来，我以为在考场外看到的背影是和周万芳的最后一面。原来回忆也有丢失的时候。这条白纸铺成的路，在尘封的往事中慢慢浮映。

周万芳每一次俯身铺下白纸时温柔的侧影，我们在水泥路上欢快地并肩跑跳，恍如发生在昨天。

周万国从西服口袋里掏出一个东西给我，说："这次来，物归原主。"

这是一个正方形的牛皮纸袋。我慢慢地解开袋口盖上的棉线，掏出里面的东西，是一张用厚纸裱好的铅笔画。纸张已经发黄，上面画的人却栩栩如生，没想到当年的我竟还有这样的才艺，旁边稚嫩的笔迹歪歪扭扭地写着些词语：眼若秋水，眉若春山……

我的眼睛渐渐地让泪水模糊了，我仿佛又听到那个声音，清晰地说："我会好好收藏的。"

是的，好好收藏。二十三年后，我又见到了它，可是，收藏它的人已不在，我不由得涕泪交加。

周万国从烛台边拿了一张面巾纸递给我。是的，我始终做不到优雅。八月底，得知周万芳的死讯后，我在人群中失声痛哭，不能自已。我知道周万国比我更悲痛，只不过他将其埋在了心底。

"好些了吗？"他问。

"好些了。没什么，只是忽然想起一些事。"我不好意思地说。

"这么多年了，你的性格一点儿都没有变。"他微笑着。

"我现在想起来，上学时我们几乎没有说过话。你那时在班上很少讲话，更别提跟女生说话了。"

"是的。"他回忆着，灯光映到他的眼里，闪闪发亮，仿佛回到少年时。他说："那时觉得自己和别人不同，很畏惧跟别人相处。其实同学们都很友善。万芳每天在家都会提到你，我和妈妈习惯了，也觉得跟你很熟。"

有一次，周万芳告诉我，她爸爸在电话里训了妈妈，妈妈又病倒了。她在课间编织毛线口袋，好给她妈妈套在热水袋上暖胃。我说她以后一定能当一个贤妻良母，她却摇摇头。

"刘苇云，你以后结婚吗？"她认真地问。

"不要！"我回答得斩钉截铁，"我要仗剑走天涯，四海为家，才不要过平凡的生活。"

她点点头，思索了一会儿说："我也不要结婚。结婚很复杂，有家庭也是件复杂的事。"

"你现在过得怎么样？"周万国问。

"你都看到了，平庸而忙碌。"迎着他专注的眼神，我自嘲地笑笑，坦率地说，"想象归想象，现实归现实，我们原本平凡。"

"你呢，工作怎么样？"我问他，"爱人是中国人还是美国人？小孩几岁了？"

"我很喜欢现在的工作。斯坦福大学很好，是心理学研究者的圣地。只是，"他看着我，带着几分惭愧，"有一点我做得不好，没有结婚。我和小芳都一样，对家庭充满了惧怕。从这一点上看，我不是个好的心理学博导。"

他端坐着，眼神黯淡，手指交叉放在桌面上，双手那么用力，以至于指尖发白，他俯头看着自己的手。我看到灯光从他的额际照到下颌，画出一条由明到暗、优美却冷清的弧线。

过了很久，他继续往下说："我很想念小芳。她在那个偏远的地方，待了整整8年。我们上初中时父母分开了，父亲建立了新家。可能为了补偿我们，他在我们20岁那年为我俩办了出国读书，小芳死活要留下，她不忍心丢下妈妈。我在国外，每年都催她和妈妈一起去。后来妈妈病了，再后来去世了。我以为她终于要来了，她却从北京去了甘肃办特殊教育学校。在那边，你不知道她有多辛苦。"

"她在那里的8年，我每年都回来看她一次，每次我们都要起争执。她说她割舍不下那里，在那里很充实；我说她残忍，明知道我看到她受苦心如刀割，却不为所动。最后总是她赢。我一直后悔没有坚持带走她，这是一个心结。午夜梦回，我常听见小芳在叫我，醒来却找不到她。人说双胞胎的心灵相通，无论死去还是活着，我想她一定有许多未了的心愿，我想帮她一个一个去完成。"

他双手打开，盖在脸颊上，依旧端正地坐着，肩膀却在微微颤动。我忽然间感觉到他的脆弱，以及纠结于他内心深处的一些情绪。

我急急地、殷切地说："你要好好生活，要把她的人生延续下去。工作、结婚、生子，她没有做完的事情，你要帮她做！"

他抬头看我，眼底深藏着伤痛。我微笑着看着他，想把心底所有的期望传递给他。眼前这个和周万芳有着同样面孔的人啊，应该有着同样一颗洁净而敏感的心。这样的人，本不该在这万丈红尘中受苦。

服务生踏着厚厚的地毯，悄无声息地送来了咖啡壶和咖啡杯，暗色的液体在半透明的保温壶里面轻轻晃动。我们看着他把面前的两个小杯满上，又悄无声息地离开。周万国端起小小的咖啡杯，我也举起。

"为重逢！"我们轻轻碰了碰杯。

啜口咖啡，一缕苦涩从舌尖泛开，转头看窗外。那是静静的东城河。远处河岸上有零星的灯光，近处的水却是暗沉沉的。黑暗中，仍能感受得到水波的缓缓流淌，如丝，如幻，宛若人间绵延的哀愁。

音乐声忽然大了起来，大厅中间的乐池里，亮起了旋转的舞灯。不知何时多了一位身着丝绒长裙的歌手，她立在幽暗的一角，长长的波浪卷发，眉眼依稀有几分邓丽君的味道，唱的是一首老歌，把我们都吸引住了。

"同是过路，同做过梦，本应是一对。人在少年，梦中不觉，醒后要归去。三餐一宿，也共一双，到底会是谁。但凡未得到，但凡是过去，总是最登对……"

歌手嗓子很好，低沉而富有磁性，她用普通话唱一遍，又用粤语唱一遍，我不由得听得痴了。乐池中出现三三两两跳舞的人。抬起头，周万国站在我面前，将西服扣起，伸出手来。他的手温暖有力，看出我不会跳舞，便带了我在乐池中跟着音乐缓慢走步。我们第一次这样近距离地互相凝视，从彼此的眼中看到流逝的岁月，那极远又极美的少年时光。

我们什么也没有说，一步又一步，静静听着歌手唱歌。

"留下你或留下我，在世间上终老。离别以前，未知相对当日那么好。执子之手，却又分手，爱得有还无。十年后双双，万年后对对，只恨看不到……"

最后一句，如同叹息，声渐不闻，乐声渐悄。歌手唱毕低头很久，然后转身走了。我们到了座位边坐下。乐池中换了一位男歌手，抱着吉他唱一首听不清的英文歌。灯光重新幽暗下来。

我们再次举杯，轻轻地碰了碰，咖啡有点儿凉了，却依旧醇而香。我们四目相对，有许多话要说，又似什么也不需说。

良久，周万国说："刘苇云，直到今天我才知道，相聚是件美好的事。我一直后悔出国，离开母亲，离开小芳，还有，离开了父亲。"

他停了一下，有点困难地说出"父亲"两个字。

"前晚到北京后我去看他了。我让北大接待处的车子绕到他的小区，停了一会儿，正好看到他和两个老头一起走，看样子是洗澡回来，很精神，腰板很直。但不管怎么说，他已经是个老头了。后来我们悄悄离开，我还是没有勇气站到他面前。你知道吗？我一直恨他，我想小芳也是，是他当年的暴戾造成了我们一家人的分离。但前天一看到他，不知为什么，这么多年对他的恨一下子就消失了。他是那么倔强，但其实非常寂寥，没有比晚年寂寥再残忍的事了……"

我听他诉说，他的眼睛清清亮亮，黑白分明，透着婴儿般的无辜和坦白。在我们年少时，都曾期待着一个完美世界，等到慢慢长大，才发现完美只是梦想，谁也逃不脱生老病死与恩怨纠结。看清这一点后，我们反而能平心静气地接受生活，并且学着包容一切。

口袋里的电话忽然响了起来。我拿出电话一看，是家里打来的，这才记起时间，竟然已经到了九点半，这是女儿的睡觉时间，女儿有没有上床睡觉？还有妈妈，保姆有没有按时给她吃药片？一片红的半片黄的……千头万绪涌到脑中。

接完电话，周万国已经举起杯来，说道："不早了，我们走吧。家里在等着你呢。"

我歉意地看着他，他不远万里赶过来，只为了这场短短小聚。端起杯来，我们再次轻轻碰了碰，瓷杯相碰的声音很清脆，我又有种要流泪的感觉。

周万国将连夜回宁，第二天他还要参加一场研讨会。推开咖啡馆厚重的玻璃门，一阵寒风刮过来，我不自觉地瑟缩了一下。他立刻脱下西服递过来，不容推辞，他将衣服裹在我肩头，迎着风走到前边去。车面向东城河停在栏杆边，他站在车头远眺，夜风吹过他那挺拔而孤单的身影。

我们在小区门口道别，我坚持不让他送进来。他说今天是他几年来说话最多、最轻松的一天。我一直重复着要他再去看望父亲，常回国来看望故人的话。灰色的车消失在夜色中，我仿佛看到高速公路沿途寂寞、绵延的风景。不知何时才能有另一个身影与他陪伴？

　　口袋中硬硬的纸片，贴着身体，有周万芳留在上面的气息和体温。无论世间有多少疲惫和泪水，我确信在苍茫天地的某一处，有个芳香的灵魂，她始终以最温柔的目光凝望，时时与我们呼应，从未远离。

　　白瓷小杯中热热的咖啡，啜一口苦涩，再啜一口甘香，漫长的光阴中，咖啡渐渐凉去。百种滋味，回味悠长。聚了，又散了。来了，又走了。失去了，又找到了。

垄上行

一

车开到小区时已是后半夜。楼房半融在夜色中，只留下黑黢黢的影子。昏黄的路灯照着主干道两侧停得挨挨挤挤的车子，车身泛着星点的光，把夜衬得更加冷寂。小区的电动门关了一大半，保安在传达室里昏睡，司机按下车窗喊了两声，没有动静。

朱建国摆摆手，打开车门钻了出来，等司机把车开走，他拎着包从电动门的窄缝里挤进去，感觉自己像个贼。这个月他常在这样的时间点回家。

他悄悄用钥匙开了门。客厅留了盏小灯，卧室门虚掩着，床上黑暗的一团，隐隐有鼻息声传来。快五十岁的人了，秀英还是这么能睡，没心没肺的。他脱下大衣，仿佛卸下了审讯室里的紧张，人轻快了许多。他在卫生间洗漱一番，走到床边，掀开被子，慢慢躺下。

此时，他的思绪立刻活跃了起来。数到五百只羊时，他睁开眼睛，发现自己多了暗夜视物的特异功能。他仿佛看到天花板上水泥的纹路，吊灯的花纹，衣橱球形拉手琥珀的色泽，甚至还看到电视机的后盖板，以及墙角被遗忘的那个蜘蛛网。他起身，摸索着打开床头柜的抽屉，却怎么也找不到那个药瓶。

"别找了，"背后传来秀英睡意浓浓的声音，"我给你扔了。你已经吃了两个星期，再吃下去，要成瘾了。"

"那，"他愣住了，"我怎么办？"

"你什么也不要想，只管睡就是了。"秀英嗔怪着，重重翻了个身，又睡了。

他慢慢躺下。终于有一丝倦意在体内游走，他像溺水的人一般紧紧揪住救命稻草。过去的四十多年，他从来不知失眠为何物。不论办什么大案要案，到家只要一沾着枕头总能呼呼大睡。然而两周前随着人医案的深入，他开始失眠。

恍惚中，魏新来笑嘻嘻地走过来，把一份文件递给他，上面盖着法医鉴定章：哮喘，窒息性死亡。魏新来说，你要别人也看看清楚，我可不是自杀。他问你为什么要走。魏新来笑着，摸摸头，什么也不说。他一下子惊醒过来。天已经亮了。

这是个阴天，风里飘着雨丝，透着瑟瑟凉意。今年申州的秋天来得格外早。朱建国在镜子前整理衣领，深灰色的西服，衬着因睡眠不足而蜡黄的面色，他想起女儿的 QQ 签名：你若安好，便是晴天。这样的天气注定是不祥的。他咧嘴苦笑了一下。今天第一件事便是参加魏新来的葬礼。

站在楼下等首班公交车时，他把记事本掏出来又看了一遍。

今天的事情很简单，不多的几件。看记事本只是为了让大脑停住，不要那么疯狂地转动。当年一个班四十二人，谁也没想到魏新来会走到最前面。高中三年，魏新来年纪最小，然而脑子却最灵活。几何，别人还没有看清题目，他就已经想出几种求证方法。他在化学方面尤为出色，他将所有元素与分子结构烂熟于心，学得轻轻松松。

班上只有他和魏新来这两个乡下小伙子考上了名牌大学。他们在本市最好的中学住校三年，一直都互为竞争对手，直到毕业才觉出一份惺惺相惜的情谊。

在火葬场大门口，朱建国遇到两个闻讯赶来的同学。昔日班上那个有点憨傻的刘元庆是第一个到的，在他电动三轮的斗篷里放着几只花圈，被塑料纸包得严严实实的。他脱了草绿色的雨衣，小心翼翼地用缺了手指的右手把花圈移出来，笨拙地抱在怀里。

火葬场有好几个悼念厅，魏新来的厅不难找，各个厅门口都有电子显示屏，上面有流动字幕。要不是随处可见的花圈与黑纱，会被人误以为这里是餐厅或者休闲场所。他们远远看到黑纱中魏新来的照片，应该是找了旧照片匆忙翻印而成的，有点过于年轻了，面孔光洁，双眼微微有点斜睨，带着一贯的志得意满。冰棺四周衬着艳丽的绢花，却驱不走厅里的寒气。不知是厅太大还是花圈太少，四周空空落落的。他们来得似乎有点早了。

丽莎——魏新来的第三任老婆守在冰棺旁。她长长的卷发，黑色皮衣，五官艳丽的脸有一半隐在毛领与长发中，看不清神情，只觉冷冷的。她道了谢，接了白纸封，跟大家有一搭没一搭地说着话。

魏新来的大儿子启辉在美国读博，一时赶不回来。二女儿明辉随母亲在云南已有了新家，估计也不会回来了。申州的规矩，暴死的人不能等，要尽早火化。只有五岁的小女儿星辉痴痴地站在妈妈身边。冰棺边有一圈白绒花，有几个花瓣乱了，她埋下头一片一片认真地整理着，朱建国从小女孩细致的动作中感到一点温情。

这就是申州市最大的医药公司老总的最后结局吗？曾经魏新来跺跺脚，申州医药界也要抖三抖。

二十年前申州还是贫困县，他的医药公司垄断了市里除人民医院外另外两家医院的血液透析设备。有一次不知何故与其中一家医院起了纠纷，他派车来拖走医院的血透机，血透病人当然不肯。血透病人是一只脚踏在鬼门关里的人，横下一条心，什么也不怕，他们集体闹事，砸玻璃砸器械，围堵医生，直到有个医生被迫从二楼跳到一楼摔断腿，卫生行政与公安部门介入才以医院退步而收场。

朱建国摇摇头。这些天来他看了太多有关医药公司的资料，在脑中挥之不去。此刻，他只希望自己能够抛开这些，平静地送魏新来走完人世间最后一程。

在这种场合下，同学间没什么话可说。大家受到惊吓一般，都有点怔怔的，除了刘元庆。他一会儿整理着花圈，一会儿又跑到门边。每当进来一个人，他就嘿嘿一笑，"又来一个啦。"没有人理会他。

刘元庆的脑子不好使，为人憨傻。上学的时候，他与魏新来的成绩排名总是一尾一头，放到全班是这样，放到全年级也是如此。所以刘元庆又有个外号叫刘大尾。刘大尾在厂子里开车床出了事故，工伤后一直歇在家。魏新来把他安排在医药公司仓库负责给市区小药房送货，他一做就是十来年。

此时花圈增加了几个，终于遮住了墙壁的寒酸。朱建国看到一个熟悉的身影，刘敬轩也来了。这个一向理智有度的市政协秘书，也会这样有情有义？陆续又来了两个同学，除了同学，刘敬轩代表了市政协，还有几个医药公司的职员，竟再没有亲戚朋友出现。每当有人从厅门经过，大家总会一齐回过头去。

朱建国知道大家都在等谁。那个人，应该来的。当然，也应该不来。谁知道呢？厅外便是长廊，长廊外的雨哗哗下得最大时，他看到她来了，悄悄松了口气。

风大雨大，一柄黑伞几乎没发挥什么作用，吕小叶的黑外套淌着水，短发也淌着水。泪光盈盈看过来，朱建国的心颤了一下。她一直这么瘦。当年在二中，大家背地里叫她美人叶，她美丽，性情好，家境好，男生女生看她都如仰望星空。后来她考上了师范院校。再后来魏新来娶了她，之后魏新来奇迹般地发迹，于是也有了后来的背弃。

吕小叶从包里拿出一双崭新的黑布鞋，厚厚的鞋底上针脚密密麻麻。这是他们家乡的老规矩：出生一双，结婚一双，死了也要有一双。吕小叶在冰棺旁和丽莎低语了一会儿。时间到了，工作人员过来指挥大家施礼，开棺，上推车，熟练得像生产流水线。

魏新来身着一身西服，领口却露出睡衣的一角，光着脚。吕小叶挡在工作人员面前，费劲儿地替他穿袜、穿鞋、系鞋带、整理衣服。丽莎沉着脸，牵着小女孩的手，径自走到一旁。工作人员匆匆把推车推走，送别到此为止，从此天人永隔。大家唏嘘着，四下散去。

朱建国正好搭刘敬轩的车。雨下得正大，打得车顶啪啪作响，路上腾起阵阵雨雾。刘敬轩车技不算好，从停车场把车开出来，拐弯时差点撞到一棵树，不小心熄了火。他一边打火一边抱怨着："晦气，晦气！要不是办公室安排，谁跑到这种地方来！"

车开出殡仪馆大院，视野豁然开朗，仿佛回到了人间。他呼出一口气，瞥了一眼副驾驶座上依然神游天外的朱建国，说："听说，老魏是自杀的。商海一代枭雄啊，啧啧！"

朱建国的魂一下子回来了："自杀？有什么证据？"

刘敬轩不屑地笑了笑，神秘地说："以为我不知道？人医案动静太大了，已经有两个人被请去喝咖啡了。只要碰到医药案，能不动到魏新来吗？"

他推推鼻子上的眼镜，"多少双眼睛看着呢。做下的事太多了，没法交代，只有自行了断。"

朱建国望着刘敬轩翕动的红嘴唇，心中涌起一阵厌恶。他不知道魏新来和刘敬轩到底私交如何。他记得不久前电视直播本市医药博览会，刘敬轩在开幕式上向来宾介绍魏新来，说了一大堆溢美之词，而此刻却如审判者一般讲话，让他感觉很不舒服。

小车缓缓开进单位大院，朱建国推开车门昂首而出，话也懒得跟刘敬轩讲一句。

纪委办公室在市政府5号楼，是大院里最老旧的一栋楼。他的办公室与老干部科为邻，门上挂着"纪检一组"的铁牌，锈得看不出底色。朱建国在这栋楼里待了20年。从一个小小的办事员，到现在的主任，他没有什么不满足的。他的脾气不好，太刚太正，容易得罪人，秀英的脾气好，从不嫌他没权没势，他也就一直这么有滋有味地干着。

看看手表，指针差五分钟指向九点。他没有进办公室，而是直接大踏步走向走廊最里侧的书记办公室。

因为收到多封举报信，市纪委几个月前调查了市卫生局的一桩腐败案，没想到牵扯进若干人。就在今天，省纪委派下了专案组，与市纪委一同办案。

推开书记办公室的门，朱建国发现小会议桌前除了市纪委张书记外，还坐着三个人。那个戴着眼镜像中学教师的清瘦男子他认识，正是省纪委的罗组长，他们一起合作过多次。时隔一年再见面，大家感到分外亲切。简单寒暄了几句，朱建国又叫来了自己的副手丁一。人齐了，谈话迅速切入正题。

朱建国首先汇报了人医案的始末。

一切由申州市人民医院的一桩医疗事故引起。患者是一个 40 岁的农村壮年男子，因被诊为喉癌住院开刀，没想到死在手术台上。院方告知患者家属，患者在手术中突发脑梗，是正常手术中发生的意外，已在手术告知书中写明，便打发其回家。但死者回乡后又被众多亲戚抬回医院堵在大门口，烧纸钱，四处哭诉，要求偿命，持续了好几天。院方说出于人道，同意付给死者家属两万元抚恤金，事情才算平息。

时隔不久，有一天死者弟弟忽然混入院长办公室。他在情绪激动中挟持院长，点燃汽油瓶，混乱中自己受了伤。警察将他制服，进行了保外就医。

很快数封举报信分别寄至市政府、市公安局、卫生局、民政局、市纪委等多个部门。举报内容相同，先是曝光这桩医疗事故的真相，举报者显然拥有专业的医疗知识，讲述中引用了许多专业术语。按照举报信所说，这台手术除了因麻醉不当造成脑梗外，最大的错误是把根本不是恶性肿瘤的混合型息肉视为喉癌，在未经慎重诊断的情况下便贸然由不具备开刀资格的医师负责手术，造成患者死亡。他举报卫生部门的医疗鉴定小组包庇纵容，院长任人唯亲，主刀医生学历虚假。落款是李自清，留了联系电话，经查证，竟然是实名举报。

这个李自清，原来是人民医院的一个外科医生，刚刚考上医科大学的博士生，辞职去了省里读博士。市纪委第一次找到他，他三十出头，白皙俊秀，面容还带着一丝羞涩的笑。谁也没想到，这样的人，能够并且敢于写出那样老辣激烈的举报信。他带着纪委的人坐在医大的小长廊里，淡淡地说："我知道你们会找我的。我在申州人民医院工作了六年，知道的已经太多了，人总要为自己的良知做点什么。"

纪委第一次把市人民医院院长孟江山叫来谈话时，孟江山还没有丢掉架子。他四十多岁，人高马大，保养得当，脸上挂着不可一世的表情。这个行政管理专业的大专生，这些年顺风顺水，不知怎么竟混到三甲医院当了院长。

"一群疯子！"孟江山愤激得很，"医疗组按事实说话，这些人想讹钱，什么事都干得出来。"他抖抖肩，像要把附在身上的尘埃抖去。

第二次从办公室把他带来，孟江山的神情中多了几丝惶恐。没有几个回合他就把与自己相关的和无关的一五一十全抖落了出来。根据多年的办案经验，朱建国发现越是开始倨傲嚣张的人，心理防线越弱。再查卫生局副局长时，发现他已经跑了。

"书记，我和涉案人员美辰药业董事长魏新来是大学同学，所以这个案件，我要求回避。这段日子，我很想休息一下。"面对书记，他面色凝重地说。这是他考虑了好几天后做的决定。

罗组长一行，还有丁一都惊讶地看着他。

张书记思考了一下，点了点头。"老朱，这几年你还没有好好放松过。我同意你回避这个案子。就给你两个星期的假吧。"

朱建国仿佛听到从自己心底发出一声如释重负的感叹。

这段时间他没有拥有过一个完整的睡眠。这些年办理的案件很多。他忽然很想摆脱这些让人心力交瘁的人和案件，去关注一下案件以外的东西。

魏新来死了，而申州市仍是一派繁华盛景。这位本市最大的医药商，凌晨时分被送进抢救室时已体征全无，一切先进的医疗设备对他来说都形同虚设。

临走前一晚，他办了场豪华晚宴，宴请一位远道而来的药厂老总。酒后去了歌厅，当晚他没有回家，睡在办公大楼的宿舍里。他睡前还给秘书打电话确定了第二天一早飞往药博会的时间，半夜却猝然离世。根据法医鉴定，他死于夜里哮喘发作造成的窒息。没有遗书、遗言，没有一切与自杀相关的印迹。

交接完工作，朱建国没有在单位吃午饭，直接坐公交车回了家里。雨渐渐地停了，小区里的香樟没有掉叶，被雨水洗得绿油油的，青翠欲滴，空气中充满清新的味道。放学的小孩穿着校服，在小区踩水前行，不时发出快乐地尖叫。

他很长时间没有这样悠闲地走在小区里了，每一棵树每一个花坛都让他感到新鲜。回到家他自己开火下了面条，从冰箱里找些剩菜，对付了一顿。秀英是市康复中心的主任，中午不回来吃饭。

二

他们一起读书是在 20 世纪 80 年代初期，那还是个经济拮据的年代。他家离申州县城有四十多里路。他在学校蒸饭代伙。每两周学校放假一天，他便要回家拿米拿菜。他往往在周日清早出发，走一半的路，然后坐班车，在家吃过午饭再往县城赶。回程有一半的路他可以搭运送矿石的拖拉机，还有一半的路他舍不得坐车，只能背着米和菜走路。他常常把鞋子脱了，捆在袋子上，快到学校时再穿上。他穿鞋太费，母亲做鞋的速度赶不上他们兄妹三个人六只脚生长的速度。

他光着脚，背着书和单词，书插在衣兜里，不时拿出来看上一眼，两个小时的路走起来并不觉很辛苦。直到有一天，吕小叶骑了一辆黑色的自行车与他在路上不期而遇。

"朱建国，来坐我的车！"吕小叶欢快地说。

她穿着件手工织的蓝毛衣，柔和的蓝色，细密的花纹，像他家菜园里野生的小花，蓬勃而烂漫。他却窘得不知该怎么办。虽然同在一个班，他们并不很熟悉。吕小叶看着他的脚，忽然眼圈红了。僵持了很长时间，他不得不穿上鞋子，抱着东西坐到后座上。

吕小叶的头发散发着淡淡的幽香。她很瘦，他仿佛可以听见从她胸腔深处发出的喘息，但她却很快乐，不时回头和他说两句闲话。他比她高比她重，想下来，却不敢说。他不会骑自行车。

第二次从家里返校，路上他又遇到了吕小叶，他不得不又坐了她的车。

第三次返校，他有意在家拖延了许久，直到晚自习开始了才到校。进教室时他看了一眼吕小叶，她在自己的座位上低着头，眼睛好像有点肿。他很歉疚，却不敢开口。下晚自习时吕小叶从他桌边走过，轻轻地把一个纸包放在他桌上，说："这是我妈叫我给你的。"

等班上人走光了，他打开看，是一双崭新的回力球鞋。

朱建国毕业后第二年，还在乡镇做着小文书摸爬滚打时，有一天忽然接到魏新来和吕小叶的结婚请帖。吕小叶的父亲是市人民医院院长，魏新来毕业后进了市医药公司。婚礼排场很大，请了市里的许多头面人物，也请了他们这个乡镇的书记和镇长。

那是个冬天，天寒地冻。朱建国在办公桌前赶写第二天的会议材料。他没有搭镇上赶去赴宴的小车，又故意错过去市里最晚的那趟中巴。等他忙完时，食堂里的菜都打完了。

大师傅单独炒了两个菜，邀他一起喝酒。二锅头倒在粗瓷大碗里，他一口气干下半碗，这是已经25岁的他第一次喝酒。辛辣的味道把他呛得涕泪交加，他第一次觉出心底的灼痛。

回城后，他认识了秀英。那年他28岁，用科长的话说，正是二八好年华，他要把自己的远房侄女介绍给他。而他那些天正处于脚疾的痛苦中。幼时脚受了苦，不仅脚掌变形，而且有很厚的茧，工作后一穿皮鞋便如受刑。在坚持了几天跛脚走路后，他挨不过，去了医院。

一个皮肤雪白、眼睛大大的小医生板着面孔把他狠狠训了一通，他又屈辱又不服气，奈何脚背已红肿，整个脚感染了真菌。他每天下班后去输液，坚持了一周，脚已经消肿，不再疼痛。最后一天输液时小医生过来看他，他羞涩地看她拨弄自己的脚，心中充满暖融融的情愫，这才发现小医生原来是个长得很好看的女孩。

等他能正常走路时，科长和他约好了相亲时间。初夏的早晨，阳光灿烂，草木葱茏，申州公园门口游人如织，空气中洋溢着夏日的芬芳。他一只手拎着自己的包，另一只手举着一团被商贩强行推销的粉红棉花糖，有点滑稽地站在那儿，直到科长一行带着秀英走来。小巧的身形，乌黑的长发，淡紫色的纱巾在风中飘呀飘，竟然是那个长得像洋娃娃一般的小医生。他这才相信，冥冥之中自有天注定。

婚后第二年，他们生了女儿朱珠。朱珠聪慧过人却顽劣无比，秀英经常被老师叫去解决她在学校犯下的错误。二年级时朱珠在学校打架，他赶过去和老师见面，这才知道她天天挂在嘴边的班主任吕老师就是吕小叶。这一年，他们已经快四十岁了。

放学后他们在申州实验小学的教师办公室见面，办公室里还坐着两位批改作业的老师。吕小叶正在安抚被打的男孩和他的母亲，朱珠满身灰尘，站在墙角面壁思过，不时抬头偷看窗外。显然，他们都在等他。

他站在门口呆呆地望着吕小叶，脑子里电光火石般浮现出往事。

"朱建国，来坐我的车！"清脆的声音再次响起，欢快的，无拘无束的，仿佛阳光碎了一地，充满亮堂堂的喜悦。

此时的吕小叶穿得很素净，一头利落的短发，白皙的皮肤，挺直的鼻梁，当年的青春少女变成了恬淡安宁的吕老师，却依然那么美丽动人。她一手抚摸着小男孩的肩膀，一边看着那个家长，任她指指戳戳，絮絮叨叨。

男孩的家长看到朱建国，立刻恶狠狠地扑了过来，"你，你，你这个家长，怎么养的小孩，这么野蛮，把我儿子硬往地上推，你家赔得起吗？"

吕小叶抬头看到他，他们对视着，二十年后的重逢竟然发生在这样的场景中。

吕小叶揉揉眼睛，乌黑的眼眸多了些水雾。朱建国连声说着对不起，又拉朱珠来道歉。朱珠却倔强地不肯，她牢牢抓着桌子边，死也不肯过来。他只好更加低声下气地赔罪，直到把家长送走。转头，吕小叶凝视着他。他想说什么，可什么也说不出来。

"朱建国，朱珠是个好孩子，不要过多责备她。"吕小叶说。

她站起身来，拿过朱珠的书包，给朱珠背上。"来，我们一起走！"

他牵着朱珠，吕小叶双手插在风衣口袋里，三人一同走出办公室。

夕阳的余晖洒在学校的林荫路上，他们向着校门走，就像走上金光大道。操场里放学没有回家的孩子在追逐打闹，传来一阵阵笑声。此时还没有降旗，太阳把旗帜映得闪闪发亮。当年的第二中学，从书山题海中抬头时，看到的也是这般场景，也许每个校园都有相同的气息。

"我的车在那里。"他指指远方树下的自行车，接着又没头没脑地说，"我现在会骑车了。"

吕小叶笑了。她的脸庞沐着阳光，温柔而娴静。

"爸爸，我没有错。"上自行车时，朱珠忽然大声愤懑地说。

课间朱珠与小男生比赛掰手腕。开始小男生赢了，朱珠就从课桌上往下跳；后来朱珠赢了，小男孩站在课桌上却不敢跳。朱珠拽他，不知怎么就摔倒了，头破血流。朱建国爱怜地摸了摸她胖鼓鼓的小脸蛋。

"朱珠，爸爸知道你是一个勇敢的孩子，敢做敢当。可是，任何人都不可以强迫别人。无论勇敢还是不勇敢，优秀还是不优秀，每个人都有得到别人尊重的权利。"

朱珠似懂非懂地点点头。

申州五月的风拂过来，朱建国骑上车，恍若回到年少时光，刹那间他的眼里充满泪水。

时隔不久，魏新来发起了同学聚会。这时候，魏新来的医药生意做得风生水起。医药公司改制，他成了老总。申州撤县设市，向南开发医药城，大力拓展医药产业，他在药城建立起他的王国。美辰药业成功上市后，成了省城屈指可数的医药龙头企业。就在朱建国看到他胸佩政协委员红花，在电视屏幕上对申州医药发展前景侃侃而谈的第二天，他打来了电话："朱建国，有没有忘了老同学？"

同学聚会搞得轰轰烈烈。魏新来神通广大，一个班的同学，来了一大半，除了定居国外的，车祸致残的。有单位的人很好找，但他还能把在乡镇上蹬三轮车的，在菜场贩南北货的，在西藏海南工作的，常驻香港澳门的，都聚拢了来。

那天，吕小叶也来了。她在那些大呼小叫、浓妆发福或是过早憔悴衰败的中年女生群中显得格外素洁雅致，一如当年。不断有同学给她敬酒，她总是一干而尽，不多时便红晕满面。

一群四十来岁的中年人，喝得醉醺醺的，唱起当年的歌，泪眼迷离。在酒席桌上，朱建国听到同学间的八卦消息，这才得知魏新来和吕小叶早已离婚，吕小叶带着儿子单过：魏新来的新家中，女儿刚刚满月。

同学聚会后不久，魏新来到市政府办事，顺路拐到 5 号楼看望朱建国。他一身合体的西服，头面整洁，虽然个头不高，却气宇轩昂，站在门边，整个屋子忽然亮堂了许多。他拎着个档案袋，进门环视一圈，啧啧有声，"清苦，清苦。"

朱建国任他讥讽，泡了两杯铁观音。同学聚会上，他知道魏新来很少抽烟喝酒，只有喝茶的爱好。两人隔着茶几并肩坐着，很快浮现年少时的亲切感。

办公室的茶杯是那种老式的瓷盖杯，描着蓝花，画着梅兰竹菊，杯盖上一行小楷：可以清心。魏新来把杯子转了一圈，笑道："这杯子，可以做古董了。"他喝口茶，皱皱眉头。"这茶怎么这么粗！"

"这是我们家乡的茶，自家茶园里长的。我妈去年肩膀痛，只炒了一大包，全给了我。"朱建国说。

他们的家乡有长茶的好土壤，近几年被开发成铁观音的产地。

魏新来有点儿窘，摸摸头。朱建国忽然想起他上学时就有这摸头的习惯，不禁莞尔一笑。

"我很长时间没有找到你。你在乡镇的那几年，也是我天南地北销售药品的几年。你回市里的时候，正是医药公司改制的时候。我们走着不同的路，终于又碰到了一起。"魏新来说，"这么多年了，你可一点儿都没变化。"

"哪里，"朱建国摸摸鬓角，"我老了。不像你，意气风发，越活越年轻。"

"我们都老了。"魏新来说，"你的性格，可真是一点儿没变。"

"你也一样。当年二中的魏第一，现在申州的药老大，都是首屈一指的人物。"

魏新来的西服上没有任何商标的痕迹，只有袖口绣着几个字母。朱建国指指他的袖口，"这是什么意思？"

魏新来说："法文，法文！私人订制。不认识了吧？这是告诉全世界，我很低调。"

"建国兄，在学校时，你可是从没考得过我。"魏新来喝口茶，又说。

朱建国有点惭愧地点点头。他确实一直没有赢过魏新来。虽然他也很优秀，有的科目会考满分，但总分比起魏新来总是差那么一点点。开始他以为是自己不够发奋，于是加倍努力，但这一点点的差距总是存在。最让人无法比的是，他一直勤奋刻苦，魔鬼式地发奋，魏新来却总是毫不费力。直到大学毕业后他才明白，许多事情除了勤奋外，确实需要天赋。

"我比不上你。"他也喝口茶，"你有天赋。老天很眷顾你。"

魏新来点点头，很认可的样子。他们之间，不需要虚言套词。

朱建国想起高考结束那年一同结伴回乡的情形。魏新来的家比他的家还要偏远。魏新来的家境稍微好一点，每次可以坐汽车，但下车后还有好几里不通车的曲折乡道要走。那天烈日炎炎，他们穿着同样破烂的布鞋，背着铺盖和脸盆，提着成捆的书，共同走了漫长的一段路。他们一路饥肠辘辘，却豪情万丈，谈安邦治国平天下，谈苟富贵，毋相忘，谈莫愁前路无知己，天下谁人不识君。他把自己的行李寄放在村头一户人家，帮魏新来背着行李走了很远，直到天黑才匆匆往回赶。

惺惺相惜的人是有心灵感应的，他们应该是同时想到了那天的情形。相视一笑，举起茶杯，无语地碰了碰，喝了几口。

"记不记得有一次学校组织劳动，我们到农田帮助农民插秧？"魏新来问。朱建国点点头。谁会忘了那一次呢？那次同学聚会上，大家不约而同提起此事，留恋不已。

二中素以教学严肃刻板而闻名，那次是唯一一次校外活动，虽然是劳动，但忽然从沉闷紧张的课堂来到蓝天碧野，学生们都很兴奋。女生们叽叽喳喳地像在郊游，有人还从家里带了面包和糖果。

朱建国这些乡里的孩子农活干得很熟练，活儿还没结束男孩女孩们就在田埂上追逐打闹，不时有人掉进水田，他们尖叫着，欢呼着，一次又一次故意踩到泥泞里，溅得大家满身泥浆。

农活结束后大家在河边草地上休息，生起火堆烤干衣物，面对着蓝天白云，一首接一首地唱歌，从校歌、儿歌、革命歌曲，唱到各种流行歌曲，粤语的，英文的，甚至西北信天游，会唱的就一起唱，不会的就听会唱的人唱，直到夕阳的余晖映红了每个人的脸，大家一路唱着军歌排队返校。

"那次大家把一首歌唱了好多遍，那首《垄上行》是当时最流行的，大家都会唱。"

"是呀。"朱建国说着，不禁悠然神往。

"我从垄上走过，垄上一片秋色，枝头树叶金黄，风来声瑟瑟，仿佛为季节讴歌。我从乡间走过，总有不少收获，田里稻穗飘香，农夫忙收割，微笑在脸上闪烁。蓝天多辽阔，点缀着白云几朵，青山不寂寞，有小河潺潺流过……"

两人一起哼唱起来。隔壁的丁一推门进来，诧异地看了他们一眼，朱建国懒得跟他说什么，他就悄悄掩上门走了。

"那可是我们上学期间最放纵的一次玩乐。"朱建国笑着说，"第二天老师说乡下有人来告状，说学生踩坏了他们的田埂，糟蹋了好多秧苗。老师要打闹的人站出来，结果全班都站起来了，最后老师也无可奈何，只好让我们再去帮农民们拔草作为赔偿，人家坚决不要。真是有趣！"

"毕业后，我有时做梦还会梦到和大家在田埂上奔跑行走，有时在这条路上相遇，却又在前面分别。有时在这里分开，不知何时能再同归。这就像我们的人生，充满各种偶然和必然。"魏新来说着，情绪忽然低沉下来。他看着杯中茶叶浮沉，半天不再说话。

他的第二任老婆是他的秘书，学的国际金融，时尚，能干，生意上能顶半边天。他绝口不提和吕小叶的离婚。同学聚会那次，他跟吕小叶坦然笑谈，给吕小叶敬茶敬酒，没有半点异样。朱建国很想问他为什么要摒弃吕小叶。他在心中模糊地想，该不是自己和吕小叶都属于那种落后于时代，不能干的人了吧？

喝了一会儿茶，魏新来便告辞了，档案袋留在小茶几上。

打他电话，他说："老同学，两条烟而已，知道你是个烟枪。我发财了，你应该抽我的烟。"

隔了没几天，魏新来又过来，带了两盒茶叶。

"换换茶叶喝，四十多岁的人了，注重点儿生活质量。"

朱建国看看茶叶，"你为什么总是贿赂我？"

"你还真把自己当成官了。"魏新来大咧咧地坐下，有些愤慨。"建国兄，我是你的老同学，别满脑子的防线。我不是来向你求情。"

他俯身看着朱建国，"做你们这一行的，是不是觉得每个人都有问题？"

朱建国沉思了一下，摇摇头说："当然不是，这只是个别现象。"

停了一下，他再次摇摇头，"不能一叶障目，不见泰山。整个国家在进步。"

他看着魏新来，说："上学那时候总是吃不饱穿不暖，那时一直在想，等我们大了，要创造一个富足的社会，让大家衣食无忧。现在我们的物质愿望实现了，经济率先发展，可一些思想却滞后，也有一些不良的社会现象。"

魏新来说："高中课本里有篇课文讲扁鹊治病。扁鹊说，君之病在肌肤，不治将益深。"

朱建国说："这是肯定的，你应该有信心。有病的毕竟是极少部分人。国家一边改革，一边在大力打黑反腐。你没看到有我这样的官员吗？"

魏新来大笑，"你是什么官啊？最多是个鬼见愁！"

朱建国作生气状，想想又笑了起来。

魏新来走之前，朱建国把他的包拿过来，把上次的烟和这次的茶叶全都放进去。

魏新来叹息一声，"老兄，你也太顽固了。同学间，一点茶和烟算什么。茶叶你当我寄放在这儿的，我过来时你泡给我喝，成不成？"

朱建国说："行，你嫌这里的茶叶不好，下次来的时候自己带。"

三

朱建国把秀英的 QQ 车停在湘江花园门口，打了电话。他钻出车门，站在树下点燃一支烟。

上一次他来这个小区是在一个夏天的夜里。魏新来帮了一个同学的忙，同学请吃饭，到最后变成了魏新来请一帮同学喝酒。结束后他让司机送其他同学回家，自己开着辆宝马 X6 送朱建国回家。车子在市中心的湘江花园兜了一圈，最后停在大门左侧的林荫道上。

他拿出一支烟给朱建国，又拿出一支给自己点上，说："老朱，你看，那是 6 号楼，四楼最东南的那个窗口，曾经是我的家。"

朱建国按他手指方向看去。那个窗口亮着灯，垂着淡黄色的窗帘。

"你是不是喝多了？把我带到这里来。"朱建国说。

魏新来笑笑，"我喝酒了能开车吗？现在管得这么严。"

他痴痴地看着。"那亮灯的是吕小叶的房间，她晚上看书会到很晚。靠窗是书房，往里是卧室。书房是开放式的，读书休息都很方便。房间是我自己设计的，我敢说，当年是整栋楼里装修最好的，连卫生间都装了电视和地暖。"

两人半天不语，抬头看着那扇窗口。夜已深，整栋楼只有这扇窗口亮着灯，灯光静静地流泻着，几缕素心兰的枝叶从花盆中迤逦而下，看不到人影，听不到人声。灯忽然灭了。夜幕笼罩下，更多的寂静扑面而来。

"当初你为什么要和吕小叶分手？"朱建国终于问了起来。

魏新来摸摸头，"不止你一个人为吕小叶鸣不平，都觉得我魏新来喜新厌旧，人品太坏。我知道当初班上不止我一个人暗恋吕小叶，应该也包括老兄你吧？"

朱建国觉得自己的脸一下子热了起来。所幸黑暗中，魏新来应该不会看得清。暗恋，好像没有这么严重。那时，他还不懂这个词语。他年少时的精力大半用在了学业上，还有一小半用于对付总是填不饱的肚子和家中经济的窘境。吕小叶，只是天边的云，梦里的花，是一切美好的代名词。

魏新来没有注意朱建国的窘态。

他看着朱建国，目光却落在一个更加遥远的地方，自顾自地说："那次劳动，吕小叶穿着满是泥浆的白裙子，唱了一首又一首歌。风儿吹起她的发丝，她那么清纯美丽。"

"就在那一刻我发誓非她不娶。曾经以为只要我们在一起，就可以地老天荒。然而，人的欲望是魔鬼，可以摧毁所有至真至美的东西。"

魏新来不大熟练地抽了一口烟。烟火乍明又暗间，他看向朱建国，神情是那么疲倦。

"建国兄，人的命运天注定，我无法停下追逐的脚步。我和吕小叶，是两个世界的人。你有没有听过一首歌，叫《有一种爱叫做放手》？"

那时正是魏新来第三次结婚不久。他的第三次婚礼在申州唯一一家五星级酒店举办。整个酒店被包装成玫瑰王国，申州各界名流纷至沓来，服务生身着燕尾服，胸佩鲜花往来穿梭，酒宴通宵达旦。

酒席后朱建国这些同学告辞离开时，魏新来挽着丽莎出来相送。丽莎年轻冷艳，是上海某银行家之女。蓬松的婚纱没能遮住她明显凸起的肚子，她拢着肩头的皮草，得体地微笑着，礼貌地与他们道别。相形之下，他们一行人是那样暗淡无华。

朱建国上车时最后看了一眼酒店，明亮，繁华，通体璀璨，歌舞升平。他早就知道吕小叶不会来，所幸她没有来，否则一定会和他们一样感到气闷与酸涩。魏新来的高调个人婚恋与蒸蒸日上如日中天的美辰药业一起，成为许多申州人羡慕嫉妒恨的谈资。

朱建国看到吕小叶从楼里走出来。她应该是洗过澡了，头发有点儿湿，穿了件灰色短大衣，牛仔裤，她走路的样子有点飘忽。朱建国冲她挥挥手。她望过来，勉强笑了一下。

"有没有吃晚饭？"朱建国等她走近，问她。

吕小叶摇摇头。

"午饭有没有吃？"

吕小叶依然摇摇头，"很疲倦。一直睡在床上，不想起来。"

她的眼睛红肿着，面色苍白，脸上没有神采。

朱建国不由分说地拉起她，"走，一起去吃碗面。"

面馆很小，就在小区门口。玻璃门内垂着竹帘，清洁而雅致。除了他们，没有别的顾客，店主跑前跑后，又是下面，又是跑堂。

两人对坐着，吕小叶十指交叉，看着自己的手指。许久，她抬起头来，问朱建国，"你有事找我吗？"

朱建国点点头。面来了，热气在两人之间袅袅升起。

"先吃面吧，还是身体要紧。"

朱建国帮吕小叶把面拌了拌，把筷子递给她。吕小叶垂着头，朱建国看见一滴眼泪落在了碗里。他的心中一阵绞痛，递过一张面巾纸。

"谢谢！"吕小叶哽咽着接过来。

"快吃吧。"朱建国说，看着她默默地挑着面条，他把自己的面也拌一拌，大口大口地吃了起来。

吃完面条，两人一同出了面馆，沿小区林荫路向前走。

"你们是不是有案子涉及新来？"吕小叶问。

朱建国看着吕小叶，既不摇头，也不点头，说："我最近退出工作了，休息一段时间。作为老同学，我想问问你新来为什么要走。"

吕小叶看着他，摇摇头。

"我了解他。他不是一个怯懦的人，不会连面对的勇气都没有。"朱建国说。

吕小叶仍是没有说话。

过了半天，她幽幽地说："你以为我知道吗？昨天中午接到丽莎电话，我才知道他走了。丽莎不准我去医院看他，只允许今早出殡时见他最后一面。昨天一夜我都在给他做鞋子，也一直在想。我真的想不通。"

吕小叶身体瑟瑟发抖，她原本轻柔的嗓音有点儿沙哑，夜风吹过来，薄薄的身躯仿佛不胜其寒。朱建国侧过身来，稍稍为她挡住些许冷风。

"新来近几次跟你联系，有没有什么异常？"

吕小叶说："没有。走之前那个晚上，就是前天晚上，他确实给我打过电话。他说手机没电了，是用饭店固定电话打来的，背景很嘈杂。跟往常一样，他问了我爸妈的身体，谈了一下启辉的情况，就挂了。我们基本每个月会通一次电话，没有什么异样。"

朱建国沉默不语。魏新来是有预谋的，不然不会在头一天晚上给吕小叶打电话，自从那个深夜跟魏新来到湘江花园，他就明白了吕小叶在魏新来心中的地位无人能比。

"跟启辉联系过了吗，他怎么说的？"

"启辉很意外，在电话里痛哭不已。他想立刻赶飞机回来，被我劝阻住了。一是怕耽误他的学业，他正在进行论文答辩。二是，我怕孩子看到了更伤心。"吕小叶一五一十地说着。

"新来以前有没有哮喘病史？"

吕小叶愣了一下，但还是摇了一下头，"没有。"

停了一下，她说："也许，后来得了也说不定。毕竟我们有许多年没有在一起了。"

朱建国点点头。他看着吕小叶的侧影，挺直的鼻梁，小巧的下巴，只是眉头深锁。刹那间，他的心中充满疼惜，一句话不知不觉脱口而出："吕小叶，你和他在一起幸福吗？"

吕小叶看着他，点点头。"当然。"

她说："高考结束那一年，我在省城读师范，魏新来在广州读化学。他一直给我写信，寒暑假都来找我。他上的是名牌大学，人聪明，又善解人意。后来毕业了，他的工作定下来后，我们就结婚了。"

她的唇边多了一丝笑意，回忆往事时，眼眸中充满柔情。

"朱建国，有好多同学可能一直对新来有误会。"她忽然又说，"我和新来之间，离婚是我提出来的。小辉六岁那年，医药公司改制，年底魏新来就告诉我他外面又有了一个家，我们和和气气地分了手。本来我们的性格一动一静反差就很大，分开是件好事。我一直觉得是自己不好，不能好好欣赏他的事业，又不能和他一起携手奋斗。"

他放慢走路的速度，以便吕小叶不致太赶。落叶在脚下沙沙作响，半晌，吕小叶又开口了。

"朱建国，你那时也很优秀。每门课都学得那么好！"她由衷地赞叹。

他比她高了大半个头，每次和他说话，她总要微抬着头。

他望着她的眼睛，心中模糊地想，真的有三十年过去了吗？"世事一场大梦，人生几度秋凉？夜来风叶已鸣廊，看取眉头鬓上。"他喃喃念道。

"你说什么？"吕小叶问。

"噢，没什么。我说谢谢你那时用车带我，还有那双鞋，是我人生中第一双球鞋。大学一年级，我穿这双鞋跑了三千米，还拿了第一名，却一直都没机会对你说声谢谢。"朱建国说。

吕小叶微笑着："谢什么呀。大学里你是不是很风光？写得一手好文章，体育还这么棒！"

"没有，没有。"两人说着，到了楼下。

"我到家了。你先走吧！"吕小叶说。

"你注意多休息！"他字斟句酌地说着，"节哀顺变。"多么老套的四个字，却在哪个年代都通用。

吕小叶的眼圈又红了。

"你先走。"她固执地站着。

朱建国点点头，转头大踏步往回走，忽然又转头叮嘱，"有什么事情，随时打我电话。"

吕小叶点点头。

看着朱建国的身影在楼角消失，吕小叶心中充满了怅惘。她知道自己永远也不会告诉他，那年高考结束，她曾经连续一周骑车去往那条通往乡间的路，直到自己分不清方向。她也不会告诉他，那双球鞋是她整整一个月没有吃早饭攒下钱买的，为了得到他脚的尺码，她曾在操场上他的脚印边徘徊丈量。就让那些纯真的感情埋藏在岁月的尘沙中吧，一直存在，也永远美好。

新来是自杀，她知道，但她不能说。在她心中，那是一个骁勇强悍永不服输的人，怎能说走就走？如果其中另有深意，那么答案在哪里？

四

"今天下午你去哪儿了？"回到家中，秀英一边摆碗筷，一边问。

"我吃过了，你别忙了。"朱建国疲倦地倒在沙发上。

秀英扔给他一个抱枕，又给他泡杯热茶，坐到他旁边，"对我还保密！你用了我的车，最起码要告诉我你去的方位吧。"

"我去了落沙镇，后来又去了湘江花园。"

"不是去见老情人吧？"秀英把圆圆的眼睛眯成一条缝，做出一副恶猫的表情，把脸贴近他。

朱建国耸耸肩，不再说话。

"我想这世上除了我，应该没人会对你感兴趣。人长得丑，脾气又那么臭。"

秀英一边唠叨，一边打开了茶几上的电脑。朱珠上完晚自习后有时会用QQ跟他们聊几句，朱建国已经有好长时间没有看到女儿了。

今天下午从秀英那借了车，朱建国买了些东西，一路向东。一小时后他到了落沙镇。这是申州最东边的小镇。当地居民靠山吃山，卖石材和矿粉。被挖掘过的山袒露着红土，东一座，西一座，无言地矗立着。

朱建国问了几个路人，朝着一座山的方向七弯八转，开到QQ车不能开动的地方，他把车靠着石材堆停好，熄了火，拎着包下了车。望山跑死马，他走了近半小时的泥泞山道，才来到山脚下。

他想去看看人医案中的患者家属。就在人医案举报信第一次到他手上时，他就萌生了这样的念头。几个月过去了，案子正在收尾。他只想有自己的时间，来做自己想做的事。

一路问着，他找到了山脚的庭院。新砌的二层楼房，宽宽敞敞，除了正屋半掩着的两扇旧木门，所有的窗户都没有玻璃，窗棂上蒙着塑料纸。几只鸡在院落中闲啄着土，看不到人影。

他叩叩门，问了声，"有人吗？"

没人回答。再叩叩门，仍是无人应答。他吱呀一声推开半扇门，空荡荡的厅堂里，除了一张吃饭的八仙桌，便是靠墙的一张条桌。条桌上黑乎乎的香烛供品后面，依稀是一个男子的黑白像。应该是这家。

他又喊了一声，慢慢走进去，把手里一大包物品放在八仙桌上。地面凹凸不平，墙壁都还是粗水泥。他在东边屋里看了一下，除了一张大床和一张小床，其余都是乱糟糟堆着的杂物。走到西边，还没进门，便听到一声呻吟，总算有了人声。

一张床上，一个人戴着帽子，蒙着被子，一动不动地躺在那里。房间里充满消毒药水的气味。床头有个木架子，上面悬着两瓶空的输液瓶。

"王明强，是你吗？"床上的人形动了一下，闷闷的声音传出来，"你是谁？"

"我是……"朱建国思索着，不知如何介绍自己，忽然想起了李自清，"我姓朱，是李医生的朋友。"

"快坐吧。"声音里多了些热情。"你自己找凳子坐。他们都不在家，没法烧水给你喝。"

"不用了，不用了。"朱建国走到床边，床边只有一张木凳，上面放着一堆凌乱的药盒。现在他看清了床上的病人。这就是那个纵火犯，人医案中死者的弟弟。他刚三十出点头，双眼扎着绷带，脖子上也缠着白纱布，放在被子外的一只手上没有纱布，但上面满是瘢痕，肤色焦黑，手指蜷缩着，像只鸡爪子。朱建国胃里一阵紧缩。

王明强将头稍稍向上挺了一下。"朱医生，你坐。你是不是看眼睛的专家啊，李医生怎么没有来？"

朱建国将木凳上的药盒堆叠好，放到床头柜上，坐了下来。"你身体恢复得怎么样？"朱建国问。

"还是动不了。"王明强用脚敲敲床板，纱布包了一大半的脸上浮现焦灼的神色。

"你别急，会恢复的。伤得这么重，肯定需要一段很长的时间才能恢复，急不得。"朱建国说。

"朱医生，李医生说你是眼科专家。你现在就帮我检查一下，看我这眼睛还能不能看到东西。我心焦的就是看不见。如果真的瞎了，以后还怎么过啊！"

朱建国默然了一阵，说："我不是医生。今天只是来看看你。眼睛检查是件大事，要到医院里用专用设备。你别急，我回头就和李医生联系，过几天就接你去检查。"

他看到王明强咧嘴笑了。笑的时候可能又不小心牵动了伤口，随即便痛楚地耸着肩膀。他隔着被子按着他的肩膀，希望他能得到一点儿安慰。

半晌，王明强说："我哥死得冤啊，生龙活虎的一个人，眨眼就没了。"

过会儿他又说："为了哥哥，我坐牢送命都没事，只是苦了我嫂子和两个孩子。"

因为激动，他把另一只手伸出被子外，那是一只粗糙的大手，强壮而鲁莽，此刻在棉被上握成拳，让人有说不出的感慨。

"王明强，以后处理事情，不能头脑发热，用简单粗暴的方法解决。社会有不公，可以走法律途径。你要相信人间自有正义，没有永久的冤屈。"

王明强艰难地点点头，"朱医生，我现在知道了。李医生也说了和你同样的话劝我。躺在床上的这些日子，我每天脑子没闲着。以前生活简简单单，吃饭、睡觉、干活、赚钱，我哥遭了意外，我本该把这个家带领着过上正常日子才是。唉……"

他突然拍拍床板，声音欢快了起来，"小颖子，小宝，你们回来啦！"

话音未落，随着一阵噼噼啪啪的脚步声，一大一小两个背着书包的小孩儿已飞奔到床边。

"爸爸爸爸，你要不要尿尿？我带你尿尿。"

"叔叔叔叔，你口渴了没啊？我端水给你喝。"

两个小孩热切地说完，才发现床边还有陌生人。

女孩有十二三岁了，男孩稍微小一点儿，小脸蛋上全红扑扑的，额头还流着汗，他们毫不掩饰自己的好奇，睁着大眼睛望着朱建国，然后一齐喊，"叔叔好！"

朱建国微笑着看着他们。

"大的是我哥家的女儿，小的是我自己家的。我们没有分家，都住在一起。"王明强说。

小颖子忽然想起什么，"糟了，小宝，我们又忘记洗手了，让妈妈知道又要骂我们！赶快先去洗手。"她带着小宝一溜烟地出了房间。

"我带你方便一下吧。"朱建国站起身来，四处寻找方便的器皿。

"不用不用，朱医生！"王明强坚决拒绝着，"小宝就可以了，他很懂事的。"

两个小孩洗干净了手脸，并排站在门边。朱建国觉得自己该告辞了。他写下自己的电话号码，放到床头。王明强让两个小孩送客。

小颖子走在他旁边，说："叔叔，你在我们家吃饭吧。我妈妈马上就要回来了。"

小宝在旁边接腔，"我伯母在那边山下做小工，她还在那边管烧饭。伯母不等天黑就会回来，她烧的饭可好吃了。"

没等朱建国搭腔，他又骄傲地说："我伯母不在工地上吃饭。她说一家人在一起，吃饭才香。"小颖子也看向山的方向，目光中充满期待。

朱建国依次摸摸他们的头，微笑着同他们告别。

他在狭窄的路上向前走，不时遇到骑着自行车或摩托车下工的人，那些灰尘满面、劳作了一天的人中，哪一个会是小颖子的妈妈、小宝的伯母？他们都是平凡普通的老百姓，本来通情达理，勤劳踏实，一生的目标就是创造富足平安的家。可谁也不知会在哪个时刻、哪个地点遇到意外，进而改变其人生的轨迹。

他在归途中打了李自清的电话。对朱建国突然造访王明强，李自清有点惊诧，但也没有多问什么，他具备外科医生特有的冷静和理智。他说王明强的失明应该是暂时的，据他观察，王明强只是眼睑烧伤变形造成粘连，需要外科手术予以剥离，视神经及眼角膜应该都没有损伤。但具体还需要专业眼科医生来检查诊断。他咨询了多位专家，但他没有能力将王明强带到省人民医院来检查：一是王明强是保外就医人员，不能轻易离家；二是王明强的身体中多处神经与血管正在萎缩坏死，谁也不能保证赴省就医过程中不会有变数。

李自清说，王明强的外科手术迫在眉睫，错过了治疗的黄金期，就是神仙也没有办法。他可以给他做几台手术，外科植皮、重接神经，他保证手术超出市人医的任何一个医生，他可以不收费用。但是，哪个医院给他这样的机会呢？

朱珠上线了。秀英眉开眼笑，和她视频聊天。

朱珠再过一年大学毕业就是一个小律师了。这个女孩儿从小性格像朱建国，倔强而刚强，疾恶如仇，长得却像秀英。屏幕上朱珠的脸蛋清新秀丽，那双乌黑的大眼睛简直就是秀英的翻版。任是朱建国心事重重，看到她也不由地感到轻松愉快。

朱珠同妈妈聊了些今天吃了什么、遇到什么人、说了哪些有趣的话之类的话题，忽然转向朱建国，问："爸比，你今天做了什么呀？"

朱建国皱皱眉，"讲话方式怎么怪怪的？"

朱珠吐吐舌头，嘟一下小嘴巴，"现在流行的嘛！你没看到电视上每周都在放《爸爸去哪儿》吗？妈妈天天说她不知道你去了哪里，你可别忘了每天跟她汇报行踪哦！"

朱建国脸上不由自主多了笑意。

朱珠两手在耳边招招，"早点休息，爸妈晚安！"

女儿下了线。

秀英的心情看来很好，笑吟吟地看着朱建国，"看，我生的女儿，多懂事。幸亏不像你，整天板着脸，只知道工作。"

他歉意地看着秀英。这么多年，他好像天天都在忙。陪她的时间确实太少了。

"秀英，我今天参加了魏新来的葬礼。"他说，"早上起来太匆忙了，没来得及告诉你。"

"魏新来怎么会突然去世的？我今天上班时听到消息，还想晚上告诉你呢。有人说他给了那个跑了的卫生局局长很多的回扣，现在事情败露了。还有人说他的美辰药业从前卖假药，吃死了人，现在要追查。反正是众说纷纭，都说他是畏罪自杀。"

"那些谣言你信吗？"朱建国看着秀英，"你对他这个人了解多少？"

秀英沉吟一下："谣言我当然不信啦。以我对魏新来的了解，这个人很聪明，也很骄傲。我在三院当医生时，医院的血透设备都是他公司的。设备不收钱，但条件是血透室由他们垄断供药供试剂，据说他们的药价并没有高于别的药商报价，他应该不会干卖假药那种下三烂的事。至于送收回扣的事，很难说，只有当事人才清楚。想想当初，也是因为这个，我才离开三院。"

当年就是因为科主任给每个医生定下开药任务，并在科里定下了指标考核。秀英给一个农村患者开了一张不到十块钱的低价药单，被他在大会小会上批了一个星期，秀英愤然辞职。恰好那时市康复中心公开招聘医师，她通过招聘考试上了岗。

"其实，我们康复中心用药有许多都是美辰提供的。"秀英说，"年年政府招标，他家总能入围。他是本地的药企，口碑也不错。为什么不用？给主治医生的回扣，估计多少会有。但我们处方查得很严，能管的一定要管，我本人最恨靠病人发财。"

"病人，病人。"朱建国忽然念念有词，脑子里仿佛有灵光一闪。"秀英，我问你，你们康复中心动不动手术？"

"康复中心以康复、疗养为主，有时也动些小手术。但外科大手术，基本都要联合大医院做。有的病人康复期间要分段接受几次手术，开颅开胸、心脏搭桥、装支架。中心有救护车，病人治疗与康复两不误。你问这个做什么？"

朱建国情不自禁腾的一声站起，"太好了，太好了！"又坐下去。

他紧紧握着秀英的手，"谢谢了，老婆大人，这次就全靠你了！"

五

两周的时间过得很快。朱建国再回到单位时，人医案已经移交司法机关，纪委的工作结束了。他和丁一两周没见，互相都觉得对方瘦了一圈。

"老大，你休息了这么久，怎么也没见长好？你可害惨我们了！"

丁一叫苦连天，他揪揪自己蓬松的短发，"你看，我这一周睡觉时间没有超过二十个小时，魔鬼式生活啊。"

他微笑着听着丁一抱怨。曾几何时，他也这般年轻，经验少少，激情多多，无所畏惧。

"罗组长他们昨天半夜回了省城。这个案子查得好，一下子进去好几个。"丁一告诉他。

就在他们刚刚将新宗卷在桌面上摊开时，朱建国的手机响了，原来是丽莎打来的电话。

见面约在申州机场的星巴克。出租车开得很快，不到二十分钟便到了一号航站楼。上午的机场，大厅里人不多。朱建国推开星巴克厚重的玻璃门，浓郁的咖啡暖香，伴着明快的音乐扑面而来，丽莎从最里面一个卡座里站起来向他挥手。

她一身黑衣，身形颀长。长发束成了发髻，轮廓分明的脸上戴了副眼镜。她对面坐着的两个人也同时站起，收拾着桌上的平板电脑和资料，向朱建国点点头，径自离去。

丽莎说："对不起，下午在北京有会议，我们在提前准备。"

朱建国摆摆手，"没关系！工作很重要。希望我没有让你等很久。"

"没有，没有。"丽莎把东西收拾好，摘下眼镜，"只是时间不够用，今晚从北京去深圳，明晚回申州开董事会。"

朱建国在她对面坐下。一段时间不见，丽莎憔悴了一些，眼窝发青，嘴唇干裂着，然而精神很好。

"喝点什么？"她坐得笔直，润泽修长的脖子上，戴着一条细细的鸡心项链。

"你点吧，我不知道这里有些什么东西。你喜欢喝什么，随便点啊！"

丽莎笑着，招手让服务生过来，熟练地说出一个名称，又问朱建国，"你呢？"

"和你一样。"

他们点了两杯一样的咖啡。

丽莎说："朱主任，我昨天刚被取保候审，暂时重获自由。两周前新来去世，公安局随即带走了美辰的销售主管，同时审计组进驻公司查账。这两天查账结果出来了，除了一些整改，没有大问题。几笔罚款的金额虽说大了些，但对美辰来说是一次成长的教训，销售主管也已保释。但外界谣言四起，都是对美辰不利的言论，美辰股价大幅下跌，已到危急存亡之秋。"

"魏新来走后，律师做了财产分配。新来共占美辰百分之四十的股份。除去启辉和明辉的份额，我和星辉所占的股份合起来超过别的股东，现在我是美辰董事长。不论有多大的磨难，我都不会畏惧。"丽莎的脸上显示出坚毅与自信。

丽莎看着朱建国。"朱主任，新来说过，你是他最好的同学，我什么话都可以对你说。知道我和新来为什么会相爱吗？人其实都是自恋的动物，我是一个女版的他，他是一个男版的我。我们最大的相似点就是不安分，喜欢面对挑战。"

"我和魏新来是校友，只不过相差了二十年。七年前校庆，他是校友代表，我是应届学生代表，我们一见倾心，疯狂相爱。当时魏新来刚刚再婚两年。我跟他说，如果他不离婚娶我，我就大着肚子吊死在他公司门口，到时我阿爸会收买上海滩所有地痞流氓，让他死无葬身之地。我跟阿爸阿妈说，如果他们不答应，我就脱光了跳到黄浦江淹死，在全上海人面前让他们丢人现眼。"

说到这，丽莎有点儿羞赧，她垂下眼睫毛，摆弄着手上的咖啡杯："这样做是不是很像泼妇行径？你不要笑话我噢。"

朱建国赶紧摇摇头。

"其实，女人都是一样的，遇到感情上的事，便是全身心投入，什么学历、脸面、金钱、荣誉都不要了。我们结婚了，魏新来只比阿爸小了五岁。他很疼我。他风流了一点，但是不下流。我到现在也不后悔。"

最后一句话，丽莎是哽咽着说完的。眼泪一颗一颗落在咖啡杯里。

咖啡馆里轻轻响起萨克斯管吹奏曲，缠绵而忧伤。座位一边透明的大玻璃外，偶尔有行人走过，提着大手袋的，拖着行李箱的，神态各异，行色匆匆。也许每个人都承载着不为人知的往事，快乐与悲伤，如何说得清？

过了会儿，丽莎平静下来。她拿小勺轻轻搅动着咖啡，棕黑色的液体，被小勺划出一个又一个圆圈。她迟疑着，轻轻地说："朱主任，我今天就是想问问你，你可知道魏新来为什么要走？"

朱建国说："法医鉴定了，是睡眠中哮喘发作，意外死亡。"

丽莎说："我不相信。他很聪明，他骗谁都可以，但他骗不了我。"她一字一字地说着，大大的眼睛里，有小小的火苗在燃烧，这是怎样爱恨交织的火苗！

"他的身体好得很，从来不咳嗽一声，哪里来的哮喘？我把他的医疗资料都查过了，他得过几次病，开过几次药我都知道。哪里来的哮喘？

"那天宴会后他故意躲开了我。我后来知道他就为了做好局，让自己去死。这段时间，我天天都在问，他为什么要去死？有什么值得他去死？"

丽莎的声音不大，却仿佛一句一句嗡嗡回响。为什么，为什么？

许久，他们都没有再说一句话。

丽莎的手机在桌上振动起来。她看看手机，歉意地说："对不起，我该走了。公司副总在催，他们在安检口等我。"

她扬起手叫服务员。

朱建国说："你抓紧走吧，没有让女士结账的道理。"

丽莎睫毛上的泪还未干，唇边却扬起一个灿烂的微笑："朱主任，谢谢你陪我喝咖啡。今天同你说说话，感觉轻松了许多。我想告诉你，虽然新来只给了我六年光阴，却是我生命中最美的时光。无论怎样，我感谢他！"

她走了两步，忽然又回过头，"朱主任，新来走之前，专门带我到茶山喝过茶，他说那里是你们的家乡。还说如果我有机会遇到你，一定要告诉你，一年陈的铁观音最好喝。"

朱建国看着丽莎窈窕的身影从玻璃门外疾步走向大厅，他仿佛看到不远处，魏新来也在微笑地看着她。他就这样将美辰留给了自己的爱人，有悬疑，有麻烦，有无穷的挑战和不可知的未来。

六

朱建国下班后去了康复中心。王明强入院后，秀英凭空多了许多事务，这些日子没有按时下过班。王明强的全部检查结果都出来了，外科手术迫在眉睫。秀英本想就近联合人民医院为王明强做手术，但王明强坚决不肯。

"我就是死了，也不会踏进那个医院一步。"

王明强在病床上斩钉截铁地说，因为呼吸道受损，情绪激动时他会剧烈咳嗽。小颖子的妈妈一边手忙脚乱地帮他抚胸拍背，一边暗自垂泪。这是个勤劳善良的女人，家里出事后，弟媳妇一走了之，至今不知去向。秀英知道，比起身体的伤痕，心里的创伤更难愈合。好在李自清说服了导师，省人民医院同意为他进行手术。

"手术上的事你们不要担心，交给我，一年之内，我保证能让他恢复好。

你们只要把出院、转院、车辆、护理等一系列后勤工作做好，就可以了。"康复中心里，李自清再一次检查完王明强的皮肤组织与肌肉情况，摘下口罩肯定地说。

到了病房门口，他看到王明强静静地躺着，打着点滴。小颖子的妈妈趴在一旁睡着了。整个病房笼罩在黄昏的宁静和松弛中。明天一早，康复中心的救护车将把他们送到省人民医院，当天下午就会进行第一台手术。

朱建国没有惊动他们，悄悄离开，到了秀英办公室。秀英已经打好饭菜，两人就在办公桌上吃起晚餐来。

"我有个好消息告诉你。"吃了几口饭，秀英眼睛亮闪闪的，笑着说。

"什么好消息？"

"我咨询了社保局，王明强这种情况是可以享受医疗保险待遇的。我今天把他的资料交上去了。半年之后，他看病可以按比例报销一部分，负担会轻许多。"

"家里一共有五万块钱。我在康复中心交了两万，院长说了，这个病人特殊，费用能省就省，能免就免。还有三万，我本来准备把钱交给小颖子的妈妈，让她交到省人民医院那边，但她死活不收。她说就是卖房卖血她也要把小叔子的病治好。我只好让明天随车的医生把这钱带去。估计两台手术的钱是够了。下午李医生打电话来，他在同学间和医生间发动了捐款，让他们直接把钱打到王明强的账户里，大家都在积极响应呢。"秀英叽叽呱呱地说着。

"太好了。"朱建国喝了一大口汤，"还是老婆办事周到，我都没有想到这些。"

"你呀，"秀英嗔怪着，"下次办案，是不是还要领个病人回来？"

朱建国有些尴尬，不知说什么好。

"我没有怪你的意思。人活一世，应该做点有意义的事。还记得当年我们第一次见面，你在公园里为我解释那块石碑的情形吗？那个碑上刻着'一灯向隅、万灯遍照'。你说如果我们每个人都积极点亮自己的那一盏灯，一定会有越来越多的灯被点亮，这样世间就充满温暖与光明。那时候，我觉得你说得真好。”

回忆照亮了她的脸，她的脸上光洁润泽，嘴角满是幸福的笑容。

朱建国看看四周，冷不防在她脸上重重亲了一下。

“你作死啊！”秀英一下子跳起来，“脏死了，也不擦嘴。”

朱建国嘿嘿地笑着。

吃完饭，秀英又再三关照医生，这才跟着朱建国一起回家。

车开到小区门口，秀英叹口气，满足地说：“今天我们两人终于可以按时回家了。”

话音未落，朱建国的手机响起，是吕小叶的电话。

生活有时很戏剧化。同一天，上午丽莎来电话，晚上是吕小叶的电话。

电话里吕小叶声音很紧张，“朱建国，我父亲在人民医院抢救室。你能过来一下吗？”

两人面面相觑。

秀英说：“你去吧，但一定要慢点开车。要不我送你过去？”

他摇摇头：“我自己去。”

秀英下了车，在路边忧心忡忡地看着他。

他故作轻松地笑笑：“没什么大事。你先睡吧，我回去早了，反正也睡不着。”

到了医院朱建国拨开一群挤在门外呼天抢地号哭着的病人家属，找到了吕小叶。她头发凌乱，满脸泪痕，抱着一个硕大的手提袋，呆呆站着，看着抢救室大门上方旋转的红灯。

“怎么样了？”朱建国问。

半晌，她说：“好像很严重。”

朱建国环顾一下四周：“这些都是你的亲戚吗？”

“不是。里面有两个病人在抢救，一个是刚出了车祸，一个是我爸。”吕小叶说，“我们家就我一个人。妈妈年纪大了，我让姑姑在家里陪她。”

"我爸三十多岁才生的我，就生了我一个，把我当宝贝一样。他下个月要过八十大寿了。

　　"下午爸爸说胸闷、背疼，没有吃晚饭。新来去世后，他这段时间情绪都很差，他一个人先回房间。过了不久忽然喊我，我看到他脸色不对，捂着胸口，赶快给他吞了药丸，又打了120。

　　"等救护车的时候爸爸一直握着我的手，每说一个字都要耗尽全力。他说这次他可能不行了，他要把一些事情告诉我。这些事一直压在他心里，让他很难过。

　　"爸妈一直后悔当初没有阻止我嫁给新来。新来野心太大，和我恐难长久。当年医药公司改制，新来为击败对手，四处筹措资金。爸爸经不住他苦求，也想我们以后能过上好日子，私自为他挪用了医院一项300万元的慈善款，本以为用后便能立刻补上，没想到新来验资时出了状况，足足拖了两个月才把款抽回来。

　　"可惜他一世清誉，就毁在这件事上。挪用善款后不到半个月，医院就开始追查这笔款的去向，并且报了案。新来一面四处疯狂借贷还款，一边擅自做主，让医院老财务科长顶包，坐了十五年牢，代价是为他大专毕业不学无术的儿子安排一个好去处，他的儿子叫孟江山。

　　"爸爸一向以清廉自傲。这件事发生之前，他行得正，坐得端，问心无愧。这件事发生之后，他说了假话，做了错事。没过多久，他申请病退，提前回了家。

　　"这些事他和新来从没有对我讲过。难怪这些年他总是郁郁寡欢。一直到进重症病房，他都不肯松开我的手。他最后跟我说了一句，'小叶子，别担心！'

　　"从那件事后，爸爸没有和新来说过一句话，他活在自身的罪孽感中无法解脱。新来离世，只有我能断定他是自杀。他们家族是遗传的酒精过敏特殊体质，烈性酒只要一小口，半小时内如不服药就会哮喘发作直至窒息。酒宴上他从来都是以水代酒，这个秘密只有我和启辉知道。"

他们木木地站着，她断断续续地说着，眼泪顺着她的脸无声地往下流。

他想接过吕小叶手中的大包，她却牢牢抓住不放。

"别动，这里面有我爸的外套，过会儿他要穿的。"她的眼神空洞，充满了悲戚与惶惑。

人群开始骚动起来，车祸受害者家属和肇事者忽然开始撕扯叫骂，保安来了，警察来了，喧闹了一阵，一群人全部被带走。像狂风刮跑了落叶，门前只剩下他们两人。

门开了，医生出来疲倦地摘下了口罩，"十床吕思德的家属，在哪里？"他左右环顾。

医院院长匆匆赶到了，后面跟着几个科室主任，他们都是老院长当年带出的学生。人围了一大圈，却一片肃静。

吕小叶走过来，像一片风中的叶子瑟瑟发抖，她苍白的嘴唇颤抖着，却说不出一句话。

朱建国扶住她，对医生说："我们是。"

医生看了他们一眼，"很抱歉，老院长经抢救无效，已经离世。你们准备后事吧！"

吕小叶说："好，好……"忽然眼睛一闭，整个人向后倒去，朱建国急忙将她整个扶起。

七

朱建国把茶水柜最下面的木门打开。那只大大的粗陶茶叶罐旁果然有一只墨绿色的小铁盒。小铁盒很精致，烫金的"铁观音"三个字应该出自哪位擅长茶道的名家之手，此刻在木柜中闪闪发光，像一道神秘的咒语，这就是一年陈的铁观音。

他记起了最后一次和魏新来的见面，是在今年的初夏时节，那时刚刚接手人医案，朱建国正在网上查阅一些医学名词。魏新来的到访，使他暂时放下工作，两人轻松地喝了一小会儿茶，东拉西扯地聊了一会儿天，魏新来便告辞了。他没有注意到魏新来竟将茶叶盒留在了他这里。

他们那天聊了什么呢？他在竭力回忆着。脑子里却如同水洗过一般，怎么也想不起来。

他把茶叶盒打开，里面确实有袋已开封的铁观音。拎出茶叶袋，下面有一把银色的不锈钢钥匙。钥匙上挂着一个心形的铜牌，一面浇铸着"吕小叶"，一面写着"工行22号"。

吕小叶和朱建国站在一边，看银行工作人员把保险柜打开。密密匝匝的现金，一捆10万元，一共30捆，不多不少，正好300万元，摆成十字架形状。十字架的中心，放着一张照片。

吕小叶轻轻拿起照片，照片已经发黄发脆，却依然完好无损。蓝天白云下，年轻的魏新来和吕小叶在树下相拥，灿烂地微笑着。魏新来白衣黑裤，丰神俊朗，吕小叶长发如云，明眸皓齿。翻过来，照片后面是魏新来龙飞凤舞的几行字：

"记得当时年纪小，你爱谈天我爱笑。有一回坐在桃树下，风在林梢鸟在叫。不知不觉睡着了，梦里花落知多少。"

朱建国终于忆起了最后一次与魏新来聊天的内容。魏新来谈起陀思妥耶夫斯基的《罪与罚》。朱建国笑他理科生看文科书。他神情忧郁，若有所思。又提及人的信仰。他和朱建国一样，在大学里就入了党。他说入党时的誓言他快要记不得了，朱建国说，既然是自己的信仰，当初就应该浸透到骨子里去。

那天朱建国因为心不在焉，回答得有点敷衍。魏新来说各人对待信仰的方式有所不同。有的人终生不渝，他提到吕小叶的父亲，那个老党员，把党的荣誉看得高于生命；有的人把信仰踩在脚下，像极少数的贪官污吏，欲壑难填，穷奢极欲；也有许多人，像朱建国一样，埋头苦干不求闻达。

"那你呢，你是哪一种？"朱建国记得自己这样问他。

魏新来认真地看着他，"有许多词语都是形容我这类人的。比如说不择手段、处心积虑、艰苦打拼、野心勃勃。"

"你的信仰呢？"

"我把它丢了，正在找。"这是魏新来最后一句话，说完他就哈哈笑着走了。朱建国继续埋头研究那些医学名词。

风和日丽的星期天，还是那辆 QQ，朱建国开车，带着秀英和朱珠，带着吕小叶和启辉，还带着丁一，从市里开往城郊。

启辉在外公去世的第二天中午就从美国赶到了家。这个医学博士长相酷似魏新来，头脑聪慧却不善言辞。他充满怜惜地揽着妈妈的肩膀，安安静静，一句话也不说。整辆车中，只听得朱珠和丁一在谈医改。

朱建国听着他们慷慨激昂的争论，想起自己也曾经那么喜欢为一些大事与同伴辩论不休，一副以天下为己任的古道热肠。他多么喜欢这种张扬的、纯粹的激情。他相信自己还有这样的激情，并且随着岁月的沉淀，嵌入心底融入血液，永不消失。

吕小叶怀抱父亲的骨灰。他们今天就是按照老人家的遗嘱，把他的骨灰撒在田野中。

车中很挤，超载的小车一路颠簸着，喘息着，不堪重负。就在朱珠叫了声"这里风景好美啊"，QQ 应声熄了火，怎么也开不动了。

车中人鱼贯而出。这是城郊一片开阔的田野，大路两旁，阡陌纵横。秧苗在阳光中拔节生长，阳光把水田映得片片金光。

吕小叶说："天意，就在这里吧。"她和启辉脱了鞋袜，小心翼翼地抱起骨灰盒，走在田埂上。

朱建国认出这是他们当年劳动过的地方。真是天意！走了近三十年，又走回这一块土地了。

他也脱了鞋袜，赤脚踩在微湿的泥土上，一种来自大地的温暖刹那间从脚底升至胸间。有了这样厚实的安慰，他知道自己以后再也不会失眠。天国的人儿，是的，如果有天国，那里的每一个人儿，都应该安安心心的。

如烟的往事袭来，他轻轻地哼唱："我从垄上走过，垄上一片秋色，枝头树叶金黄，风来声瑟瑟，仿佛为季节讴歌。我从乡间走过，总有不少收获，田里稻穗飘香，农夫忙收割，微笑在脸上闪烁。蓝天多辽阔，点缀着白云几朵。青山不寂寞，有小河潺潺流过。"

远远地，隔着岁月的河流，也有青春的嗓音在快乐地合唱："我从垄上走过，心中装满秋色。若是有你同行，你会陪伴我，重温往日的欢乐……"